Una bala perdida

A mis padres, Fernando y Leonor

Editorial Bambú
es un sello de Editorial Casals, SA

Casp, 79 – 08013 Barcelona
Tel.: 902 107 007
editorialbambu.com
bambulector.com

Diseño de la colección: Estudi Miquel Puig
Ilustración de la cubierta: Berto Martínez

Segunda edición: febrero de 2016
ISBN: 978-84-8343-374-4
Depósito legal: B-27637-2014
Printed in Spain
Impreso en Anzos, SL
Fuenlabrada (Madrid)

FERNANDO LALANA

UNA BALA PERDIDA

LAS AVENTURAS
DE GEORGE MACALLAN

bambú
EDITORIAL

MACALLAN

El tren de las 12.30 llegó a Sidney puntual, aunque cosido a balazos.

Constaba de una locomotora American, un furgón caboose, dos coches de viajeros, un coche-salón y un vagón de mercancías de propiedad particular.

Primero, se evacuó a los pasajeros heridos.

Una media hora después, del lujoso coche-salón dotado de departamentos con cama descendió un sujeto que cargaba con una mochila de soldado y una espectacular silla de montar mexicana, con molduras de plata. El tipo no tenía aspecto de granjero ni de vaquero ni de minero porque no era ninguna de esas cosas. Se llamaba George Macallan y había sido oficial del ejército confederado y espía del sur durante la Guerra de Secesión. Pero ahora, aunque le costase admitirlo, no era más que un expresidiario y un pistolero.

Cargaba con la silla de montar sobre el hombro derecho porque le gustaba tener libre la mano izquierda, que era la de disparar. Macallan era un zurdo contrariado. Contrariado en todo, menos en el manejo del revólver. O sea, que Macallan escribía con la mano derecha, pero disparaba con la zurda. Ni que decir tiene que disparaba mucho mejor que escribía. Y para ello no utilizaba un Colt, como la mayoría de los norteamericanos por aquellas tierras del medio oeste. Macallan era un tirador exquisito y por eso llevaba consigo un revólver Smith & Wesson Modelo 3, ya algo anticuado, pero revolucionario en su momento. Tanto que, tras examinarlo detenidamente, el ejército ruso había encargado para uso de sus oficiales veinte mil unidades, que luego fueron muchas más, de aquella arma. Por eso, al Modelo 3 de S&W también lo llamaban Russian.

Macallan llevaba el Russian muy bajo. Le resultaba algo molesto a la hora de caminar, pero de este modo era más fácil y rápido de desenfundar.

Tras descender del tren, dejó atrás los terrenos de la estación y avanzó por la zona sombría de la calle principal de Sidney, Nebraska. Avanzó hasta que descubrió un establecimiento que lucía un enorme letrero en el que, si uno sabía leer, como era el caso de Macallan, podía leerse «Saloon Principal».

Dejó la silla de montar atada junto al amarradero de los caballos y entró en el local, que olía a sudor agrio y madera húmeda.

Las conversaciones se apagaron con su llegada. Veinticuatro pares de ojos lo siguieron en su camino hacia la barra. El pianista, que improvisaba una melodía con aires de polca, tocó más despacio. Las tres cantantes, que se preparaban para actuar, suspiraron más deprisa. Y es que Macallan era alto, guapo, moreno, tenía los ojos claros y vestía con estilo.

Tan solo una semana antes, sin embargo, vestía de manera muy diferente y tenía la mirada mucho más turbia y oscura.

LA CÁRCEL

JACK DANIELS

–Arriba, Macallan. ¡Vamos, arriba! Tienes una visita.

George Macallan se revolvió en el catre y bostezó largamente. Se había despertado antes incluso de que el carcelero introdujera la llave en la cerradura de su celda, pero decidió disimular mientras evaluaba la situación.

–¿Qué...? ¿Qué dice, Berry? –farfulló–. ¿Una visita? ¿A estas horas?

–A estas horas, sí.

–Imposible. El reglamento carcelario de los Estados Unidos prohíbe las visitas a las prisiones entre las tres y las cinco de la madrugada –se inventó Macallan–. Artículo cincuenta y seis, bis.

Berry tenía aspecto de púgil. Concretamente, de eterno aspirante al trono continental del peso medio. Su cerebro, también.

–Pero ¿qué estás diciendo? ¡Aquí no hay más reglamento que el que marca el alcaide y hay visitas siempre que él lo diga! ¿Está claro? ¡Levanta de una maldita vez! Si me han ordenado despertarte en plena noche será por algo importante. Igual es que te quieren colgar ya.

–No lo creo –replicó Macallan, tranquilamente–. Las ejecuciones son siempre al amanecer.

–¡Bueno, pues no será eso! Mejor para ti. En todo caso, aún no son las tres de la madrugada. ¡Arriba!

–Pues claro que lo son –insistió Macallan–. Para que lo sepa, Berry, tengo un control absoluto sobre el paso del tiempo. Si me despierto en plena noche, siempre sé qué hora es sin necesidad de mirar el reloj. Y ahora son las tres y treinta y cinco.

–¡Oh, claro! –gruñó Berry, sarcástico–. Olvidaba que eres el preso más listo de este penal. ¡Pues esta vez te equivocas! Solo son las dos y diez minutos.

–¡Venga, hombre...! No intente engañarme, que ya no soy un niño.

Y con esta consideración, Macallan se dio media vuelta en el lecho y se arrebujó, tapándose con la manta.

Los dientes de Berry casi se oyeron rechinar.

–No intento engañarte, idiota presuntuoso. Compruébalo tú mismo.

Mascullando una blasfemia que le habría costado la condenación eterna, el carcelero echó mano de su reloj de bolsillo. Era el momento que Macallan había estado esperando.

Sin mirar, calculando los movimientos del otro solo por los sonidos, eligió el momento en que Berry tenía la mano izquierda ocupada sujetando su reloj y la atención ocupada mirando la esfera. Aprovechó ese instante para saltar como un gato, lanzándole la manta a la cara. De inmediato, se abalanzó sobre él, empujándolo con fuerza hasta conseguir golpearle la cabeza contra el tabique de la celda.

Con el carcelero fuera de combate, Macallan le quitó el aro del que colgaban todas las llaves y el revólver reglamentario. Con ambas cosas en las manos, se dirigió a la puerta de la celda, la abrió con cautela y echó un vistazo al pasillo, que estaba en penumbra. No vio a nadie y su primer impulso fue correr hacia la salida del penal, confiando en que se le ocurriría el modo de obligar a los guardias a abrir las dos últimas puertas y podría así llegar hasta la calle. Sin embargo, pronto valoró que las posibilidades de que lo agujereasen como un colador eran abrumadoras y cambió de idea. Decidió que sus opciones pasaban por hacer lo inesperado, no lo previsible. Para escapar del presidio necesitaba un escudo humano. Un rehén. Solo el alcaide podía haber ordenado a Berry que fuera a buscarlo en mitad de la noche, lo que significaba que estaría en su despacho. Bien. El director de la prisión era el mejor rehén de los posibles.

Salió de la galería de celdas para dirigirse hacia la zona administrativa, avanzando a la carrera por los largos pasillos del penal, abriendo hasta tres puertas intermedias con las llaves de Berry.

Encontró unas escaleras y subió por ellas hasta el piso superior, donde sabía que se encontraban las dependencias principales, y luego avanzó como un gato guiado por la luz que salía de una puerta en cuyo entrepaño de cristal esmerilado podía leerse:

Clinton S. Randall
Alcaide

Llamó con los nudillos.

–Señor Alcaide... –dijo, imitando la voz pastosa y grave del carcelero que ahora yacía inconsciente en su celda.

–Adelante, Berry –dijo el alcaide.

Macallan abrió la puerta y entró con el revólver por delante.

–Nos vamos, alcaide –dijo, apuntándole entre los ojos, a dos pasos de distancia–. Y tengo cierta prisa, así que no se moleste ni en abrocharse la bragueta.

El alcaide Randall lo miró con curiosidad, aunque sin sorpresa; eso no gustó a Macallan. Y un segundo después, el director desviaba la mirada hacia la derecha, hacia el rincón del despacho que él había dejado fuera de su vista al abrir la puerta. Eso aún gustó menos a Macallan.

–Tenía usted razón, señor Daniels –dijo Clinton Randall.

Y sobre la última sílaba de la frase del alcaide, Macallan oyó a su espalda el característico sonido producido por el amartillado del percutor de un revólver. No necesitó más para saber que las cosas no estaban sucediendo como él había imaginado.

De inmediato, bajó el arma y se agachó lentamente hasta depositarla en el suelo. Luego, incorporándose, alzó las dos manos en señal de rendición mientras echaba un vistazo por encima del hombro izquierdo.

Así, distinguió en la penumbra la figura de un hombre fornido, vestido con elegancia y sentado de forma indolente en un butacón de orejas, con las piernas cruzadas.

–Pues claro que tenía razón –dijo el hombre elegante, apoyando sobre el muslo la culata de su Colt Frontier plateado, con el que apuntaba a Macallan–. Conozco a este hombre desde hace mucho tiempo y estaba seguro de que no dejaría escapar una ocasión como esta para intentar fugarse.

Macallan reconoció la voz y la asoció al apellido pronunciado por el alcaide.

–Coronel Jasper Daniels... ¡Cuánto tiempo!

–Mucho, sí –respondió el otro–. Tanto, que ya no soy coronel. Ni siquiera militar. Ahora puedes llamarme sencillamente... gobernador Daniels.

Macallan se volvió lentamente hacia el ocupante del sillón de orejas, dando la espalda al alcaide Randall.

–¿No lo sabías? –preguntó Daniels.

Aunque vestía de civil, con traje y chaleco de rayas anchas, seguía teniendo un innegable aspecto militar. Hasta un niño de siete años lo habría deducido.

–Disculpe mi ignorancia, coronel. A la cárcel no llega el *Washington Post*. Ni siquiera los periódicos locales.

–¿En serio? Quizás haya que remediar eso, alcaide. Algunos dicen que la población reclusa tiene sus derechos.

–No estoy de acuerdo, pero... me ocuparé del tema, gobernador.

A Macallan se le había instalado una sonrisa cínica en los labios.

–Gobernador de Nebraska, nada menos –dijo con teatral admiración–. Guau. A eso lo llamo yo prosperar. ¡Cómo es la vida! Hace poco más de una década llevábamos carreras paralelas. Ahora, usted es gobernador del estado y yo me pudro en esta cárcel sin haber tenido siquiera un juicio. No digo ya un juicio justo. Un juicio, a secas. Aunque solo fuera para cubrir las apariencias.

Daniels se alzó de hombros.

–Si alguien elige cambiar la milicia por el espionaje, ya sabe a lo que se arriesga, Macallan: si los suyos acaban ganando la guerra, bien. Quizás hasta se convierta en un héroe. Pero si está en el bando de los perdedores...

–Yo me limité a cumplir con lo que me ordenaron mis superiores.

–Oh, seguro que sí –admitió Daniels, en un tono burlón–. Pero eras consciente de que los espías son siempre mal vistos y quedan al margen de las leyes y de los tratados. Por eso acabaste aquí, incluso mucho después del fin de la guerra. Alguien poderoso te la tenía jurada y decidió que tus acciones durante la contienda no habían prescrito.

Macallan ya no replicó, provocando un largo silencio que, sin embargo, acabó por romper él mismo.

–Supongo, gobernador, que no ha venido hasta aquí, de madrugada, para echarme en cara mis errores pasados y presumir de sus éxitos presentes, así que explíqueme de qué trata este juego o déjeme volver al catre.

Solo en este momento Daniels acompañó el percutor de su arma a la posición de reposo. El tono de voz que utilizaba hasta entonces también cambió de golpe.

–Tengo que proponerte un trato, Macallan.

–¿Un trato tan vergonzante que hay que llevarlo a cabo a escondidas y en plena noche? No me interesa. Devuélvame a mi celda, alcaide, haga el favor.

Randall no movió ni el meñique.

–He venido por la noche porque no quiero perder ni un minuto más. Y lo quieras o no, tendrás que escucharme. Señor Randall, si no le importa dejarnos solos...

El alcaide carraspeó, más sorprendido que molesto por el ninguneo del gobernador. Tras una vacilación, se levantó de su silla y salió al pasillo.

–No hay problema, señor Daniels –murmuró poco antes de abandonar su propio despacho.

–¡Y no se quede escuchando detrás de la puerta! –remató el gobernador, dejando en el aire si era o no una broma.

Cuando se quedaron a solas, Macallan se sentó en la silla que Randall acababa de dejar libre, mientras Jasper Daniels se levantaba de su butaca para ir a sentarse frente a él, quedando así separados ambos por la mesa de trabajo del alcaide. El recluso cruzó los brazos sobre el pecho y permaneció en silencio, esperando que fuera el gobernador el primero en hablar. Y así lo hizo, sin más preámbulos, con una oferta contundente.

–Te ofrezco la libertad, George.

–¡Vaya cosa...! –replicó Macallan, despectivamente, pasada la primera sorpresa–. En realidad, ya tenía planeado fugarme de aquí en las próximas semanas. No te diré cuándo exactamente para no mermar mis posibilidades.

–No me hagas reír. Si fuera tan fácil escapar, ya lo habrías hecho. Esta cárcel la diseñé yo. Sus muros y sus sistemas de seguridad. Incluso seleccioné a los guardianes.

–Razón de más para ponerla a prueba.

El excoronel Daniels miró a Macallan achicando tanto la mirada que sus ojos se convirtieron en el filo de un cuchillo.

–No puedo perder el tiempo en francesadas, George. He venido a por ti y no pienso irme de vacío, así que añadiré a mi oferta la libertad de tu hermano.

Aquella nueva propuesta sí hizo mella en el ánimo de Macallan, que no hizo nada por disimularla.

–¿Ves, Jack? Eso ya es otra cosa. El idiota de mi hermano no conseguiría escapar de aquí ni aunque tus hombres dejasen la puerta abierta y un cartel con una flecha así de gorda indicando la salida.

Tras esa consideración, Macallan se permitió una nueva y larga pausa antes de su respuesta.

–De acuerdo. ¿Qué tengo que hacer? –preguntó, por fin.

–Investigar un asunto misterioso que me trae de cabeza. Y si resulta ser un acto criminal, como yo creo, atrapar a los malos. Donde sea, incluso fuera de este estado, si fuera necesario. O sea, actuar con discreción y eficacia, como hacías en los viejos y malos tiempos de la guerra.

Macallan se alisó las cejas concienzudamente, para ganar tiempo, pasándose los índices varias veces desde el entrecejo a las sienes.

–Y dices que, si acepto, quedaré libre.

–Si cumples con el encargo, no solo quedarás libre. Me ocuparé personalmente de que se reescriba tu expediente. Recuperarás tu pasado como digno oficial del ejército confederado, con todos tus méritos y condecoraciones; y volverás a disfrutar del grado de comandante, aunque ahora, de los Estados Unidos. Borraremos toda referencia a tu actividad como espía.

Macallan bajó la vista.

–Demasiado bonito para ser verdad. ¿De veras puedes hacerlo, Jack?

–Si me ayudas, te prometo que así será. Tras el fin de la guerra estuviste casi diez años huyendo y ahora llevas ya más de dos encerrado –le recordó el gobernador–. Por mi parte, ha llegado el momento de empezar a olvidar; pero me tienes que dar una buena excusa, porque no todo el mundo piensa como yo. Resuelve este asunto para mí y podrás empezar de nuevo. Y no precisamente desde cero. ¿Me explico?

Macallan suspiró.

–Te explicas. En cuanto a mi hermano...

El rostro de Daniels se tensó.

–Tu hermano quedará en libertad con la condición de que abandone Nebraska en el plazo de una semana y no vuelva a poner los pies en este estado nunca más.

Macallan asintió en silencio.

–De acuerdo, Jack. Déjame decirte que me parece... sospechosamente generoso por tu parte. Claro, que aún no me has contado cuál es ese extraño asunto que pretendes que resuelva. A lo mejor me arrepiento al conocerlo.

33 MUERTOS

Daniels se arrellanó en el asiento y miró a Macallan antes de hablar de nuevo. El gobernador tenía antepasados suecos; quizá por eso poseía aquella mirada de acero.

–En las últimas dos semanas han muerto treinta y tres personas en Elkhorn.

Macallan sonrió.

–Hombre, Jack, dicho así... Te recuerdo que esto es Nebraska, un sitio difícil. Y aún hay lugares peores, te lo garantizo.

–Déjame acabar, George. No hablo de quienes han muerto en tiroteos, trifulcas y reyertas. Esos no cuentan y son el pan nuestro de cada día.

–¿Entonces..?

–Hablo de treinta y tres personas que no deberían haber muerto. Treinta y tres tipos ricos e importantes fallecidos en circunstancias misteriosas.

Macallan frunció el ceño. De repente, aquello parecía más interesante de lo que había supuesto.

–Entiendo. ¿Y qué les ha ocurrido exactamente a esos señores tan ricos e importantes?

–Ese es el primer misterio al que nos enfrentamos. Aún no sabemos de qué han muerto. Algunas de las víctimas fallecieron mientras dormían. Otras, han caído presas de síncopes repentinos, síntomas semejantes a los del cólera, con vómitos y diarreas o aparentes ataques de nervios. Está ocurriendo desde hace dos semanas. Al principio, se trató de casos aislados y nadie les concedió importancia. Pero hace cinco días, un periódico local lanzó la teoría de que todos esos fallecimientos están relacionados entre sí. Lo llamaron «la muerte de los poderosos». Aún tardamos otras veinticuatro horas en tomarlo en serio, pero ahora... ya se ha hecho evidente que está pasando algo muy raro y muy malo. Tengo a tres doctores de mi total confianza trabajando en el tema, pero no se ponen de acuerdo en el diagnóstico.

–No es de extrañar. Los buenos médicos están todos en el este. Los que vienen al oeste son los que sacaron las peores notas en la facultad. En cualquier caso, yo no soy médico y no veo cómo podría ayudarles.

–¡Ya sé que no eres médico, George! En realidad, hallar la causa de las muertes es secundario. Lo fundamental, ahora, es entender qué está ocurriendo, para así poder detener esta mortandad y descubrir al culpable. Eso es lo que quiero que hagas.

–¿Y por qué piensas que se trata de crímenes? Tal como lo cuentas, parece más bien una especie de... epidemia.

Los inicios de una epidemia, al menos. Quizá se trate de una enfermedad desconocida, sin más.

–¡No, por Dios! Estoy convencido de que se trata de algo deliberado.

–¿Por qué?

–Todos los que han muerto hasta ahora son hombres influyentes en la ciudad y en el estado. Hombres que me ayudaron a ser elegido gobernador y que me habrían ayudado a ser reelegido. ¡Y están cayendo como moscas! Esto no es una casualidad, George. Yo creo que esos hombres están muriendo por mi culpa. Que soy el nexo de unión y la causa de esas muertes.

Macallan tuvo que contenerse para no mostrar su entusiasmo. Después de dos años entre rejas, enfrentarse a un misterio como aquel era lo que más le apetecía. Se obligó a hablar con cierto tono de indiferencia.

–Desde luego, resulta sospechoso. Pero, si se trata de un asesino, no puede resultar muy difícil dar con alguien así en una ciudad de este tamaño. Haz una lista con tus peores enemigos. No hablo de gente que te envidie o que preferiría a otro como gobernador. Hablo de gente que te odie de veras. Que te odie hasta el extremo de matar a treinta y tres personas por despecho, solo porque te apoyan. Esa lista no puede ser muy larga. Hazla y ponla en manos del sheriff de la ciudad y de los marshalls.

Daniels miró largamente a Macallan, de nuevo.

–Oye... He venido a buscarte a la cárcel en plena noche. Estoy dispuesto a indultaros a ti y al indeseable de tu hermano. ¿Qué más quieres?

–Quiero que lo digas, Jack.

–¿El qué?

–Que has venido a buscarme porque soy muy listo. Porque crees que soy el único capaz de dar con la solución a tu misterioso problema. Me gustará oírlo de tus propios labios.

El gobernador chasqueó la lengua y gruñó una frase ininteligible que tanto podía ser una maldición india como una oración protestante. Tras ello, claudicó.

–Lo sabes de sobra: el sheriff Mckey es incapaz de resolver un asunto así. Es un buen pistolero, un tipo valiente y decidido. Los ciudadanos lo aprecian porque les hace sentirse seguros; pero no tiene dos dedos de frente. Y, en cuanto a los marshalls... por Dios, nunca deberían haber dejado las dependencias de los juzgados. Eran buenos cambiando el agua de las jarras en las salas de los tribunales, pero como agentes de la ley no valen un centavo.

–Con algunas excepciones –precisó Macallan–. No sé a quién se le ocurrió destinarlos durante la guerra a perseguir a los espías, pero, gracias a eso, yo tuve durante meses pegado a mis talones a un tal Wyatt Earp. Un tipo listo y duro.

–Lo conozco. He preguntado por él –reconoció Daniels–. Está en Kansas. Acaba de ser contratado como policía ayudante del sheriff de Dodge City.

–Lástima.

–Pero tú has sido mi primera opción, George. Eres el más listo de todos. El tipo más listo y más perseverante que he conocido. Si los confederados hubiesen dispuesto de cincuenta hombres como tú, tal vez el desenlace de la guerra habría sido diferente. A mis ojos, tu único error fue elegir el bando equivocado. Pero de eso hace ya doce años. Quizá sea momento de hacer borrón y cuenta nueva, ¿no crees?

Macallan estuvo a punto de sonreír, pero se contuvo.

–¿Y cuánto voy a cobrar?

Daniels respiró hondo, lentamente, para no saltar de indignación.

–¿Cobrar? ¿Te parece poca recompensa la libertad?

–Con la libertad no se puede pagar una simple comida en una fonda. Y menos aún, un whisky en un saloon. Así que te cobraré cincuenta dólares por semana. Los primeros, por adelantado.

El gobernador de Nebraska se llevó las manos a la cara, en un gesto de cansancio infinito. Sacó su billetera del bolsillo y extrajo cinco billetes de diez.

–¡Está bien! –accedió–. Pero ya te advierto que estos cincuenta serán los primeros y los últimos que veas. Porque si dentro de una semana no has solventado este asunto, más te vale cruzar la frontera del estado a galope tendido y desaparecer de mi vida.

–Me parece justo. ¿Trato hecho, entonces?

–Trato hecho.

Los dos hombres se dieron la mano por encima de la mesa que los separaba. Sin soltar la del gobernador, Macallan hizo una última pregunta.

–¿Ni una sola mujer entre las víctimas?

–Ni una sola mujer –corroboró Daniels.

–Interesante...

STETSON

Macallan recogió sus cosas de la celda con toda parsimonia y, aun así, la operación le llevó menos de quince minutos. Su vida entera cabía en una mochila de soldado de la Confederación. Luego, ante el mostrador de la consigna, entregó al alcaide Randall un papel minuciosamente doblado que este desplegó, leyó, firmó y entregó a uno de los guardias.

Cinco minutos más tarde, el guardia ponía al alcance de Macallan una caja de madera con sus objetos personales. Enseguida vio algo que no le pertenecía: una placa de plata con forma de águila en pleno vuelo que su hermano utilizaba como parche para ocultarse la cuenca del ojo izquierdo, que perdió de niño.

–Esto no es mío –dijo Macallan, arrojándolo sobre el mostrador–. El tuerto es el otro Macallan: Andrew.

En cambio, sí recogió su sombrero Stetson de color claro, su reloj de bolsillo Westclox, con tapa; su cinturón con la pistolera a la izquierda, su revólver Smith & Wesson modelo Russian y su espectacular silla de montar mexicana. Con todo ello, se encaminó hacia la puerta de la prisión. Diez pasos antes de llegar, se detuvo y echó un último vistazo a aquellas paredes que lo habían acogido durante los últimos veintiséis meses. Las largas manchas de humedad eran como lagrimones sucios de melancolía. Parecía que aquellos muros se despidieran de él llorando. Pero no era así. En realidad, lloraban por los que aún permanecerían dentro durante muchos años. Algunos, hasta el mismo día de su muerte.

–Hombre en libertad –dijo sin ningún entusiasmo el centinela de puertas, al abrir el último cerrojo y desviar la última mirada, para no cruzarla con la de Macallan.

Fuera, le esperaba el gobernador Daniels, en el asiento de un coche de caballos de tipo europeo, elegante, muy diferente de los habituales carromatos y carretas que se veían usualmente por allí.

–¿Adónde vas con eso?

Macallan arrojó la silla de montar en una suerte de espacio para transportar bultos, en la trasera del coche.

–Hay jinetes que son fieles a su caballo. A mí el caballo me da igual. Todos tienen cuatro patas y son los animales más tontos de la creación. Lo importante es la silla. Esta está hecha de cuero de dromedario a la medida de mis nalgas y es la única que me permite cabalgar sin que me duela el espinazo. Además, es el regalo de una mujer.

Jasper Daniels sacudió la cabeza, sonriente.

–¿De dónde demonios sacas esas historias tan raras?

–¿Nos vamos?

El gobernador frunció el ceño.

–¿Ya? ¿Sin esperar a tu hermano? Saldrá dentro de unos minutos.

Macallan sacudió ligeramente la cabeza.

–No le debo nada a mi hermano. Ni siquiera unos minutos de mi tiempo.

LA INVESTIGACIÓN

HOTEL BATES

El resto de esa noche la pasó Macallan en el Hotel Bates, que no era el mejor ni el peor de Elkhorn: era el único. Había fondas y bares y tabernas y casas de huéspedes y burdeles; pero hotel que mereciera tal nombre, solo el Bates. Y era propiedad de Daniels.

Al antiguo espía confederado lo registró en recepción un hombre negro y viejo, antiguo ayudante del gobernador en sus años de militar. Parecía asombroso que alguien como él supiera leer y escribir.

Cuando Macallan se tumbó sobre la cama de la habitación número 15, pensó que el colchón lo engullía, de tan blando y suave que era en comparación con la colchoneta rellena de paja sobre la que había dormido en los últimos dos años. Y, encima, este no tenía chinches.

No despertó hasta pasado el mediodía siguiente.

Se dio un baño de agua caliente, que era el quinto que

recordaba haberse dado en toda su vida, y luego fue al comedor del hotel, donde acabó con toda la comida que pusieron a su alcance.

Al terminar, el camarero le propuso tomar un coñac, pero Macallan prefirió un buen whisky de malta y pidió un Duncan's, que se fabricaba allí mismo, en Nebraska, llevaba buena fama, jamás lo había probado y, cuando lo hizo, le pareció excelente. Tanto, que repitió.

DOCTOR HENDRIKSEN

Aaron Hendriksen era de origen danés y frisaba en los cincuenta años, lo que en aquellas regiones hacía de él casi un anciano. Lucía una abundante y cuidada melena canosa, vestía traje oscuro y chaleco de fantasía pero, al contrario que la mayoría de los americanos, jamás usaba sombrero.

Sin embargo, cuando Macallan lo conoció llevaba sobre el chaleco una bata blanca que le llegaba por debajo de las rodillas.

–Buenas tardes, doctor. Me llamo George Macallan. Me envía el gobernador Daniels para colaborar con usted en el esclarecimiento de ciertas muertes...

El médico le tendió la mano, asintiendo.

–Oh, sí, sí... me lo han comunicado. Lo cierto es que le esperaba esta mañana.

–Llegué ayer muy tarde y estaba muy cansado. Lo lamento.

–A mí me es igual el retraso. Lo que ocurre es que el tema es urgente. Cada vez más urgente. Todos los días tenemos nuevas muertes que sumar a nuestra lista. El miércoles pasado marcó el máximo, con siete fallecidos.

–¿Siete en un solo día? –preguntó Macallan, con perplejidad.

–Terrible, ¿verdad? Y lo peor es que hemos tardado mucho en establecer que esas personas estaban muriendo por una causa común.

–Eso me dijo el gobernador. ¿No les pareció extraño que muriesen tantas personas de repente, con idénticos síntomas?

El doctor se mesó los cabellos mientras respondía, lo que Macallan interpretó como un signo de impaciencia. Seguramente, había tenido que responder a esa misma pregunta ya un montón de veces.

–Oiga, mire, una vez resueltas, las cosas parecen mucho más evidentes, pero cuando no sabes qué demonios está pasando no es tan fácil atar cabos. Los enfermos acudieron a diferentes médicos. Eso, los que lo hicieron, porque algunos murieron sin llegar a ser atendidos. Resultaba difícil establecer que fueran tantos los que padecían el mismo mal. Además, aquí, en Elkhorn, como en cualquier ciudad grande del oeste, la gente se muere mucho, ¿sabe usted? Y por las causas más variadas: desde la coz de un caballo hasta enfermedades tropicales. Los indios mueren por culpa de nuestras infecciones y nosotros por las de ellos. A este país llega gente de las cuatro esquinas del mundo y todos traen consigo sus propios males. Y, por supuesto, luego está el asunto de los disparos. Puede que en Filadelfia sean más civilizados, pero aquí hasta la más leve discusión se resuelve a tiro limpio. En fin, que llega un momento en que ves la muerte como algo tan habitual que dejas de prestarle atención. En mi descargo, le diré que, tras leer aquel artículo en el periódico, fui yo quien primero estableció la relación entre los síntomas de varios de mis pacientes y decidí consultar con algunos de mis colegas, por si tenían casos parecidos.

–Y resultó que sí.

–En efecto. Por eso el gobernador me puso al frente del equipo médico que gestiona esta crisis y le ha ordenado hablar conmigo.

Hendriksen comentaba todo aquello con total ausencia de emoción. Como si estuviese dando la predicción del tiempo para mañana y no la necrológica de las muertes de hoy.

–Lo entiendo, doctor. Pero, entonces... ¿han conseguido averiguar la causa de esas muertes?

–Por fin, parece que sí. Esta misma mañana, entre mis colegas, los doctores Sanders y MacCoy, y un servidor, creo que hemos llegado a conclusiones definitivas. No ha sido fácil, pero estamos prácticamente seguros.

–¿Y bien? –le apremió Macallan.

El doctor se permitió una breve pausa teatral antes de dirigirse a Macallan alzándose ligeramente sobre la punta de los pies.

–¡Arsénico! –exclamó.

En un principio, Macallan no supo qué cara poner.

–¿Se refiere usted a... veneno? –preguntó después–. ¿Está diciendo que toda esa gente ha muerto envenenada?

Hendriksen sonrió con toda la boca, mientras se llevaba el índice derecho a la frente.

–¡Fue una intuición, amigo mío! ¡Una intuición! Yo no soy especialista en estas cosas, pero recordé haber asistido hace muchos años a un suicidio en el que un ganadero que acababa de perder todas sus reses jugando al póquer lo utilizó contra sí mismo. Se lo comenté a mi colega, revisamos nuestros libros y... ¡en efecto! Los cuadros clínicos empezaron a cuadrar. ¡Arsénico, sin duda! Uno de los venenos más utilizados a lo largo de la historia. Es casi perfecto: fácil de conseguir, no tiene sabor y sus primeros síntomas se confunden con los de una vulgar colitis. Si no tienes razones para sospechar, es muy difícil adivinarlo. Y para cuando caes en la cuenta... ya no hay salvación posible.

–¿Están ustedes seguros de ese diagnóstico?

–¡Hombre, Macallan...! Lo único seguro en esta vida es que el sol sale cada día. Pero lo cierto es que Sanders, MacCoy y yo hemos contrastado los síntomas de nuestros pacientes, hemos hablado con colegas que atendieron a otros enfermos e incluso obtuvimos permiso para abrir dos de los cadáveres y realizar ciertas comprobaciones forenses que... en fin, no le voy a describir porque son asquerosas. Tras todo ello, hemos llegado a una conclusión segura al noventa y nueve por ciento: esos hombres murieron envenenados con arsénico. Lo más curioso es que algunos sufrieron síntomas de intoxicación aguda y fallecieron en apenas unas horas, mientras que otros, al parecer, tardaron varios días en morir. Como si se les hubiese suministrado el veneno en pequeñas dosis durante un tiempo prolongado. Y, en todos los casos, sin que ellos se dieran cuenta, por supuesto.

Macallan tomaba nota mental de cada palabra del doctor Hendriksen. Sabía que, si tenía que esclarecer aquel asunto, debería tener en cuenta todos los detalles. Incluso los que en un primer momento le pareciesen irrelevantes.

–Si se trata de un solo asesino, como piensa el gobernador, debe de ser alguien tremendamente hábil para conseguir envenenar a todas esas personas sin que ellas mismas se percaten. ¿No existe la posibilidad de que se trate de una intoxicación accidental?

Hendriksen alzó las manos, como desentendiéndose del asunto.

–No sé a qué llama usted accidental, amigo. Me parece que tres docenas de muertos en quince días por ingestión de arsénico no tiene pinta de ser muy accidental. En todo caso, esa parte de la investigación ya es cosa suya, Macallan. Yo he encontrado la causa. Ahora, usted tiene que averiguar el vector.

–¿Perdón? –parpadeó Macallan.

–Quiero decir: el medio por el que el arsénico ha llegado al interior del cuerpo de las víctimas. Y necesitamos conocerlo cuanto antes para poder frenar esta mortandad. Mientras no lo sepamos, nada podremos hacer por detener esta carnicería.

–Porque... continúa muriendo gente, ¿no es así?

–Todos los días. Ahora ya son menos, pero siguen cayendo. Hoy han sido otros dos, sin ir más lejos.

Macallan asintió. En su fuero interno, se resistía a admitir que el gobernador tuviese razón y que todas aquellas muertes fuesen obra de una mente malvada. Porque, de ser así, esa mente malvada sería también inusitadamente inteligente. ¿Cómo podía alguien matar a decenas de los más ricos, importantes e influyentes ciudadanos de Elkhorn, sin dejar el menor rastro? Si, como Daniels pensaba, se trataba de un desafío personal a su condición de gobernador de Nebraska, el asesino no solo había logrado un resultado demoledor, sino que lo había hecho ante sus propias narices y en un tiempo récord. Hasta donde él sabía, se estarían enfrentando a una de las mentes criminales más brillantes de la historia.

–Quizá la mortandad se detenga cuando el asesino haya logrado su propósito.

–¿Matar a todos los hombres de Elkhorn? –ironizó Hendriksen.

–Quién sabe. Quizá solo pretenda acabar con los poderosos, como dice el periódico local. O tal vez quiera arruinar la carrera política de Daniels.

–Si se trata de esto último, yo diría que ya casi lo ha logrado –vaticinó el médico–. Los artículos del *Omaha Tribune* han empezado a relacionar a los fallecidos con quienes apoyaron la elección de Daniels como gobernador. Cuando la gente llegue a la conclusión de que estar junto a Daniels significa correr peligro de muerte, nuestro gobernador se va a quedar más solo que el café solo.

ENFERMERA PAXTON

Coincidiendo con las últimas palabras del galeno, la enfermera Paxton, ayudante del doctor Hendriksen, tocó con los nudillos en el marco de la puerta.

–¿Qué ocurre, Lucille?

Lucille Paxton se hallaba en los cuarenta y seis por partida doble: era la edad que tenía y también la talla de ropa que usaba. Por lo demás, era una buena enfermera, a la que no le impresionaban ni la sangre ni la cercanía de la muerte. Ahora, sin embargo, parecía notablemente inquieta.

–¡Doctor! De nuevo está ese periodista en la sala de espera. Dice que tiene fiebre, pero es una burda mentira. Viene aquí a husmear. He intentado echarlo a la calle, pero me ha asegurado que no se marchará sin hablar con usted.

–Maldito impertinente –masculló el médico–. Dígale que si no me deja tranquilo, avisaré de inmediato al sheriff.

–Sí, doctor.

–¡Espere!

La orden dada por Macallan sobresaltó tanto a Paxton como a Hendriksen.

–¿Qué ocurre?

–¿Está hablando del periodista que ha destapado el asunto? ¿El que publicó que los muertos podían estar relacionados entre sí?

–Así es. El director del *Omaha Tribune*. Bueno: director, redactor, cajista y chico de los recados. Creo que hasta confecciona el periódico él solito en el granero de la casa que heredó de sus padres.

Macallan se acarició el mentón y, de inmediato, le llegó a las fosas nasales el aroma de la loción de afeitar Williams que había utilizado horas antes.

–Estoy pensando que quizá podría sernos de utilidad. Y lo que no debemos hacer en ningún caso, por el bien del gobernador, es ponernos en contra a la prensa local. Déjeme hablar con él.

–Usted verá –dijo el médico, alzándose de hombros–. Yo, con tal de no tener que responder a las preguntas de ese mentecato, ya me doy por contento.

REPORTERO GREGSON

–Supongo que tú eres el periodista.

El muchacho, alto y pelirrojo, desgarbado, se puso en pie.

–¡Ajá! Bradley Gregson, director, gerente y redactor-jefe del *Omaha Tribune*, el mejor periódico local.

–Ah. ¿Realmente hay varios periódicos en Elkhorn? ¿O dices que el tuyo es el mejor porque es el único?

–Sería un buen chiste, pero no es así. Realmente, hay dos: el mío y el *Nebraska Herald*. Pero los periodistas del *Herald* son unos vendidos.

–¿Vendidos a quién?

–Al gobernador Daniels, por supuesto.

–¿Y tú, en cambio...?

–Soy absolutamente imparcial e independiente. Ejemplo perfecto de la integridad periodística. Oiga, y usted... ¿quién es? Si puede saberse, claro.

Macallan se presentó exclusivamente con su nombre y apellido y estrechó la mano del joven, que aún no había cumplido los veintitrés.

–¿De dónde ha salido, señor Macallan? –quiso saber Gregson–. Como redactor jefe del *Tribune,* creo conocer bien a todo aquel que es alguien en Elkhorn. Y a usted no recuerdo haberle visto jamás.

Macallan sonrió.

–Tienes razón. Acabo de llegar de fuera.

–¿De dónde, exactamente?

–De un lugar llamado El Infierno.

–Bonito nombre. ¿En qué estado se encuentra?

–En estado gaseoso y a punto de explotar.

–¡Vaya! Muy gracioso... –dijo el muchacho sonriendo, un tanto descolocado al sospechar que se trataba de una broma que él no había llegado a entender–. En fin, señor Macallan, si no quiere darme más información sobre usted, ya veré el modo de conseguirla por mi cuenta.

En ese momento, Macallan tomó por el brazo al chico y, pese a sus protestas, lo arrastró como a un pelele fuera de la sala de espera de la consulta, para poder seguir hablando sin testigos. Lo hicieron en un cuarto de curas situado al otro lado del pasillo, cuando Gregson recobró el aliento perdido por el susto.

–Escucha, muchacho. Lo cierto es que me gustaría contar contigo para que me ayudases a llevar a cabo una investigación.

–¿Qué clase de investigación? –murmuró Gregson, a la defensiva.

–Tengo entendido que fuiste tú quien cayó en la cuenta de que las recientes muertes de varios ciudadanos parecían estar relacionadas entre sí.

Conocer el asunto que interesaba a Macallan pareció serenar al periodista, que incluso se permitió tirar de falsa modestia.

–No tiene mucho mérito. Había que estar ciego para no verlo.

–Pues el único en esta ciudad que tuvo tan buena vista fuiste tú. Eso dice mucho en tu favor. Échame una mano, anda: necesito a mi lado gente despierta.

–Perdone, pero yo ya tengo un trabajo: he de dirigir mi periódico.

–Si me ayudas, tu periódico tendría la exclusiva de publicación de todo aquello que descubramos.

Aunque en las grandes llanuras del medio oeste americano no abundaban los periodistas de raza, Gregson sí parecía tener cierto espíritu de reportero audaz. Pese a que trató de disimularlo, le brillaron los ojos ante la propuesta de Macallan.

–¿En exclusiva quiere decir... que ningún otro periódico podrá publicar lo que descubramos?

–No tanto. Quiero decir que me comprometo a no contar nada a nadie, antes de que tú lo publiques. No serás el único, pero sí el primero. En periodismo, eso cuenta, ¿verdad?

–¿Que si cuenta? ¡Me apunto ahora mismo!

LA LISTA

–Lo sabía. ¡Lo sabía! –exclamó Gregson, cuando Macallan lo puso al corriente de las sospechas del gobernador Daniels–. ¡Ni epidemia misteriosa ni búfalos en vinagre! ¡Una cacería mortal contra partidarios del gobernador! ¡Buoh...! ¿Se da cuenta, señor Macallan? ¡Esto podría ser primera plana en el *Washington Post*!

–Pues al menos será primera plana en el *Omaha Tribune* si me echas una mano y logramos llegar con rapidez hasta el fondo del asunto.

Habían acudido al local de la calle Adams donde se elaboraba e imprimía el *Omaha Tribune*. También era el domicilio del joven Gregson, que se podía decir que vivía en, por y para su periódico.

–Eso sí: como publiques algo antes de hora o sin mi consentimiento, será lo último que hagas en tu vida. ¿Está claro?

–Cristalino, señor Macallan, cristalino. ¿Por dónde empezamos?

–Empezaremos por visitar los domicilios de algunos de los fallecidos en busca de pistas sobre el modo en que se envenenaron. Mira, aquí tengo la lista oficial de todos ellos. Me la ha proporcionado el doctor Hendriksen. Claro, que podría estar incompleta. Tal vez haya enfermos o incluso muertos de los que aún no tengamos noticia. Y tampoco sabemos si las muertes se han limitado a Elkhorn o se están produciendo también en otras ciudades.

Gregson tomó el papel que le tendía Macallan y, con un minúsculo trozo de lápiz que sacó de un tarro de cristal, fue haciendo marcas junto a los nombres.

–Así que buscaremos la manera en que el asesino les suministró el veneno, ¿no es así?

–Eso podría ser nuestro objetivo, pero, en realidad, cualquier información que obtengamos puede ser valiosa. Hay que fijarse en los detalles. En todos los detalles. Haremos en cada casa las mismas preguntas y después compararemos las respuestas en busca de patrones comunes.

–Entendido. Daremos palos de ciego hasta que acertemos en la diana y sabremos lo que buscamos cuando lo encontremos.

Macallan sonrió.

–Poéticamente podría decirse así.

–¡Me resulta emocionante! –confesó Gregson–. ¿Sabe? Esta situación me recuerda a algunos de los relatos de un poeta de Boston que murió hace ya unos años. Un tal Edgar Poe. ¿Lo conoce?

–No. He leído muy poca poesía en mi vida. En realidad, creo que nunca –confesó Macallan cínicamente.

–Sin embargo, por su manera de expresarse, parece usted un hombre culto. ¿Qué clase de libros ha leído?

–Sobre todo, teoría militar –dijo Macallan, como si tal cosa, para continuar sin una pausa–. Ahora tomemos la lista de los muertos y tratemos de elaborar un itinerario razonable. ¿Te suenan los nombres?

Mientras conversaba con Macallan, Gregson había seguido haciendo marcas de lápiz.

–Los conocía a casi todos. La crema de Elkhorn. Las mayores fortunas, con solo algunas excepciones.

–Elimina a los solteros. Necesitamos que tengan familiares que nos puedan contar qué hicieron en sus últimas horas de vida.

–Bien...

El periodista quedó unos segundos en suspenso, mirando la lista que tenía entre las manos.

–Oiga, señor Macallan...

–¿Sí?

–Aquí hay algo que no cuadra. Decía usted que podía tratarse de una especie de venganza contra los partidarios del gobernador Daniels, ¿no?

–Así es. ¿Y qué?

–Pues que en esta lista hay varios nombres que no encajan en esa teoría. Varios de los muertos eran furibundos detractores de la política de Daniels.

Macallan, ahora, se rascó la coronilla.

LA VIUDA MYERS

Comenzaron su investigación por la mansión de los Thomas, dos hermanos gemelos cuyo padre había hecho fortuna suministrando carne de res al ejército, tras llegar a curiosos acuerdos con los indios omaha. Los hermanos Thomas estaban casados con dos hermanas gemelas a las que acababan de dejar viudas y eran padres de seis hijos en total. Las viudas de los Thomas, Sally y Emma, se mostraban estupendamente desconsoladas, aunque se les olvidaba intermitentemente la pena cuando hablaban del dinero que sus difuntos maridos les habían dejado en herencia.

Como buenos gemelos, los Thomas llevaron vidas paralelas, tenían los mismos gustos y murieron también de forma simultánea.

–Hace diez días salieron juntos a cazar bisontes –contó Emma–. Ya no regresaron. Solo lo hicieron sus caballos. Un rastreador indio los halló al día siguiente cerca de un paraje llamado Mulhorne. Sus cuerpos estaban separados apenas por unas pocas yardas.

–Eran tan parecidos que a nadie le extrañó que muriesen a la vez –remató Sally.

–¿Hicieron algo fuera de lo normal el día anterior a su muerte? –preguntó Macallan–. Comieron o bebieron algo inusual...

Las viudas Thomas se miraron entre sí y negaron al unísono.

De la casa de los Thomas, Gregson y Macallan pasaron a entrevistar sucesivamente a las viudas de Alexis Tromblut, Raoul Fairfax, Gordon Riddle y Joe Squibb, de las que escucharon un relato muy similar sobre las últimas horas de vida de sus maridos. Su vida habitual, sin alteraciones de ningún tipo, se había truncado con los primeros e inexplicables síntomas de malestar, que desembocaron en la muerte horas más tarde. Igual en todos los casos.

–No avanzamos –murmuró Gregson, al salir de la casa de Squibb–. No hay nada raro, ningún cambio en sus rutinas. Simplemente, un día están vivos y al siguiente están muertos.

–Paciencia, chico –le recomendó Macallan–. Acabamos de empezar, y la solución, muchas veces, llega también de golpe, como la muerte. Un instante antes no tenías nada y, al segundo siguiente, se te enciende una luz en la cabeza y ya lo tienes todo.

–Si usted lo dice...

Macallan no andaba desencaminado, pues se dirigían hacia la que, a la postre, sería la conversación definitiva y que tuvo como protagonista a la desconsolada viuda de Michael Myers, el dueño de un aserradero que se había hecho rico proporcionando traviesas de madera a la Union Pacific para la construcción de la línea transcontinental del ferrocarril.

Megan Myers, una treintañera aún de muy buen ver, quince años más joven que su recién fallecido esposo, los recibió en su mansión de las afueras de Elkhorn ataviada con un vestido de manga corta aunque, eso sí, de color negro, como correspondía a su situación de luto riguroso.

Apenas Macallan le echó la vista encima, sintió que se le secaba la boca y le hormigueaba el vientre. El furioso contraste entre el negro del vestido y el blanco casi marmóreo de la piel de la viuda Myers actuó en el ex militar como un puñetazo en el plexo solar: casi lo dejó sin respiración.

Lo cierto es que no era para menos. Macallan llevaba dos años sin ver de cerca a una mujer y muchísimos más sin ver de cerca a una mujer como Megan Myers.

También a Gregson le impresionó la señora, a tenor del tono casi grana que adquirió su rostro nada más echarle la vista encima.

–Todo ocurrió, como ya sabrán, el viernes pasado. Michael empezó a sentirse mal poco después de cenar –les explicó la mujer, mientras una criada con cofia les servía un excelente café con pastas en la sala principal–. En mitad de la noche, el malestar se había convertido en náuseas, vómitos y diarreas. Me recordó a una prima mía que murió cuando yo era niña a causa del cólera morbo. Traté de convencer a mi marido para llamar al doctor Hendriksen, pero él insistió en esperar hasta la mañana siguiente. Suponía, simplemente, que la cena le había sentado mal. Pero mi pobre Michael murió antes del amanecer.

–Y nos asegura que usted cenó lo mismo que su marido.

–En efecto. Exactamente lo mismo. Y también los criados, Sara y Albert. Pero solo Michael enfermó. Ahora pienso que, si hubiese llamado al doctor, mi marido aún seguiría vivo.

–No se atormente, Megan. Con casi toda seguridad, el resultado habría sido el mismo.

–¿Usted cree?

En ese punto, la viuda Myers suspiró profunda y algo exageradamente un par de veces. Con ello, su pecho se alzó, descendió y volvió a alzarse de forma ostensible. Ni Macallan ni Gregson pudieron evitar dirigir hacia allí sus miradas y permanecer unos segundos como hipnotizados por el busto de la mujer.

–Disculpe, señora –dijo el primero, que había empezado a sudar–. ¿Podría usar el cuarto de baño, si no le importa?

–Claro que no. Sara le indicará el camino.

La criada, que hacía guardia junto a la puerta de la sala como un centinela en un polvorín, sonrió de inmediato. Le abrió camino a través de las diferentes estancias de la planta baja de la mansión hasta la parte trasera, donde se ubicaba un cuarto de baño cuyo reducido tamaño no estaba en consonancia con el resto de la casa. Quedaba claro que los señores Myers daban menos importancia al aseo personal que a la ostentación de su fortuna.

Una vez a solas en el cuartito, Macallan echó agua de una jarra en la correspondiente palangana e, inclinándose sobre ella, se mojó la cara varias veces, resoplando al tiempo. Sin secarse, se miró en el espejo pero, más que contemplar su rostro, lo que visualizó fue el recuerdo de la viuda Myers.

Unos minutos después, recobrada ya la compostura, salió del cuarto de baño, ante cuya puerta permanecía la criada, sonriente, para deshacer el camino hasta la sala principal.

A mitad de este camino de vuelta, Macallan tuvo una extraña sensación que lo llevó a detenerse y lanzar una mirada circular en busca de algo inconcreto.

–¿Ocurre algo, señor?

La pregunta le llegó de lejos, pues la criada había tardado más de diez pasos en percatarse de la actitud de Macallan.

–¿Eh? No, no es nada, Sara. Es que... he tenido la sensación de... no sé... es difícil de explicar. De haber visto un detalle que no encajaba. Algo fuera de sitio, digamos. Pero lo he perdido en la memoria y, en este momento, no sé qué ha podido ser.

–A veces, la cabeza nos juega malas pasadas.

–Cierto. Pero, por otra parte, ¿qué haríamos sin ella?

–No lo sé, señor. ¿Fiarnos del corazón, quizá?

La criada sonrió. Era bajita y de tez oscura. De rasgos mexicanos. Su mirada gritaba que estaba harta de servir a la señora Myers; harta de aquel ridículo uniforme con cofia que le obligaban a llevar. Pero no le quedaba otro remedio que aguantarse.

Macallan le devolvió la sonrisa pero, de inmediato, quedó serio y volvió a girar sobre sí mismo, recorriendo de nuevo la estancia con la vista.

–¿Qué lugar es este, Sara?

–El señor la llamaba la sala de fumar. Después de comer y también a veces por la noche y en otros momentos, venía a sentarse en esa butaca, se servía un whisky y se fumaba un cigarro. No le gustaba fumar en otros lugares de la casa.

Para completar su explicación, señaló la criada con la mirada un butacón grande, de orejas, tapizado en cuero marrón muy oscuro y con un escabel a juego para apoyar los pies. Junto a un taquillón sobre el que reposaban varias botellas de licor y cuatro vasos anchos, era el único mueble de aquella pieza, antesala de una gran librería con exactamente mil ejemplares comprados de una vez y que, por supuesto, nadie había leído y nadie leería jamás.

Definitivamente, Macallan había perdido la pista. Aquella intuición, aquel breve destello que le había obligado a detenerse, se hallaba ahora por completo envuelto por la niebla de los pensamientos imprecisos. Aún regresó una vez más sobre sus pasos, tratando de reencontrarlo. No lo logró y, claudicando, le indicó a Sara que siguiese adelante.

Cuando ambos llegaron de nuevo a la sala principal, la viuda Myers estaba coqueteando descaradamente con Gregson. Ambos reían como colegiales en vacaciones. Macallan intentó interesarse por su conversación sin conseguirlo: la mosca seguía zumbando obstinadamente detrás de su oreja.

Tras dos o tres minutos de escuchar tonterías mayúsculas de labios de la viuda y el periodista, Macallan decidió que era momento de marcharse. Y, curiosamente, ocurrió entonces.

Caminaban ya todos hacia la salida de la casa cuando el chispazo regresó, tan súbita e inexplicablemente como lo había hecho antes.

–Solo hombres... –murmuró Macallan, detenido en medio del vestíbulo de la casa, con la mirada perdida.

–Perdón, ¿cómo dice?

No contestó a la mujer, sino que se contestó a sí mismo.

–Solo han muerto hombres. ¡Ninguna mujer!

–Cierto –confirmó Gregson.

–No lo sabía. ¿Por qué será? –preguntó la dueña de la casa.

Macallan se volvió hacia ella y la miró, sin verla.

–Seguramente, porque... cuando esos hombres se envenenaron, estaban haciendo cosas de hombres.

La viuda rio.

–¿Cosas de hombres? ¿A qué se refiere?

–Me refiero a cosas como... fumar y beber whisky.

–Oh. Pensaba que se refería a otra cosa –comentó Megan Myers, con picardía.

–Señora... ¿podemos regresar un momento a la sala de fumar?

Fueron allí todos y, nada más llegar, Macallan centró su atención en el mueble situado junto a la butaca. Primero, observó con detenimiento las botellas a medio consumir. Eran seis, y solo dos de ellas con etiqueta. Abrió el primer cajón y descubrió una caja de cigarros, papel de fumar, dos mecheros y varias estaquillas de madera. Lo contempló todo durante unos instantes. Cerró el cajón.

–¿Qué había bebido su marido el día en que murió?

–Después de la cena no bebió nada. Solo bebía aquí, en la sala de fumar, y esa noche no vino porque ya empezaba a encontrarse mal.

–¿Y antes? ¿Después de la comida del mediodía?

–Pues... la verdad, no lo recuerdo...

Macallan se acercó, tomó una de las botellas y la separó del resto. La etiqueta rezaba: «The Duncan's Whisky». Le faltaba una quinta parte de su contenido. El equivalente a dos copas.

–Eso fue lo que bebió el señor –dijo entonces Sara, la criada–. Precisamente, de esa botella.

–¿Está segura de eso, Sara? –le preguntó Macallan.

–Completamente. El señor compró esa botella el día anterior. Estaba muy contento porque se trataba de su marca preferida y lo había conseguido muy barato. Tanto, que compró tres botellas. Las otras dos están en la despensa.

Macallan tomó la botella de Duncan's en la mano y la alzó para mirar su contenido al trasluz.

–¿Qué pasa, señor Macallan? –preguntó Gregson.

–Que yo recuerde, al menos en tres de las casas que hemos visitado esta tarde, había una botella de Duncan's abierta recientemente.

–No me extraña. Es la marca de whisky favorita de los ricachones de esta ciudad –comentó la viuda Myers, en tono despectivo–. Yo creo que por eso mi marido lo bebía, aunque estoy segura de que no era capaz de distinguir un whisky de un dólar de otro de cincuenta pavos. ¿Acaso cree usted que...?

Macallan quitó el tapón de la botella y se la acercó la nariz.

–A mí solo me huele a whisky –reconoció–, pero se lo llevaremos al doctor Hendriksen. Imagino que él tendrá alguna forma de comprobar si contiene veneno. Dígame, Sara: ¿sabe usted dónde compró esas tres botellas tan baratas el señor Myers?

–En... el almacén del señor Pawn, el de la calle principal. Siempre lo hacía allí.

ALMENDRAS AMARGAS

Macallan llevó de inmediato la botella de Duncan's al doctor Hendriksen. Tras explicarle sus sospechas, el médico vertió parte del contenido en una copa de balón y lo olió después con detenimiento, cerrando los ojos.

–El olor del whisky es muy intenso, pero... yo creo que se percibe también un ligero aroma a almendras amargas, característico del arsénico. Aunque puede que se trate de mera sugestión. Deseo tanto que tenga usted razón y hayamos dado con el vector del veneno...

–¿No tiene posibilidad de analizarlo con seguridad?

–No hasta dentro de dos días. Existe una prueba para detectar el arsénico ideada hace unas décadas por un inglés llamado Marsh. Pero aquí en Elkhorn carecemos de los productos químicos necesarios para llevarla a cabo. El único farmacéutico del que me fío ha telegrafiado a Chicago y nos enviarán los reactivos y el material de laboratorio necesario en el próximo tren. Eso significa que llegarán mañana por la noche. Si todo va bien, tendremos confirmación durante la mañana del jueves.

En ese momento, llegó a la consulta, jadeante, el periodista Gregson.

–He pasado por las casas de Lauren y Montsant, los siguientes de la lista. Ambos tenían botellas de whisky Duncan's recién abiertas, también compradas en el almacén de Pawn. Aquí las traigo. Al menos la señora Montsant estaba segura de que su marido se tomó un par de vasos la misma tarde de su muerte.

Los tres hombres cambiaron una mirada.

–¿A qué huele? –le preguntó el doctor al periodista, acercándole a la nariz la copa de balón–. Además de a whisky, claro.

Gregson arrugó la nariz y aspiró lentamente.

–No sé. A... ¿a almendras amargas, quizá?

–¡Exacto! –exclamó Hendriksen–. ¡Buena nariz! Señores: creo que lo tenemos.

–Los indicios son más que suficientes para avisar al gobernador –concluyó George Macallan.

DECOMISO

Por esta vez, los hombres del sheriff Mckey se mostraron de lo más eficaz. Apenas recibieron la orden, salieron en tromba dispuestos a requisar todas las botellas de whisky Duncan's que se les pusieran a tiro. Empezaron por las del almacén de Pawn, pero luego continuaron su requisa por el resto de los almacenes de la ciudad, la ampliaron más tarde, apropiándose de todas las botellas de whisky de cualquier procedencia y, finalmente, de todas las botellas de licor que hallaron en su camino, tanto en establecimientos públicos como en casas particulares, sin distinción de origen, marca o contenido.

A primera hora de la mañana siguiente, Elkhorn se había convertido, por la fuerza de los hechos, en una ciudad abstemia y sus ciudadanos hacían cola para comprar la edición especial del *Omaha Tribune,* donde Gregson desmenuzaba con todo detalle la eficaz investigación llevada a cabo por el agente especial George Macallan, contratado por el gobernador Daniels para resolver este caso.

En la «redada alcohólica» que los hombres de Mckey desarrollaron aquella tarde, también colaboró Macallan. Su ayuda, sin embargo, se circunscribió a requisar una sola botella de Duncan's: aquella de la que le habían servido dos copas ese mismo mediodía, tras su comida en el restaurante del Hotel Bates. Con ella en la mano, se dirigió de nuevo a la casa del doctor Hendriksen.

Entró en la consulta sin llamar y pilló al médico auscultando el pecho de un hombre gordo y con bigote que, sentado en un taburete, se había despojado de la camisa y de la camiseta, pero no de su sombrero hongo.

–¡Por Dios, Macallan! –protestó el médico–. ¿No ve que estoy atendiendo a un paciente? ¡No puede irrumpir de este modo en mi consulta!

El agente especial, sin darse por aludido, extendió el brazo, mostrando la botella de Duncan's.

–¿Podría decirme si voy a morir, doctor?

Hendriksen, con una mueca de fastidio, se quitó las gafas.

–Para responder a eso no necesito mirar ninguna botella, Macallan. ¡Naturalmente que va a morirse! Todos nos vamos a morir, tarde o temprano.

Macallan torció el gesto.

–¡Déjese de bromas! Me tomé una buena cantidad del contenido de esta botella después de comer. Solo quiero saber si voy a morir esta noche.

El médico esbozó una breve disculpa hacia el hombre al que atendía, tomó la botella de la mano de Macallan y se la acercó a la nariz. Inspiró lentamente, con los ojos entrecerrados.

–A mí me huele solo a whisky –concluyó, segundos después–, pero... no puedo asegurarle nada. Y para cuando podamos realizar con ella la prueba del arsénico que le comenté antes, ya tendremos la respuesta: si dentro de diez horas sigue usted vivo, es que esa botella contiene solo whisky. Si, además, contiene arsénico, para entonces estará muerto.

–¿No hay forma de saberlo con antelación?

–No por mi parte. Pero quizá de forma indirecta pueda usted hacer algunas averiguaciones que le permitan descartar...

–Ya lo he hecho –cortó Macallan–. El gerente del hotel dice que compró la botella en el almacén de Pawn, hace tres semanas. No suele tener esa marca porque es muy cara, pero Pawn se la ofreció a muy buen precio. Pertenece a la misma partida que las que hallamos en casa de Myers y los otros. La camarera recordaba al menos dos clientes habituales a los que días atrás sirvió de esa misma botella: Frederick Poul y John Anderson. Ambos están en la lista de los fallecidos.

Al oír aquello, el paciente del doctor Hendriksen, que seguía la conversación en silencio, se despojó respetuosamente de su sombrero hongo mientras miraba a Macallan como miraría a un condenado a la horca.

El médico, por el contrario, desvió la vista.

–La cosa pinta mal, desde luego –reconoció–. Sin embargo, no presenta usted síntomas todavía. No tiene náuseas ni diarrea...

–No. Me encuentro bien. La boca muy seca, quizá.

–A ver, écheme el aliento.

Cuando Macallan lo hizo, Hendriksen arrugó el gesto.

–Le apesta.

–¿Eso es un síntoma de envenenamiento?

El médico suspiró.

–Lo cierto es que sí, lo es. Pero también puede ser un mero indicio de que está usted muerto de miedo.

–En eso lleva razón, doctor –reconoció Macallan–. Nunca he temido a la muerte porque siempre pensé que me llegaría de manera instantánea, por un disparo en cualquier tiroteo. Pero saber que vas a morir en solo unas horas sin poder hacer nada por evitarlo...

–Que se encuentre todavía bien es muy buena señal, Macallan. Es verdad que los síntomas definitivos tardan en aparecer un tiempo variable, dependiendo de cada persona y de la dosis de veneno ingerida, pero... es muy buena señal, créame.

Se miraron ambos en silencio. El hombre del sombrero hongo los miró a ambos, alternativamente.

–¿Hay algo más que pueda hacer? –preguntó Macallan.

Hendriksen apoyó la mano derecha en el hombro izquierdo de Macallan.

–Habiendo pasado tantas horas desde la ingestión del whisky, ya no.

Macallan palideció un poco más, pese a que ello parecía ya imposible.

–¿Algún... consejo, doctor?

–Vaya, si yo fuera usted, esta noche haría algo... que me apeteciera mucho. No sé si me explico. Esto no es un consejo de médico, claro está. Es un consejo de amigo.

LA PARTIDA

SALOON ROSS

Cuando Macallan salió a la calle, había oscurecido por completo y le pareció que desembarcaba en un mundo extraño. En otro planeta.

Caminó por la calle principal de Elkhorn como un autómata, temiendo que cada segundo fuera el segundo anterior al primer dolor, a la primera náusea, que le indicarían de manera cierta que la muerte se acercaba, inexorable.

Era una noche turbia, de luna grande y lechosa. El viento del crepúsculo había cesado ya.

Algo más adelante, colgado de un balcón, Macallan descubrió un letrero que anunciaba el despacho de un abogado y pensó que quizá debería hacer testamento. Pero enseguida cayó en la cuenta de que apenas tenía pertenencias y, aún menos, alguien querido a quien dejárselas en herencia. Su único pariente cercano era Andrew, el hermano con el que nunca se había llevado bien, ni aun de niño. Mil veces le había echado una mano porque su madre le inculcó machaconamente que la familia lo es todo en la vida; que hay que apoyar a tus familiares incondicionalmente, solo por eso, porque son tus parientes. Sin preguntarse si lo merecen.

–Ni hablar, Andy –dijo para sí–. No te sentarás en mi silla de montar cuando yo muera, hermano. Ni usarás mi revólver.

El doctor Hendriksen y el periodista Gregson le caían bien, pero los conocía desde apenas unas horas antes. No los iba a convertir en sus herederos.

En realidad, sabía perfectamente quién querría que heredase su escasa fortuna: ella. Su nombre era Norma Talisker y se trataba de la única persona con la que había sido realmente feliz, aunque tan solo fuese durante un corto espacio de tiempo. El recuerdo dolía como un calambre entre las costillas, así que sacudió la cabeza para librarse de él.

Como seguía avanzando sin pretenderlo, enseguida dejó atrás la casa del abogado y la posibilidad de testar.

El siguiente rótulo, igualmente iluminado con lámparas de aceite, era el del Saloon Ross. Macallan se detuvo ante la entrada del establecimiento, con su característica puerta de batientes. Del interior llegaba un bullicio que, de pronto, se transformó en un aplauso cerrado acompañado de silbidos y jaleos. Pero enseguida se hizo el silencio y, al son de las notas emitidas por un piano mal afinado, llegó hasta Macallan una deliciosa voz femenina que desgranaba con pasión los versos de una canción triste:

...no tenía pensado
borrarte de mi mente,
pero el destino dijo
que ya era suficiente.
Y un día de verano
a las dieciocho veinte,
aproximadamente,
a bordo de aquel tren
destartalado,
saliste de mi vida para siempre
dejándome en estado...

Sí, la letra era mala y la melodía, vulgar. Y el pianista, aunque conocía bien su oficio, estaba tan borracho que confundía las teclas blancas con las negras; pero la voz de la cantante conmovía. Cuando Macallan entró en el local, algunos parroquianos de esos que jamás en su vida se habían cambiado de calzoncillos lloraban a moco tendido.

La chica aún no tendría veinte años. Se había maquillado como la puerta del camerino de un trapecista húngaro, lucía tirabuzones oxigenados, botines de charol negro, medias de malla y faldita corta con lentejuelas. Al descubrir a Macallan, hizo una pausa brevísima, casi imperceptible. Acto seguido, superada la primera impresión, siguió cantando. Pero ya no lo hizo para el público. Siguió cantando solo para él.

... Y ahora cada tarde,
sea invierno o verano,

con tu hijo de la mano
regreso a aquel andén,
a aquel tiempo pasado,
por ver si llega un tren
destartalado
y repleto de gente
que te traiga a mi lado.
A las dieciocho veinte,
aproximadamente,
aproximadamente...

Cuando la canción terminó, el maloliente público se rompió las manos de aplaudir. La chica agradeció la ovación a todos, pero le sonrió solo a él. Y Macallan, que en el fondo era un caballero, le devolvió la sonrisa.

–¿Me pone un whisky, amigo? –le pidió al camarero a continuación, tras acercarse a la barra.

–Lo siento, señor, pero el sheriff ha confiscado todo el whisky. Y también el resto de bebidas alcohólicas.

–Ah, sí, sí, cierto... Pero, entonces... ¿qué están bebiendo todos esos? –preguntó Macallan, con un gesto de la cabeza.

–Cerveza. Si quiere, puedo servirle cerveza fría. Tenemos una máquina de fabricar hielo.

Macallan enarcó una ceja.

–¿En serio?

–Es la única en todo el condado de Douglas –comentó el camarero, con un puntito de orgullo.

–¡Qué lástima! Yo odio la cerveza. Ande, póngame una zarzaparrilla.

Había probado la «zarza» de niño y recordaba que tenía buen sabor. Pero cuando se echó a la boca aquel líquido oscuro y burbujeante que el camarero le sirvió en jarra de cristal, estuvo a punto de escupirlo. Sin embargo, se contuvo y lo tragó con desagrado, mientras escudriñaba al personal que abarrotaba el local.

Distinguió a la joven cantante, que charlaba con otras dos chicas en torno a una mesa situada junto al piano. Ella, de pronto, se volvió y le lanzó una mirada a través de los estratocúmulos de humo de tabaco que llenaban el local; y volvió a sonreírle.

Macallan pensó que si esa iba a ser su última noche sobre la faz de la Tierra, quizá no estaría mal intentar pasarla junto a la muchacha de los tirabuzones oxigenados. Sin embargo, por alguna extraña razón, acabó tomando otra decisión, inesperada y completamente distinta.

PÓQUER

–¿Hay sitio para uno más?

–Claro, amigo. Eso significa más dinero sobre la mesa.

Se había acercado hasta el rincón opuesto al del piano, donde cinco hombres jugaban una partida de póquer. Le quedaban aún cuarenta y seis dólares de los cincuenta que le había sacado anoche al gobernador Daniels. Decidió jugárselos. Pensó que un hombre que sabe que está a punto de morir posee una gran ventaja a la hora de apostar: no tiene miedo de perder.

Tuvo suerte en las dos primeras manos. Pese a ser el primero en jugar tras el repartidor, un trío de seises le sirvió para ganar la primera y embolsarse doscientos quince dólares. En la segunda anduvo listo y no se dejó embaucar por un tipo con bigote ancho y chaleco estrecho que había ligado una jugada invencible y pretendió por todos los medios que los demás subiesen sus apuestas. Él pasó desde el principio y salió muy bien parado.

El jugador de más edad, un hombre enjuto y malencarado, se retiró a continuación, pero siguieron siendo cinco. Con cinco hombres desafiándose, se podía ganar mucho dinero. Y Macallan lo logró.

Después de tres manos sin apostar alto, le llegaron buenas cartas, jugó fuerte y ganó las dos siguientes. Se hizo con setecientos dólares, tras lo cual, otros dos jugadores abandonaron la mesa. Después de varias rondas con poco dinero y que apenas alteraron las posiciones, los tres supervivientes acordaron terminar la partida con una última mano sin límite en las apuestas.

Semejante decisión llamó la atención de los demás clientes del saloon, que rodearon la mesa dispuestos a asistir al espectáculo. Macallan vio de reojo cómo la joven cantante de los tirabuzones se le aproximaba por la derecha hasta colocarse a dos pasos de distancia, en la primera fila del corro que se formó en torno a los jugadores. Ahora ya estaba seguro de que era muy joven y muy hermosa.

Le tocaba repartir al propio Macallan. Lo hizo despacio. No quiso darle importancia, pero había empezado a notar un zumbido entre los oídos, que se preguntó si no sería el primer síntoma del envenenamiento. La sola idea le encogió el estómago y le hizo empezar a sudar.

Para colmo de males, no tardó en comprobar que las cartas que él mismo se había servido no podían ser peores: Cuatro picas diferentes que no incluían ninguna figura, y el jack de diamantes. En una situación como aquella, pura basura.

Los tres jugadores hicieron una primera apuesta de cincuenta dólares y pidieron cartas. Macallan no conseguía concentrarse en el juego. Se le nublaba la vista mientras trataba de disimular su pelea contra un creciente malestar, que multiplicaba sus signos. Sentía pinchazos en las piernas mientras el sudor se le helaba en la espalda. Intentando centrarse en sus naipes, valoró la posibilidad de ir en busca de color, cambiando solo el jack de diamantes, pero, en el último momento, decidió conservar esa única figura y cambiar las dos cartas más bajas esperando un golpe de suerte que le permitiera ligar un trío o, al menos, unas dobles parejas.

Sin embargo, al mirar sus nuevos naipes, se percató de que no tenía nada. Ni una triste pareja. Sintió una presión precisa en el estómago, como si alguien le apretase fuerte, por encima del ombligo, con la punta del dedo. Empezó a sufrir un calambre en el costado y se tuvo que masajear disimuladamente las costillas con la mano, tratando de mantenerse impávido.

Tras el cambio de cartas, el tipo del chaleco estrecho, un tal O'Neill, fue el primero en hablar y apostó quinientos dólares. El siguiente, que respondía por Jackson, resopló como un búfalo y tiró sus cartas boca abajo sobre la mesa.

–No voy –dijo, cruzándose de brazos.

Todos los clientes del bar miraron a Macallan, que trataba de permanecer impasible, aunque estaba a punto de entrar en situación de pánico. La cabeza le daba vueltas. Su experiencia como jugador le gritaba que abandonase. Retirándose ahora, se llevaba un buen dinero, mucho más de lo que poseía hace un rato, cuando entró por la puerta del saloon. No tenía juego y, por tanto, carecía de posibilidades de ganar.

Y entonces se dio cuenta de que el póquer le importaba un bledo.

Estaba experimentando los primeros síntomas de la agonía y decidió que quería irse al otro barrio jugando fuerte. Aún podía ir de farol, ganar e impresionar a aquella chica de los tirabuzones, tan joven y tan hermosa, que lo miraba encandilada y sin apenas pestañear.

–Voy con todo –dijo Macallan de repente, empujando hacia el centro de la mesa todo el dinero que le quedaba. Novecientos dólares en total, lo que suponía igualar la apuesta de su contrincante y subir otros cuatrocientos.

Los murmullos de los espectadores atrajeron en torno a la mesa de juego a los pocos parroquianos del bar que aún no estaban pendientes de la partida.

Macallan sabía que esa estrategia representaba su única oportunidad: que su contrincante se tragase el farol y renunciase a seguir. Sintió un nuevo pinchazo en el estómago, que casi le hizo gemir de dolor.

O'Neill, entonces, rebuscó en un bolsillo interior de su chaleco, sacó un fajo de billetes, lo unió al resto de sus ganancias y lo depositó todo en el centro de la mesa.

–Voy, amigo. Sus cuatrocientos dólares... y mil más.

Aquel gesto produjo una verdadera conmoción entre quienes seguían los avatares de la partida. Macallan se llevó la mano al estómago. Su estrategia había salido mal. El otro no se había achantado. Sentía la imperiosa necesidad de ir al retrete, pero, claro está, no era el momento. No quería rendirse porque eso sería tanto como admitir que había ido de farol desde el principio. Tenía que cubrir la apuesta de O'Neill para obligarle a mostrar sus cartas. Perdería, pero eso evitaría que él tuviese que enseñar las suyas.

–No dispongo de más dinero en efectivo –dijo Macallan.

–En ese caso...

–Pero... tengo en la habitación de mi hotel una silla de montar mexicana, de cuero talabarteado y con molduras de plata. Vale mil dólares.

El contrincante negó con la cabeza.

–No le creo, amigo. Jamás he visto una silla de montar que valiese mil dólares.

–Yo sí la he visto.

Todos se volvieron hacia Gregson, que era quien acababa de hablar. Gregson, casualmente, había entrado en el saloon minutos antes y se había situado detrás de la cantante. Como era mucho más alto que la chica, la cara de él asomaba por encima de los tirabuzones de ella.

–¿Cómo dice, joven? –preguntó O'Neill.

–Digo que he visto la silla del señor Macallan y puedo asegurarles que no hay en todo Elkhorn nada parecido. Y que se queda corto en su valoración. Estoy seguro de que vale bastante más de mil dólares.

Macallan miró a Gregson con gratitud. El periodista no había visto su silla y podía decirse que estaba mintiendo por él. Se estaba jugando su prestigio.

Sin embargo, O'Neill no rebló.

–Me da igual que valga mil o diez mil dólares. Las apuestas deben ponerse encima de la mesa. Y si el señor Macallan no cubre la mía, soy el ganador.

Aquella afirmación produjo una ruidosa división de opiniones entre el público, que se habría prolongado un buen rato, de no ser porque Jackson, el tercer jugador, que aunque retirado de la partida seguía sentado a la mesa, decidió tomar cartas en el asunto.

–Hombre, O'Neill... yo creo que no tiene usted nada que temer. Está claro que existe esa valiosa silla de montar, puesto que tenemos el testimonio del director de uno de los periódicos locales. Y hay testigos en abundancia de todo cuanto está sucediendo aquí. Estoy seguro de que no tendrá ningún problema en cobrar su apuesta... si resulta vencedor de la partida.

Las palabras de Jackson obtuvieron la aceptación mayoritaria de los presentes, que así lo manifestaron mediante entusiastas comentarios en voz muy alta, deseosos todos de asistir al desenlace.

–El señor Macallan ha cubierto su apuesta, O'Neill –dijo Jackson–. Muestre sus cartas.

O'Neill había clavado la mirada en el tapete. No la levantó ni siquiera para hablar. Había llegado el momento decisivo. Y O'Neill, casi sin separar las mandíbulas, dijo:

–No tengo nada.

–¿Cómo?

El hombre del chaleco suspiró lentamente.

–Digo que no tengo jugada. Iba de farol desde el principio. Me sirvió con usted, Jackson, que se retiró del juego. Pero no me ha valido con él.

Macallan, entonces, rompió a reír. Algunos de los parroquianos le aplaudieron, creyendo que celebraba con risas su victoria. Pero, casi de inmediato, todo se complicó cuando O'Neill se puso en pie, tirando la silla hacia atrás. Desenfundando su revólver, apuntó con él a su rival. Varios hombres entre el público reaccionaron, apuntando a su vez al jugador con sus armas.

A Jackson se le secó la boca al instante, al verse justo en medio de lo que podía acabar en un baño de sangre.

También Macallan estuvo a punto de reaccionar a la amenaza de O'Neill de forma instintiva. Si hubiese hecho ademán de sacar su revólver, la tragedia habría sido inevitable; pero logró contenerse, aparentando tranquilidad, limitándose a dejar de reír poco a poco, mientras miraba al tipo del chaleco de forma interrogante, tratando de comprender su reacción.

–Acepto haber perdido, Macallan –bramó O'Neill–, pero no voy a consentir que se ría de mí.

Macallan alzó las manos.

–No me río de usted, amigo. Me río del ridículo que ambos hemos hecho, porque... yo tampoco tengo jugada.

–¿Qué? –balbuceó O'Neill, permitiendo que la esperanza aflorase en su rostro.

–Como lo oye. Nada de nada. Ni una miserable pareja de doses. Yo también iba de farol.

La confesión de Macallan desató una ruidosa algarabía entre los espectadores. Desde la calle, nuevos ciudadanos entraban en el local, atraídos por la situación. O'Neill, un tanto avergonzado de su reacción, enfundó el arma y volvió a sentarse.

–¿Qué ocurre entonces? –preguntó–. ¿Nadie gana?

Tuvo que ser de nuevo Jackson quien diera la solución al problema, además de rebajar la tensión con su comentario.

–En el póquer siempre gana alguien. En este caso, debería haber sido yo, con mi pareja de reinas, pero fui demasiado cobarde para seguir en la partida. Según las reglas del juego, si nadie ha ligado jugada alguna, gana quien tenga la carta más alta.

La expectación subió todavía un punto más. Ni Macallan ni O'Neill habían mostrado todavía sus naipes. Ambos volvieron de cara solamente su mejor carta y lo hicieron casi a la vez.

Eran dos jacks. El de diamantes por parte de Macallan y el de tréboles por parte de O'Neill.

–¡Empate de nuevo! ¡Increíble! –exclamó Gregson.

–En este caso, se recurre a la segunda carta más alta –explicó Jackson.

O'Neill volteó el nueve de corazones. Macallan, entonces, se puso en pie. El saloon estaba abarrotado de público y todos lo miraban. La expresión de su rostro no presagiaba nada bueno. De las cuatro cartas que le quedaban en la mano eligió la situada más a la derecha y la lanzó boca arriba sobre el tapete. Era el diez de picas.

Había ganado.

La tensión se rompió con cien gritos unánimes, pero Macallan ya no pudo oírlos. En el momento de arrojar su naipe sintió que todo a su alrededor se volvía rojo; trató de tomar aire pero sus pulmones se negaron a recibirlo.

Y acto seguido, se desplomó sobre la mesa.

DALILAH

Cuando abrió los ojos, lo primero que vio fue un rostro angelical, enmarcado en rizos rubios, como los de los querubines que había visto representados en algunas iglesias católicas.

–No puede ser –susurró, con la voz amarga y pegajosa–. ¿Cómo puedo haber ido al cielo, con lo mal que me he portado en la vida?

El querubín sonreía, pero lo hacía con una sonrisa ambigua que tanto prometía una dicha infinita como desgracias sin cuento. Y, a continuación, habló con voz de mujer joven, como lo hacen todos los ángeles.

–No está en el cielo, señor Macallan. Está en su habitación del Hotel Bates.

–¿Dónde...?

–Hotel Bates –repitió el ángel–. Elkhorn, Nebraska.

Macallan deslizó una mirada a su derecha y otra a su izquierda y reconoció algunos de los muebles. Luego miró de nuevo al angelote y cayó en la cuenta de que los rizos dorados eran, en realidad, tirabuzones. Tirabuzones rubios de bote.

–¿O sea, que no me he muerto?

–No, señor Macallan –dijo una voz de hombre que salió por detrás de los tirabuzones–. El doctor Hendriksen dijo que, simplemente, había sufrido un síncope. Quizá por la tensión de la partida de póquer.

Macallan comenzó a recordar. No había sido el póquer, sino el convencimiento de que empezaban a manifestarse los primeros síntomas del envenenamiento por arsénico. Eso le había doblegado: la convicción de la cercanía de su propia muerte.

–¿Qué hora es? –murmuró.

–Las nueve de la mañana –respondió la rubia de mentira–. Ha dormido toda la noche. En algunos momentos, agitadamente.

Habían pasado, por tanto, muchas más de las diez horas que el doctor le había dado como margen. No sabía cómo, pero lo cierto es que había sobrevivido. Había esquivado a la parca.

Ante semejante certeza, Macallan sintió que se le ensanchaba el pecho.

–¿Y tú quién eres?

–Me llamo Dalilah. Dalilah Parker. Soy cantante en el Saloon Ross.

La chica le acercó un vaso de agua a los labios.

–Te recuerdo –admitió Macallan, tras beber–. ¿Y has pasado todo este tiempo a mi lado?

–Me lo pidió el gobernador Daniels, que también es el dueño del saloon. Pero le aseguro que ha sido un placer para mí, señor Macallan.

Macallan levantó una mano para acariciar la mejilla de la chica, pero lo que hizo fue meterle involuntariamente el dedo en el ojo.

–¡Ay!

–Lo... lo siento. Estoy muy torpe aún.

–No es nada. Pero vaya con más cuidado, ¿quiere? Si me disculpa, voy a lavarme el ojo.

Al retirarse la chica, quedó en el campo visual de Macallan la figura del periodista Gregson.

–Nos dio anoche un buen susto, Macallan.

–Ya lo imagino –dijo Macallan, sintiendo que la saliva le lubricaba de nuevo la lengua poco a poco–. Solo a alguien como yo se le ocurre ir de farol sin siquiera una simple pareja de reyes. Estaba completamente fuera de mí.

–No me refería a la partida de póquer, que fue lo más emocionante y, al tiempo, lo más grotesco que he visto en mi vida. Hablaba de su desvanecimiento. Cuando avisamos al doctor Hendriksen, él casi dio por hecho que era usted la siguiente víctima del envenenador del arsénico. Por suerte, no ha sido así. Y en cuanto a la partida, gracias a ella se ha convertido en un hombre casi rico. Cuando lo levantamos, había sobre la mesa mil novecientos dólares. Son todos suyos.

–Y pensar que los gané con un diez de picas mondo y lirondo... Lo nunca visto. Por cierto, ¿dónde está el dinero?

–Fui yo quien lo recogió. Hasta el último céntimo, se lo garantizo.

–Si lo tienes tú, no me preocupa. Además, parte de ese dinero es tuyo, Gregson. Gracias a que mentiste como un bellaco con respecto a mi silla de montar, pude cubrir la apuesta. De no ser por ti, O'Neill se lo habría llevado todo.

Gregson rio al recordar la situación.

–No tiene importancia. Estaba seguro de que usted decía la verdad. Y no me debe nada. El *Omaha Tribune* vende sus ejemplares como churros calientes en los últimos días. Me quitan de las manos cada edición, así que yo también estoy ganando un buen dinero. La contraportada de hoy está dedicada a la partida de anoche, que es la comidilla en toda la ciudad. Hemos tenido que sacar una segunda edición. ¿Me dejará que le haga una entrevista en exclusiva?

–Ya hablaremos –dijo Macallan para zanjar la cuestión–. Estoy cansado.

Dalilah regresaba junto a la cama, tras haberse remojado el ojo, que estaba rojo como un tomate maduro; circunstancia esta que no le robaba ni un ápice de su encanto.

–No sabes cuánto lo siento –volvió a disculparse Macallan.

–Ya casi no me duele. La verdad es que recibir golpes ha sido el sino de toda mi vida. Ya no les doy mucha importancia. Mucho menos a este, que ha sido sin querer.

Ella le puso una mano sobre la frente, como para tomarle la temperatura. Él puso a su vez una de sus manos sobre la de la chica y así la mantuvo durante un largo rato, hasta que ella se ruborizó intensamente y sonrió enseñando dos arcadas de dientes blanquísimos.

GARRAFÓN

Esa mañana la pasó aún en la cama, pero el doctor Hendriksen determinó que debían servirle un buen almuerzo compuesto por judías, tocino frito, huevos, café, pan negro, pastel de manzana y zumo de grosellas.

Mientras Macallan lo devoraba todo, el médico se sentó a su lado. Dalilah Parker seguía haciendo guardia, atenta a cualquier necesidad de Macallan.

–Ya no hemos tenido más casos de envenenamiento. Y todo, gracias a usted, Macallan. Tuvo una muy buena intuición con lo de esa marca de whisky. Estoy convencido de que los análisis determinarán que el arsénico se hallaba en esa partida de Duncan's que el tendero Pawn compró a bajo precio. Naturalmente, los habituales consumidores de ese whisky tan caro son los hombres más ricos de Elkhorn, así que fueron ellos quienes resultaron envenenados. También algunas de las tabernas y restaurantes de la ciudad compraron botellas de ese lote y lo sirvieron a sus clientes. Pero, igualmente, siempre eran hombres ricos que podían permitirse pagar por un whisky de primera el triple de lo habitual.

–Lo que aún no me explico es por qué estoy vivo –dijo Macallan–. Me tomé dos Duncan's largos después de comer en el Bates. Y era de esa misma partida, estoy seguro. Incluso algunos de los clientes que bebieron de esa misma botella días antes fallecieron envenenados. ¿Por qué yo no he muerto, como ellos?

El doctor Hendriksen sonrió como sonríen siempre los médicos: enseñando los dientes. En su caso, amarillentos por el tabaco.

–Tenemos la respuesta –afirmó, muy contento–. Cuando me avisaron del Saloon Ross diciendo que se había desplomado usted sobre la mesa de póquer, estaba seguro de que solo llegaría a tiempo de certificar su muerte. Al comprobar que seguía vivo me alegré mucho, pero no conseguía entenderlo. Lo comenté con Gregson y fue él quien indagó en la dirección correcta hasta dar con la solución.

Fue el propio Gregson el que lo explicó.

–En efecto, el gerente del Hotel Bates compró una botella de Duncan's en el almacén Pawn y, sin saberlo, envenenó con ella a seis de sus clientes en los días posteriores. Pero la avaricia humana no tiene límite. Aunque había comprado ese whisky a un precio muy bajo, cuando el contenido de la botella se acabó, Pawn pensó que aún ganaría más si la rellenaba con un whisky barato. Es lo que hizo. Ayer, pagó usted whisky de garrafa a precio de Duncan's. Pero, afortunadamente, ese ya no contenía arsénico.

Macallan resopló con alivio.

–¡Por los pelos...! Al menos, algo sí he aprendido: que no me merece la pena gastar dinero en whisky caro. Ese de garrafa servido en botella de Duncan's me pareció el mejor que había probado nunca.

–Se llama sugestión –comentó Hendriksen–. Creyó que bebía whisky de primera y le supo a whisky de primera. La misma sugestión que horas más tarde le llevó a pensar que empezaba a sufrir los síntomas del envenenamiento.

Macallan se levantó de la cama a la hora de comer. Lo primero que hizo fue mirarse al espejo. Para ser un hombre que había estado jugando al escondite con la muerte, no tenía mal aspecto.

Y por la tarde, a primera hora, se acercó a la casa del gobernador Daniels, que lo recibió con grandes abrazos y mayores alabanzas.

–¡Espléndido, George! Ha sido un brillante trabajo, digno de un auténtico agente especial. ¡Y en mucho menos tiempo de lo que yo podía imaginar!

–Gracias por la desconfianza, Jack. Lo cierto es que he tenido suerte y quizá por eso todo ha resultado más fácil y rápido de lo previsto.

–¿Te apetece tomar algo?

–No tendrás por ahí algo de whisky sin arsénico.

Daniels rio.

–Lo cierto es que nunca bebo whisky. Y el que tengo para los invitados ha sido confiscado por los hombres del sheriff, siguiendo mis propias órdenes. El gobernador es el primer ciudadano del estado y debe dar ejemplo. Pero te puedo ofrecer un vino de Oporto. ¿Te gusta?

–No sé. Nunca lo he probado.

–¿No has probado el oporto? ¡Ahora lo vas a hacer! A los malditos ingleses les encanta.

El salón en el que se encontraban era de tales dimensiones que habría podido albergar el espectáculo circense de Buffalo Bill Cody. Los dos hombres emprendieron camino hacia el fondo de la sala, donde les aguardaba un mueble bar del tamaño de la biblioteca del Congreso.

Daniels sirvió personalmente, de una botella sin marca, oporto Tawny en dos copas pequeñas con una forma que Macallan no había visto nunca. Le entregó una de ellas y alzó ligeramente la suya, en el gesto universal del brindis.

–Está... bueno –admitió Macallan, tras la pausa posterior al primer trago, aunque en realidad le pareció una bebida horriblemente dulce.

–Y eso que no te he dicho su precio –completó Daniels.

Los dos antiguos militares fueron a sentarse bajo un ventanal, sobre sendos butacones Chester tapizados en color verde oscuro.

–¿A qué piensas dedicarte a partir de ahora, George?

Macallan afiló la mirada, de inmediato.

–¿Cuando resuelva este asunto, te refieres? Aún no lo he pensado. Cada cosa a su tiempo. Primero tengo que encontrar al causante de todas estas muertes, tal como quedamos.

Daniels sonrió; y su sonrisa le pareció a Macallan un tanto forzada. Sonrisa de político. Sonrisa de hiena, habrían dicho algunos.

–En realidad, de eso quería hablarte –prosiguió el gobernador–. Lo más importante del encargo que te hice ya está cumplido y a plena satisfacción: descubrir la causa y evitar que la gente siga envenenándose y muriendo. Esta ciudad nunca os estará lo bastante agradecida a ti y al doctor Hendriksen.

En opinión de Macallan, el tono de Daniels no podía ser más falso.

–Sí, bien, pero... estoy seguro de que los ciudadanos querrán saber qué ha ocurrido, realmente. Por qué murieron sus amigos y sus parientes. Querrán saber si se ha tratado de un accidente, de una negligencia o de un crimen. Querrán saber quién lo hizo. Y querrán ver al responsable colgando por el cuello en una horca. Pataleando hasta morir.

Daniels, sin dejar de sonreír, dio un sorbo de su copa de oporto.

–Claro que sí. Pero he pensado que esa parte del trabajo debería encargársela al sheriff y a los marshalls del estado. Me han llegado noticias de que están algo molestos porque te contraté para resolver este asunto, dejándolos a un lado. Tengo que demostrarles que sigo confiando en ellos.

–Bueno, Jack... voy a recordarte la mala opinión que tenías hace un par de días sobre su capacidad de investigación. Del sheriff Mckey dijiste que no tiene dos dedos de frente. Literalmente.

–Ya, ya... –rio el gobernador, abriendo mucho la boca–. ¡Pero así es la política, George! Hay que procurar contentar a todo el mundo.

–Al final, quienes te eligen son los ciudadanos. Deberías contentarlos a ellos antes que a nadie, ¿no crees?

La insistencia de Macallan empezaba a desconcertar al gobernador. La sonrisa se marchitaba en los labios.

–Mira, George, no entiendo...

–A la gente hay que darle resultados. Y a falta de resultados, es necesario, al menos, hacer... gestos.

–No... no te entiendo. ¿A qué gestos te refieres?

–Por ejemplo, deberías mandar detener a Pawn, el dueño del almacén. A fin de cuentas, él distribuyó el whisky envenenado.

Jack Daniels movió la cabeza.

–No seas ridículo, George. Está claro que Pawn no tuvo nada que ver con el veneno. Ya ha declarado que un comerciante llamado Patrick Johnson le ofreció quince cajas de Duncan's muy baratas y las compró. Ni siquiera pretendió aprovecharse de ello, porque también vendió muy barato ese whisky a sus clientes. Pawn se ha mostrado siempre honesto y ha sido tan solo una herramienta en manos del verdadero responsable, que quizá sea ese Johnson... o quizá no.

–¿Y cómo lo sabes? ¿Cómo sabes que Pawn no tuvo nada que ver?

Daniels parpadeó.

–¡Vamos...! Montgomery Pawn es uno de los pilares de esta ciudad. Es un ciudadano ejemplar, un buen amigo mío y apoyó mi candidatura a gobernador desde el primer momento.

Macallan no rechistó. Se limitó a paladear su oporto, dejando que Daniels rumiase sus propias palabras. Cuando lo hizo, los ojos se le empequeñecieron.

–¿Qué pasa, George? ¿Acaso sabes algo que yo no sepa?

–Claro que no –respondió Macallan–, pero la realidad es que ese whisky salió del almacén de Pawn. Las botellas que él vendió mataron a treinta y seis personas. No puedes pasar eso por alto solo porque esté de tu parte o sea amigo tuyo. La gente no entenderá que quede libre de sospecha tan solo por asegurar que no fue culpa suya o no tuvo nada que ver. Ordena que lo detengan hasta que avance la investigación y tengamos al verdadero culpable. Eso sí: déjame que sea yo quien lleve esa investigación si no quieres que tu amigo Pawn se pudra en el calabozo durante meses.

Daniels miró fijamente a Macallan. Suspiró profunda y lentamente, antes de volver a hablar. No acompañó la frase con gesto alguno.

–De acuerdo, George. Supongo que tienes razón. Haz tu trabajo... y yo haré el mío.

Macallan se echó a la boca el resto del oporto que quedaba en su copa. Estaba seguro de que aquel vino tan dulce se le subiría pronto a la cabeza, así que decidió ir finalizando la entrevista con el gobernador.

–Claro que lo voy a hacer, Jack. Lo cierto es que tengo verdadera curiosidad por averiguar lo que pasó. ¿Sabes? Si todo esto ha sido premeditado, se trata del plan criminal más ingenioso que yo pudiera imaginar: alguien envenena un lote del whisky preferido por los grandes hombres de Elkhorn. Se lo vende muy barato al principal almacén de la ciudad, para asegurarse de que lo ofrezca a sus mejores clientes y estos se lo compren, encantados. Y, a continuación, el asesino se sienta a esperar que sus víctimas se envenenen a sí mismas, sin saberlo. Es un comportamiento despiadado, propio de un canalla de primera clase; pero, criminalmente, resulta muy brillante.

–¿Y por qué razón querría alguien matar a todos los hombres importantes de la ciudad? Al principio, pensé que se trataba solo de mis partidarios, en una maniobra dirigida contra mí; pero algunos de los fallecidos eran contrarios a mi gestión. Incluso tenía adversarios políticos entre los muertos.

Macallan asintió.

–A pesar de eso, quizá tú sigas siendo el objetivo. Si no resuelves esta crisis adecuadamente, tu carrera política estará acabada.

–Llevas razón en eso –dijo Daniels, tras fruncir los labios.

–Y también es posible que algunos de los muertos sean meras víctimas inocentes.

–Todos lo son, ¿no?

–Me refiero a que quizá el asesino no pretendía acabar con todos ellos pero... se le fue la mano, por decirlo así. Incluso he llegado a pensar si tal vez solo querría acabar con una de las víctimas y los otros treinta y cinco son una mera cortina de humo, una forma de dificultar la investigación para que nos resulte imposible descubrir sus motivos y atraparlo.

El gobernador miró con espanto a Macallan.

–Me resisto a pensar que exista gente tan malvada. ¡Matar a treinta y seis personas solo para acabar con una de ellas!

–¡Pero, Jack...! –exclamó Macallan, abriendo los brazos–. ¿De qué te asombras? Los dos hemos sido militares. Hemos participado en decenas de batallas y escaramuzas. Hemos visto canalladas mucho mayores que esa. Centenares de víctimas inocentes, civiles y militares que no deberían haber muerto. En las guerras contra los indios arrasamos aldeas enteras llenas de ancianos, mujeres y niños. ¿Y tú te resistes a creer que pueda haber gente tan malvada? ¡Estamos rodeados de malvados, por Dios!

La mirada de Daniels se había ensombrecido. Sabía que Macallan tenía razón pero, aun así, trató de defender su postura.

–No es lo mismo, George. Una cosa es la guerra, en la que todos parecen enloquecer y se hacen cosas horribles en el fragor de la batalla. O un tiroteo, como consecuencia de una reyerta. Pero elaborar un plan para ejecutar fríamente a decenas de personas inocentes, elegidas al azar... Eso es diferente. Me niego a aceptarlo.

Macallan miró al gobernador como habría mirado a un buen actor de teatro.

–Si tú lo dices...

DESPEDIDAS

Esa noche, en el mismo tren en que llegó el material de laboratorio que Hendriksen había pedido a Chicago, Macallan partió rumbo a Sidney, una pequeña ciudad, casi en el punto de unión del estado de Nebraska con los de Wyoming y Colorado, desde donde Patrick Johnson dirigía su negocio de mercaderías entre las ciudades que enlazaba la línea del ferrocarril.

A despedirle a la estación de Elkhorn acudieron el doctor Hendriksen, el periodista Gregson y la señorita Dalilah Parker.

El médico recogió el material que esperaba y, antes de encaminarse hacia su casa, estrechó la mano de Macallan.

–Espero que volvamos a vernos pronto.

–Yo también lo espero, doctor. Eso significará que he cumplido con mi encargo. Telegrafíeme a Sidney con el resultado de sus análisis. Si no hay sorpresas y se confirma que el arsénico está presente tan solo en esa partida de Duncan's, basta con que me ponga un telegrama con las palabras «Todo OK». Si encuentra algo inesperado, tendrá que gastar dinero en un mensaje más largo. Pero no lo ponga de su bolsillo: pídaselo al gobernador Daniels. Al fin y al cabo, usted y yo estamos trabajando para él.

–Así lo haré, no se preocupe. Y cuídese, Macallan, que hay mucho canalla suelto por ahí.

–¡A mí me lo va usted a decir!

Apenas el doctor Hendriksen se hubo marchado, Macallan se dirigió al periodista Gregson y le entregó un sobre marrón.

–Bradley, esto es la parte de mis ganancias en el póquer que creo te corresponde: mil dólares. Como veo que te muestras reacio a aceptarlo como donativo, te voy a proponer que me permitas entrar en tu periódico como socio minoritario. Esta será mi aportación al capital de tu negocio, a cambio de un diez por ciento de las acciones.

–Es muy generoso por su parte, señor Macallan, pero no es en absoluto necesario. El periódico se está financiando bien por sí solo.

–¡Venga, hombre, no seas así! No me obligues a suplicarte, que queda muy feo en alguien de mi edad. Lo cierto es que siempre he querido tener un periódico propio. Y conservando el noventa por ciento del capital, podrás seguir tomando tú todas las decisiones. Coge este dinero y contrata con él a un par de colaboradores. Así no se notará tanto que escribes tú todos los artículos. Solo te pongo una condición: que uno de esos nuevos empleados sea la señorita Parker.

–¿Cómo dice? –se sorprendió Gregson.

Macallan sonrió ampliamente, cosa que hacía muy de tarde en tarde.

–¿Crees que no he visto cómo la miras? Yo diría que estás enamorado de ella hasta los hígados, ¿verdad?

Gregson sonrió.

–Realmente, solo hasta el páncreas. Pero no tengo la menor posibilidad: se ve a la legua que a ella le gusta usted.

–¿Yo? No me hagas reír. ¡Pero si podría ser su padre!

–Quizá sea por eso. A algunas chicas les gustan los hombres mayores.

–Bobadas. Además, me voy de Elkhorn, así que voy a dejar de ser un estorbo para tus planes de conquista. Anda, dale un trabajo en tu periódico, no importa de qué: secretaria, redactora, fotógrafa... lo que sea. O las tres cosas a la vez. He tenido ocasión de hablar con ella esta mañana y creo que es una mujer inteligente. Solo le hace falta leer más libros.

–Pero es una chica de saloon. Y ya sabe la fama que llevan...

Eso hizo poner a Macallan los brazos en jarras.

–¡Oye! ¿Ahora me vas a salir con prejuicios? Además, quizá a otras les guste ser chicas de saloon, pero a ella no, estoy seguro. Sácala del Ross y dale un trabajo digno. Trátala bien, págale un salario justo y dile de cuando en cuando lo hermosa que es y lo mucho que la quieres. Tienes para enamorarla hasta que yo vuelva por aquí, que no sé si será dentro de diez días o de diez semanas. Si no lo has conseguido para entonces, puede que decida intentarlo yo. ¿Está claro?

Gregson contempló el sobre marrón durante un momento y, luego, se lo metió en el bolsillo interior de la chaqueta. Miró también de reojo a la chica, que esperaba a unos pasos de distancia.

–De acuerdo, señor Macallan –dijo en voz baja–. Lo intentaré, al menos.

–Así me gusta. Y no me llames señor Macallan, calamidad. Llámame socio.

La última despedida fue la de Dalilah Parker.

–¿Cómo va ese ojo?

–Ya está bien del todo, gracias.

Se miraron. Dalilah tragó saliva y lo dijo, de carrerilla:

–Lléveme con usted, señor Macallan. Necesito salir de esta ciudad. Si sigo aquí, me moriré.

Macallan, que ya se esperaba algo así, se limitó a besarla en la mejilla.

–No exageres, mujer. Cuando no mueren personas envenenadas, Elkhorn no es una mala ciudad para vivir. Es grande y está al este del oeste. Aunque te parezca extraño, no voy a ningún sitio mejor. Si me marchase a Denver o a Salt Lake City, sería otra cosa. Y te garantizo que no te vas a morir por quedarte aquí. Al contrario, tengo la certeza de que tu vida va a empezar hoy mismo a cambiar para mejor, ya lo verás. Habla con Gregson. Tiene algo para ti. Yo... volveré pronto. Tan pronto como pueda.

EL TREN

PRIMERA CLASE

Como ahora era un hombre casi rico, Macallan se había pagado un departamento con cama en el único coche-salón del tren. Y lo cierto es que se quedó realmente perplejo al descubrir el nivel de lujo que ofrecía en ese caso la compañía Union Pacific. Nada que ver con los asientos corridos de listones de madera presentes en los dos coches de viajeros convencionales. El coche-salón contaba con ocho departamentos dotados cada uno de cama, un pequeño armario y dos butacas tapizadas. Disponía también de dos retretes con lavabo, situados en las dos plataformas extremas.

También llamó la atención de Macallan que el vagón de mercancías que cerraba la composición del convoy careciese por completo de marcas y rótulos exteriores más allá de las inscripciones de sus características.

Macallan, que como siempre cargaba con su silla de montar charra, estuvo a punto de acomodarla en la zona de equipajes del furgón que circulaba tras la locomotora, pero se percató de que en su departamento había sitio más que suficiente para transportarla sin problemas. Prefería tenerla cerca, así que la depositó sobre una de las butacas.

Cuando el tren arrancó de la estación de Elkhorn, Macallan agitó el brazo desde la plataforma del coche para despedirse de Gregson y Dalilah. El periodista había pasado un brazo sobre los hombros de ella y la chica no parecía sentirse nada incómoda por ello.

–Suerte, chicos –murmuró entre dientes.

Cuando el convoy hubo adquirido velocidad y se situó entre la ciudad y el horizonte, Macallan se dirigió sin prisa a su departamento y se dejó caer sobre la cama. Era increíblemente cómoda, tanto como la de cualquier buen hotel en el que se hubiese alojado anteriormente y mucho más que la de su habitación en la residencia de la academia militar de West Point.

Enseguida determinó que aquella era la mejor manera posible de viajar. Le esperaban nada menos que cuatrocientas millas hasta Sidney. Alrededor de quince horas, incluidas las paradas. Prácticamente, un suspiro. El mismo trayecto en diligencia llevaría al menos tres días, y el triple en carromato.Y, lo mejor de todo, viajaría tumbado. No estaba seguro de poder dormir, pero recorrer aquella enorme distancia tumbado sobre una cama mullida, arrullado por la respiración asmática de la locomotora, le parecía propio de emperadores. Más aún: propio de una de esas leyendas orientales que se les contaban a los niños antes de dormir.

El ferrocarril había cambiado el mundo y, desde luego, estaba cambiando América.

Macallan pasó casi toda la noche en un agradable duermevela, mecido por el traqueteo del tren. Dormir profundamente resultaba difícil a causa de la sinfonía continua de crujidos y chirridos de toda clase que la marcha del convoy producía, pero a Macallan eso le daba igual. Estaba seguro de llegar a Sidney al mediodía siguiente perfectamente descansado.

TED WILD

Clareaba ya el alba cuando Macallan sintió un contundente apretón en las tripas y decidió visitar el retrete más cercano de los dos con que contaba el vagón. Pensó que era otro lujo increíble poder evacuar en pleno viaje, sin esperar a las paradas. Entre el ajuar del departamento figuraba un orinal de hierro esmaltado, situado bajo la cama. Macallan lo había utilizado un par de veces en las horas anteriores, pero ahora se trataba de hacer aguas mayores. Salió del departamento vestido con solo las botas y sus calzoncillos largos, llevando en la mano el orinal. Contuvo un escalofrío al enfrentarse a la gélida corriente de aire que recorría el pasillo central del vehículo, pobremente iluminado por dos lámparas de aceite colgadas del techo. Aunque ya avanzaba mayo, la temperatura de los amaneceres en aquellas despejadas llanuras del medio oeste apenas sobrepasaba los cero grados centígrados. Más tarde, cuando el sol ganase fuerza y altura, sin duda incluso haría calor. Pero no ahora.

El retrete contaba con un sencillo lavabo y algo parecido a una placa turca: dos huellas donde apoyar los pies y un agujero estratégicamente situado, mirando a través del cual se veían pasar las traviesas. Primero, vació el orinal por el agujero y después se bajó los calzoncillos por debajo de las rodillas y se acomodó, en cuclillas.

El retrete contaba con un ventanuco de cristal esmerilado que Macallan decidió abrir en parte, con el fin de mejorar la ventilación del habitáculo.

A través del ventanuco abierto, Macallan veía el cielo, que iba aclarándose poco a poco con la creciente luz del amanecer. De cuando en cuando, al pasar el tren por alguna trinchera, también veía el lateral de un talud, o la copa de un árbol o una roca de perfil curioso.

Y, de repente, lo que vio fue un hombre.

Se trató de una auténtica chiripa, porque no lo habría visto de no hallarse en aquella peculiar postura. Pero lo cierto es que lo vio. El tipo vestía camisa de cuadros y un sombrero negro, de cowboy, muy alto. Estaba de pie sobre la cúspide del talud, que en esa zona sobrepasaba la altura del tren, puesto que la vía dibujaba una curva en trinchera, justo antes de penetrar en un largo túnel.

Le resultó una visión tan insólita que la alarma le erizó de inmediato el vello de los brazos. Macallan se incorporó rápidamente y sacó la cabeza por el ventanuco. Antes de que la oscuridad del túnel lo invadiese todo, volvió a ver al hombre durante un instante. Se había despojado de su sombrero y lo agitaba con la mano para hacer señas a alguien situado a lo lejos.

Macallan se percató también entonces de que el tren marchaba más despacio. Desde poco antes de entrar en el túnel, el trazado encaraba una fuerte pendiente y la locomotora perdía velocidad a ojos vista. No hacía falta ser muy listo para darse cuenta de que aquel era un lugar ideal para intentar un asalto, y el hombre que acababa de ver, sin duda, alertaba a otros, situados más adelante, de la llegada del convoy. Al salir por el extremo opuesto del túnel, el tren circularía a velocidad muy reducida. Para alguien situado encima del bocal resultaría facilísimo saltar sobre el techo de los vagones.

Macallan se percató de que estaban a punto de ser asaltados por forajidos y masculló una maldición.

Se subió los calzoncillos y salió al pasillo. Corrió a su departamento y comenzó a vestirse con rapidez. Aunque ello no afectase a su puntería, no quería enfrentarse a los asaltantes en paños menores. Mientras lo hacía, tomaba decisiones.

Y la primera fue dar la voz de alarma.

Macallan pensó que los viajeros del coche-salón, mucho más adinerados que quienes viajaban sentados, serían el objetivo prioritario de los asaltantes. Ignoraba cuántos de los departamentos estaban ocupados, por lo que corrió de puerta en puerta, golpeándolas con los nudillos. Las abrió, una tras otra, sin encontrar a nadie. Empezaba a pensar que viajaba solo en aquel coche cuando, al llegar al último departamento, el número 8, halló la puerta asegurada.

–¡Oiga! –gritó–. ¿Hay alguien ahí? Soy el pasajero del departamento número dos. Me llamo Macallan. ¿Hay alguien?

Casi de inmediato, se abrió la puerta un palmo y, al otro lado, apareció la cara alargada de un hombre alto y con bigote de guías, vestido con camisa y pantalón negros. No parecía que acabase de despertar. Empuñaba un revólver Colt de cachas nacaradas y cañón muy largo. El hombre no llegó a abrir la boca, sino que interrogó a Macallan con las cejas.

–Asaltantes –dijo Macallan, telegráficamente–. He visto a uno hacer señas desde la entrada del túnel. Seguro que nos esperan al otro lado, a la salida.

El hombre del bigote asintió. De inmediato, se colocó una levita y se caló un sombrero, tan negros ambos como el resto de su indumentaria.

–Me llamo Wild –dijo después–. Ted Wild.

–George Macallan.

Se estrecharon las manos que no sujetaban las armas: Macallan la derecha y Wild la izquierda.

La locomotora abandonaba ya la oscuridad del túnel, que se había llenado de humo a su paso. Como Macallan había supuesto, circulaba el tren muy despacio, a punto de superar con ciertos apuros la cota máxima de aquella larga rampa.

Wild, entonces, salió al balcón trasero del coche y trepó por la escalerilla que daba acceso al techo. Lo hizo con precaución, asomándose solo lo suficiente para poder echar un vistazo a la parte superior del tren.

A pesar del humo, negro como el alma de un banquero, distinguió a dos hombres que habían saltado sobre el techo del caboose y se dirigían, armas en mano, en dirección a la locomotora. Pero también pudo ver perfectamente cómo otros tres sujetos saltaban en ese momento desde el bocal de piedra del túnel sobre el techo del coche-salón, corrían hacia delante y descendían al llegar al hueco que lo separaba del siguiente coche.

Wild también descendió, para explicarle la situación a Macallan.

–Cinco tipos. Dos van hacia la máquina. A los otros tres los tenemos aquí, bajando del techo entre este coche y el anterior.

–¿Solo tres? Lo veo arriesgado. En el tren viajan al menos sesenta personas y me juego el sombrero a que por lo menos la mitad llevarán armas. No pueden controlarlos a todos entre solo tres.

–Quizá sus intenciones sean otras.

–¿Otras? ¿A qué se refiere?

El hombre de negro se llevó entonces un dedo a los labios. Del bolsillo interior de la levita sacó un espejo del tamaño de la palma de su mano y lo sujetó ante sí extendiendo el brazo cuanto pudo. De este modo, logró echar un vistazo al pasillo del coche-salón sin necesidad de abrir ni de asomarse por el cristal de la portezuela.

–No han ido al coche de viajeros, sino que han entrado en este –informó.

–¿Los tres?

De nuevo, Wild le pidió silencio con un gesto.

–¿Ha dicho que viaja en el departamento número dos?

–Así es –confirmó Macallan.

–Es curioso: se han dirigido directamente allí.

Se oyeron dos disparos.

–¿Y eso? –preguntó Macallan.

–Han disparado a través de la puerta. Creo que pensaban que estaba usted dentro. Ahora... la han abierto y ¡oh, sorpresa! el departamento está vacío. Se les ve contrariados. Ahora... están abriendo los otros departamentos. Yo diría que le buscan, amigo.

Se oían los golpes con los que abrían y cerraban las portezuelas de madera.

Cuando llegaron al departamento de Wild, que era el más cercano a su posición, pudieron oír perfectamente la conversación de los bandidos.

–En este departamento también viaja alguien. ¡Pero tampoco está! ¡Esto no me gusta, Clark!

–¿Dónde demonios se han metido? ¿Qué está pasando aquí?

–¿Habéis mirado en el retrete? –preguntó entonces uno de los hombres.

Macallan y Wild cruzaron una mirada. Ellos estaban a un lado de la plataforma exterior. El retrete, al otro. Casi de inmediato, uno de los asaltantes salió del coche y se plantó ante la puerta del aseo, sin percatarse de que los tenía a sus espaldas.

Adelantó la mano y la apoyó sobre el picaporte, dispuesto a abrir, pero, en el último segundo, se lo pensó mejor y decidió efectuar dos disparos que atravesaron la portezuela. Solo entonces la abrió.

–¡Tampoco hay nadie aquí! –anunció a sus compinches, echando un vistazo dentro–. ¡No lo entiendo!

Entonces, se giró.

Wild, rápido como un rayo, lo enganchó por la pechera, le arrebató el revólver y arrojó al tipo fuera del tren. Todo en un solo gesto, sin que el forajido tuviese tiempo de reaccionar.

Aunque la máquina había empezado a ganar velocidad, aún circulaba lentamente y la caída no habría tenido graves consecuencias de no ser porque, en su esfuerzo por evitarla, el hombre se aferró a la barandilla y acabó cayendo sobre la vía. De inmediato, las dos ruedas derechas del vagón situado en cola pasaron sobre sus piernas, seccionándolas completamente por la mitad del muslo. Tras un alarido desgarrador, el desgraciado se desangró y murió en menos de un minuto.

Sus dos compañeros lo hicieron mucho antes, de sendos disparos cuando, alertados por los gritos del primero, salieron al balconcillo sin tomar las debidas precauciones.

–Quedan dos –recordó Macallan–. Los que iban hacia la locomotora.

Pero Wild negó con la cabeza.

–Quedan más.

–Usted ha dicho cinco.

–El resto aún no están aún a bordo, pero tienen que ser varios más. Estos cinco eran solo una avanzadilla.

–¿Cómo lo sabe?

–Como usted decía, las bandas que asaltan trenes han de ser numerosas, para poder controlar a todos los viajeros. Para abordar el tren, suelen enviar a un grupo pequeño por delante, que se encarga de parar la máquina en un lugar accesible, donde los demás están esperando. Yo hago este viaje a menudo; justo al salir del túnel comienza un descenso en el que el tren debería ganar velocidad con rapidez. Pero no lo estamos haciendo. Al contrario, está frenando.

Macallan comprendió al instante.

–Los dos primeros asaltantes están obligando a los maquinistas a parar.

–En apenas una milla, en cuanto salgamos de este desfiladero, llegaremos a una zona abierta. Le apuesto lo que quiera a que el resto de la banda nos estará esperando allí.

–¡Entonces, hay que conseguir que el tren gane velocidad! ¡Tenemos que llegar a la locomotora!

–Yo iré por el techo –propuso Wild, trepando por la escalerilla–. Vaya usted por el interior de los coches. Nos reuniremos en el furgón.

Así lo hicieron.

Los disparos efectuados habían alertado a los viajeros y cuando Macallan entró en el primer coche de asientos se vio de inmediato encañonado por cuatro armas.

–¡Calma, señores! –dijo, alzando las manos–. ¡Soy agente especial del gobernador! Me llamo Macallan. Con ayuda de otro viajero nos hemos deshecho de tres asaltantes, pero pensamos que enseguida tratarán de subir a bordo varios más. Es casi seguro que suframos un tiroteo. Quienes sepan disparar, que se preparen. Los que no, arrójense al suelo y eviten acercarse a las ventanas.

Tras un discurso muy parecido dirigido a los viajeros del siguiente coche, Macallan llegó al furgón cuando Wild ya se había hecho cargo de la situación.

–¿Tiene usted buena puntería, Macallan?

–De primera. ¿Por qué lo dice?

–Nuestros dos amigos están en la cabina de la locomotora, apuntando al maquinista y al fogonero. Creo que solo tendremos una oportunidad.

Salieron del furgón y treparon a la trasera del ténder.

–A la cabeza –indicó Wild–. Hemos de disparar los dos a la vez, para no darles ocasión de herir a los maquinistas. Yo tiro sobre el de la derecha.

–De acuerdo. Yo, al de la izquierda.

Se apostaron entre los troncos de madera que servían de combustible y buscaron cada cual una posición que les permitiera asegurar el tiro pese al traqueteo de la marcha.

–¿Listo? –preguntó Wild.

–Listo.

–Uno... dos... ¡tres!

Los dos disparos sonaron como uno solo. Y fueron igualmente precisos y letales. Los dos forajidos se desplomaron sin llegar a saber por dónde les había llegado la muerte.

De inmediato, Wild y Macallan se pusieron en pie y avanzaron hacia el maquinista y su ayudante, que estaban completamente lívidos y al borde de la angina de pecho.

–¡Vamos, vamos! –gritó el hombre del bigote–. Dale marcha a este trasto. ¡Hay que ganar velocidad antes de salir del desfiladero!

El maquinista no tardó en reaccionar. De inmediato, abrió a tope el regulador del vapor y la máquina, ayudada por la pendiente favorable, comenzó a acelerar, resoplando con furia creciente, mientras el fogonero alimentaba la caldera con más madera.

Wild y Macallan arrojaron sin contemplaciones fuera de la máquina los cuerpos de los dos asaltantes muertos y se asomaron a continuación por la ventana izquierda de la locomotora.

–¡Es allí! –señaló Wild, gritando por encima del fragor de la marcha–. ¿Lo ve? Allí delante, a menos de media milla, nos estarán esperando. Al llegar a ese punto hay algo más de una milla de terreno abierto. Luego, se vuelve escarpado, de nuevo.

Los dos hombres recargaron sus revólveres.

Indicaron al maquinista y al fogonero que se acurrucasen junto a la puerta del hogar de la locomotora. Ellos se apostaron, uno en cada lateral, para poder disparar a través de las ventanillas.

–¡Ya los veo! ¡Son al menos doce! –exclamó Macallan–. ¡Seis a cada lado de la vía!

Iban a caballo y parecían tranquilos, seguramente confiados en que sus compañeros habrían cumplido su trabajo y el asalto al tren sería coser y cantar. Sin embargo, apenas la locomotora asomó por el desfiladero, ya se percataron de que venía a mayor velocidad de la esperada y se pusieron en guardia.

Alguien gritó: «¡Dispersaos! ¡Algo ha salido mal!»

Poco tardaron en sonar los primeros disparos.

Wild y Macallan eligieron cada cual a uno de los jinetes y abrieron fuego de manera casi simultánea, derribando a los dos forajidos y encabritando a sus caballos.

Los demás respondieron al ataque y pronto los proyectiles del cuarenta y cinco surcaban el aire. Muchos impactaban contra los laterales metálicos de la cabina, produciendo un sonido escalofriante y cantarín.

En el tiroteo, pronto cayeron otros dos bandidos. Sus compañeros galoparon entonces en dirección a la cola del convoy. Pero al pasar frente a los dos coches de viajeros, se encontraron con nuevos disparos. Algunos pasajeros habían echado mano de sus rifles y revólveres y abrían fuego sobre los jinetes. Hasta cinco de ellos fueron derribados. Eso sí, también cuatro viajeros –entre ellos, una mujer– resultaron heridos por la réplica de los bandidos.

Los tres atracadores supervivientes, sin embargo, siguieron con el plan original y, llegando al final del tren, saltaron a la plataforma del vagón de cola.

Desde la máquina, Wild se apercibió de la maniobra y lanzó una maldición escalofriante.

–¿Qué pasa? –preguntó Macallan.

–¡Esos malditos ladrones no se rinden! ¡Quieren desenganchar el vagón! ¡Mi vagón! –gritó Wild.

Y, de inmediato, abandonó la cabina de la locomotora y salió corriendo hacia allí.

–¡Wild! ¡Espere!

Pero el hombre del bigote no podía esperar. Trepó tan deprisa como pudo por los troncos de madera que almacenaba el ténder, de allí saltó al caboose, lo atravesó e irrumpió como un diablo en el primer coche de viajeros.

–¡Apártense, vamos! ¡Échense a un lado!

Aquello estuvo a punto de costarle la vida, pues uno de los pasajeros, al confundirle con un asaltante, se volvió hacia él y le descerrajó un tiro de rifle. Algún ángel del cielo evitó que ni Ted Wild ni ninguno de los otros viajeros resultasen heridos. El tirador falló clamorosamente y la bala fue a estrellarse en el techo.

–¡Guarde eso, imbécil! ¡No soy uno de ellos! –le increpó Wild, mientras seguía corriendo por el pasillo.

Al pasar junto al hombre del rifle, le propinó tal empentón que casi lo arrojó por la ventanilla. Y, sin perder ni un segundo, siguió corriendo, tren adelante. Al abrir la puerta del segundo de los coches de viajeros, se encontró frente a media docena de fusiles y revólveres cuyos propietarios, parapetados tras el respaldo de los asientos, le apuntaban directamente a la cabeza.

Wild ni siquiera pestañeó.

–¡Fuera! ¡Dejen paso! ¡Soy de los buenos! ¿Es que no lo ven? Alguno de los pasajeros llegó a acariciar el gatillo de su arma, pero ninguno disparó. Tras una leve vacilación, las armas se alzaron y el pasillo central quedo expedito.

Veinte zancadas después, Wild saltaba ya sobre la plataforma del coche-salón y, tras abrir la portezuela, continuaba su frenética carrera hacia la cola del tren.

Mientas corría por el pasillo, lo vio de refilón.

A punto de cruzar frente a ella, con el rabillo del ojo se percató de que la puerta del tercer departamento estaba entreabierta. Y en el interior se había agazapado uno de los pistoleros. Tras ver pasar corriendo a Wild, el forajido salió al pasillo y le disparó por la espalda.

Debería haberlo matado pero, para cuando el atracador oprimió el gatillo de su arma, Wild ya había reaccionado de manera instintiva, arrojándose al suelo al tiempo que giraba sobre sí mismo. La bala, destinada a entrarle por el centro de la espalda a la altura del corazón, se alojó en la parte superior de su antebrazo izquierdo.

Un instante después, el hombre de negro caía al suelo del coche pero, para entonces, ya había girado lo suficiente para tener línea de tiro. El colt de cachas nacaradas ladró dos veces más y el forajido cayó muerto.

Rabiando de dolor a causa de la herida, Wild se incorporó y siguió corriendo, apretando los dientes. Sabía dónde encontraría a los otros dos hombres. Ya estaba cerca.

Al llegar al final del coche, decidió avanzar con cuidado. A través del cristal de la puerta de acceso a la plataforma, distinguió en un par de ocasiones la cabeza de un tipo de tez amarillenta y pelo liso que trataba de soltar el enganche que mantenía unido el vagón de mercancías al resto del tren. Justo lo que él había sospechado. Estuvo a punto de salir y acabar a tiros con él pero, antes de hacerlo, se preguntó dónde estaba el tercer hombre. Lo supuso escondido, esperándole.

Wild no sabía de cuánto tiempo disponía. En el momento en que el atracador lograse abrir la garra del enganche, el vagón quedaría libre sobre la vía y los malos habrían ganado. No podía permitirlo.

En cinco segundos, trazó un plan alternativo.

Entró en el departamento que ocupaba durante el viaje, el número ocho. Abrió la ventana y salió por ella al exterior del coche, apoyando los pies en la pequeña moldura que recorría la cintura de la carrocería, y avanzó agarrándose con la mano libre al vierteaguas del techo. El tren circulaba ya a buena velocidad y el aire de la marcha se hacía sentir con fuerza.

Se acercó poco a poco hasta la esquina trasera del coche. Al llegar allí, echó un ligero vistazo a la plataforma. En efecto, mientras su compañero trabajaba en el mecanismo del enganche, el otro forajido se encontraba agachado, con el revólver en la mano, esperando, sin duda, que él apareciera por la puerta.

No era de su agrado matar a un hombre por la espalda, pero en aquella inestable situación no podía concederle la menor oportunidad.

Sin pensárselo ni un segundo más, Wild tomó impulso y saltó sobre la plataforma. Estando aún en el aire, efectuó dos disparos. Cuando sus pies tocaron el suelo, el hombre ya estaba muerto.

De inmediato, Wild se incorporó para encararse con el último de los bandidos, el que manipulaba la garra del enganche. Era un tipo de ojos rasgados y rasgos orientales que lo miró espantado.

De manera algo teatral, Wild alzó su Colt, le apuntó entre los ojos y hasta se permitió una frase de despedida.

–Muere, piojoso amarillo.

Oprimió el gatillo. Sin embargo, el percutor del arma golpeó en un casquillo vacío. Wild pasó por un segundo de desconcierto, hasta que se percató de lo ocurrido: se había descontado al disparar y estaba sin balas.

De inmediato, intentó echar mano de un segundo revólver, más pequeño, que siempre llevaba consigo en una funda sobaquera. Pero tenía que alcanzarlo con el brazo herido y, cuando lo intentó, una cuchillada de dolor lo atravesó de parte a parte. Cuando por fin asió el arma, se dio cuenta de que había sido demasiado lento.

El chino ya había desenfundado y alzaba el cañón de su arma hacia Wild, que se dio cuenta de que iba a morir.

Incluso cerró los ojos para no ver llegar el final.

Una fracción de segundo antes de que el bandido apretase el gatillo, sonó una detonación diferente. No era el sonido de un Colt, sino el de un Russian; y, al instante, un agujero redondo y negro apareció en el centro de la frente del oriental, que durante unos segundos quedó inmóvil, como en una foto fija. Luego, cerró los ojos y, por fin, desmadejado por la muerte, cayó a la vía.

Tras haber recorrido todo el techo del tren a una velocidad de la que no se habría creído capaz, trastabillando en un par de ocasiones y saltando de un coche a otro sin medir las consecuencias de una posible caída, Macallan había llegado justo a tiempo.

–Amigo, me gustan las personas con sentido de la oportunidad –gimió Wild, sujetándose a la barandilla de la plataforma.

Cuando Macallan descendió por la escalerilla, Wild había ido dejándose resbalar hasta quedar sentado en el suelo del balconcillo, con gesto de dolor.

–¿Cómo se encuentra?

–Yo creo que no es grave –murmuró el hombre del bigote de guías–, pero lo cierto es que duele como el mordisco de un lobo.

–El mordisco de un lobo, ¿eh? Está usted hecho todo un poeta.

Macallan condujo al herido hasta su departamento y lo dejó tumbado en la cama para ir en busca de algún pasajero con conocimientos médicos.

Se prestó a acompañarle una mujer de mediana edad que decía haber sido enfermera durante la guerra de secesión. Con trozos de sábana que rasgó allí mismo, le hizo a Wild en el brazo un vendaje tan torpe que, al terminar, aquello más bien parecía el hato de un vagabundo.

–Es una herida limpia –comentó la mujer–, con entrada y salida, pero quizá la bala ha rozado el hueso y por eso le duele tanto. A no ser que el señor, a pesar de su aspecto de duro pistolero, sea un miserable quejica.

Wild la atravesó con la mirada y estuvo a punto de insultarla, pero se contuvo y, simplemente, le agradeció la cura. Y una vez que la mujer regresó a su vagón y quedaron de nuevo solos los dos hombres, ambos se echaron a reír.

–Pero ¿de dónde la ha sacado, Macallan? Además de que es la enfermera más fea que he visto en mi vida, se permite el lujo de llamarme quejica. Miserable quejica, ha dicho.

–No había mucho donde elegir. Era ella o un tipo que decía haber aprendido medicina india de un curandero cheroqui. Por lo menos, ha sabido improvisar un vendaje.

–¿Se refiere a este fardo informe que ahora llevo en el brazo? ¡Pero si parece la almohada de Satanás!

Macallan volvió a reír con la comparación, pero Wild quedó enseguida serio.

–Me ha salvado la vida, amigo –dijo el hombre del bigote–. Ya me veía en el otro barrio cuando ha aparecido como un ángel de la guarda. Estoy en deuda con usted y espero tener la ocasión de devolverle el favor algún día.

–En cambio, yo espero que no se dé esa ocasión jamás. Le aseguro que no me debe nada. Y no es que desconfíe de su habilidad, pero siempre es mejor no tentar a la suerte.

–Ni a la suerte... ni a la muerte.

El gesto de Wild volvió a contraerse en una mueca de dolor.

–Se arriesgó usted mucho por evitar que esos bandoleros desenganchasen el vagón de cola. ¿Qué es lo que transporta?

–No lo sé –respondió Wild, con indiferencia–, pero defenderlo es mi trabajo. El vagón es propiedad de mi jefe, el señor Johnson.

Macallan alzó una ceja.

–¿Se refiere a Patrick Johnson, comerciante de Sidney?

–Ese mismo. ¿Lo conoce?

–De oídas.

–Dispone de varios vagones como este, que circulan enganchados en los trenes de la Union Pacific. Y también en los de otras compañías, cuando es necesario. Con ellos transporta las mercancías más variadas por gran parte del país. Y en cada tren viaja siempre un hombre como yo, que tiene la misión de procurar que el vagón y su contenido lleguen intactos a su destino.

–Un curioso oficio, guardaespaldas de vagones. ¿Está bien pagado?

–No está mal, se lo aseguro. Además, en la mayoría de los viajes no sucede nada reseñable y se cobra por hacer un cómodo viaje en tren y conocer el país.

–Ya. Pero, de cuando en cuando, hay un incidente como este en el que te ganas el sueldo sobradamente, ¿no?

Wild sonrió.

–Así es. ¿Y usted, Macallan? Aún no me ha dicho a qué se dedica.

–A muchas cosas diferentes pero que, al final, se resumen en una: disparar con la mejor puntería posible.

–Eso lo hace usted muy bien.

–Gracias. Oiga, Wild, al llegar a Sidney... ¿podría presentarme a su jefe?

–¿Por qué? ¿Le gustaría tener un trabajo como el mío?

Macallan se rascó la ceja derecha.

–Sí, es posible.

–Voy a estar unos días fuera de combate, así que el señor Johnson necesitará un suplente. Los trenes no se detienen. Los trenes nunca se detienen. Le puedo recomendar para el puesto, si quiere.

LA CIUDAD

JOHNSON

Finalmente, y pese a todo, el tren llegó puntual a Sidney, aunque lo hizo cosido a balazos.

Se desembarcó en primer lugar a los viajeros heridos, incluyendo a Wild. Luego bajaron todos los demás, incluso los que proseguían viaje, ya que el tren tenía prevista parada y fonda hasta las tres y cuarto de la tarde. Por último, casi media hora después de la llegada, Macallan descendió del coche-salón y se encaminó hacia el centro de la ciudad.

A quienes lo vieron, les llamó la atención aquel sujeto que cargaba con una mochila del ejército confederado y una espectacular silla de montar mexicana con molduras de plata. La llevaba sobre el hombro derecho porque le gustaba tener libre la mano izquierda, que era la de disparar. El tipo era un zurdo contrariado en todo, menos en eso. Escribía con la derecha y comía con la derecha. Pero disparaba con la zurda. No tenía aspecto de granjero ni de vaquero ni de minero porque no era ninguna de esas cosas. Parecía un hombre sin futuro, pero tenía un largo y curioso pasado en el que había sido oficial del ejército del sur y espía durante la guerra de secesión. Pero ya no. Resultaba llamativo lo bajo que llevaba el revólver, un Russian, al que los ignorantes tildaban de anticuado. Le resultaba algo molesto a la hora de caminar, pero de este modo era más fácil y rápido de desenfundar.

George Macallan dejó atrás los terrenos de la estación y avanzó por la zona sombría de la calle principal de Sidney, Nebraska. Avanzó hasta que descubrió un establecimiento que lucía un enorme letrero en el que, si uno sabía leer, como era el caso de Macallan, podía leerse «Saloon Principal».

Dejó la silla de montar atada junto al amarradero de los caballos y entró en el local.

Las conversaciones se apagaron con su llegada. Veinticuatro pares de ojos lo siguieron en su camino hacia la barra. El pianista, que improvisaba una melodía con aires de polca, tocó más despacio. Las tres cantantes, que se tomaban entonces un respiro, respiraron más deprisa. Y es que Macallan era alto, guapo y elegante. Y tenía los ojos claros.

–Un bourbon –pidió el recién llegado, tras acodarse en el mostrador.

El camarero le sirvió un vaso pequeño y de culo gordo, que Macallan vació de un trago.

–¿Sabe dónde puedo encontrar a Johnson?

–¿Johnson?

–El que tiene vagones de ferrocarril propios.

El camarero, con un movimiento del mentón, señaló una mesa, cerca del piano y el pianista, en la que un hombre solo, joven y algo obeso, vestido con un traje de calidad pero que le sentaba francamente mal, tomaba anotaciones en un cuaderno de tapas de hule.

–También es el dueño de este local –le susurró el camarero. Macallan pidió otro bourbon, pagó los dos y, con el vaso en la mano, fue a sentarse frente a Johnson, en su misma mesa.

El hombre siguió escribiendo durante medio minuto más. Luego alzó la vista, se quitó las gafas con una mano y examinó al recién llegado con una mirada en la que destacaba una ceja arqueada que era como un signo de interrogación.

–George Macallan –dijo George Macallan.

El tipo lo miró con interés. Tenía los ojillos pequeños y redondos.

–¡Ah, es usted...! Gusto en conocerlo, amigo. Gracias por salvar mi vagón... y sobre todo por salvar la vida de mi empleado, el señor Wild.

Macallan se sorprendió de lo rápido que corrían las noticias en aquella ciudad. Al menos, en dirección a Johnson.

–Precisamente fue él quien me dijo que lo encontraría a usted aquí.

–El bueno de Ted Wild... Se toma siempre su trabajo demasiado en serio. A mis empleados les pago para que defiendan mis mercancías, por supuesto. Pero también les digo que, en última instancia, su propia vida es lo principal. Insisto en que le estoy muy agradecido. Y está usted invitado a cualquier cosa que quiera tomar en este establecimiento.

Con aquella frase amable, Johnson pretendía dar por terminado el diálogo, pero Macallan no se movió.

–Sin embargo... –prosiguió Johnson, al poco–, también estoy muy ocupado, así que o me deja trabajar o me dice cuanto antes qué se le ofrece, señor Macallan.

–Solo quería hacerle un par de preguntas.

Johnson se ajustó los anteojos y volvió a tomar apuntes en su cuaderno.

–La primera...

–¿Recuerda haber enviado a Elkhorn hace unas tres semanas una partida de quince cajas de whisky Duncan's?

–Lo recuerdo –respondió el comerciante, tras unos segundos de silencio y sin alzar la vista–. Se las vendí a Monty Pawn, uno de mis clientes habituales. ¿La segunda pregunta?

–¿De dónde sacó ese whisky?

Johnson siguió escribiendo, al tiempo que carraspeaba.

–Lo siento, pero eso es información confidencial. Secretos de empresa, por decir así.

–Si no me responde, tendré que empezar a considerar la posibilidad de que fuera usted quien añadió al contenido de esas botellas una notable cantidad de arsénico.

La punta del lápiz de Johnson se rompió contra el papel, al tiempo que el hombre alzaba la vista, con los ojos muy abiertos.

–¿Arsénico? ¡Pero eso es un veneno! ¿De qué rayos habla?

Macallan enfrió la mirada.

–Hablo de algo muy serio, Johnson. Hablo de treinta y seis personas muertas en Elkhorn. Envenenadas tras haber bebido su whisky. Además, comprenderá que quienes beben whisky Duncan's no son precisamente cowboys de tres al cuarto. Se ha cargado usted a tres docenas de los hombres más ricos del estado.

La piel del rostro de Johnson había adquirido de súbito el color de la cera.

–¿Está... acusándome de la muerte de esas personas?

–Lo haré si no me dice lo que quiero saber; o si lo que me dice no me convence. Actúo en nombre del gobernador Daniels. Puedo pedirle al sheriff que lo encierre mientras sigo investigando por mi cuenta. Lo malo es que soy un investigador torpe y seguramente me llevará mucho tiempo llegar a conclusiones. Y, claro, no sé si podrá seguir atendiendo su negocio desde el calabozo.

Johnson se quitó de nuevo sus gafitas ovaladas y se frotó los ojos. Tanto ponerse y quitarse las gafas levantó las sospechas de Macallan. Su interlocutor parecía un hombre apocado, pero uno no se hacía tan rico como él sin poseer un carácter fuerte.

Justo entonces, Macallan vio de reojo cómo, a su izquierda, uno de los parroquianos del saloon se movía hasta situarse protegido tras una de las columnas del local.

–Está bien, Macallan... –prosiguió Johnson–. Se lo voy a contar. En realidad, no tengo nada que ocultar. Les compré el whisky a unos tipos que dijeron ser de Ogallala. Tres hermanos llamados Dalmore. El mayor, un tal Boniface, era el que llevaba la voz cantante. Unos incultos. No tenían ni la menor idea del valor del whisky Duncan's. Les ofrecí la décima parte de su precio y se mostraron encantados.

–Imagino que fue porque a ellos no les había costado nada. Lo habrían robado.

Johnson se alzó de hombros.

–No les pregunté cómo había llegado a sus manos. Nunca lo hago con mis proveedores. Me limito a hacer negocios, sin más.

Johnson fue a coger las gafas que había dejado sobre la mesa.

–No lo haga, Patrick –le dijo Macallan, suavemente.

–¿Cómo? –dijo Johnson, parpadeando.

–No vuelva a ponerse las gafas, por favor. Y dígale a su hombre que salga del saloon.

Johnson sonrió falsamente.

–No sé de qué me habla, Macallan.

–Claro que lo sabe. Quitarse las gafas era la señal para que su matón se preparase. ¿Me toma por tonto? Supongo que volver a ponérselas será la orden para disparar sobre mí. Y es posible que consiga alcanzarme, pero... antes de que lo haga, yo habré disparado contra usted por debajo de la mesa. Adivine a qué parte de su cuerpo estoy apuntando.

Johnson sufrió un escalofrío al tiempo que sentía cómo toda la sangre del cuerpo se le bajaba a los pies. Buscó con la vista las manos de Macallan y solo halló la derecha sobre la mesa. La izquierda, la de disparar, estaba bajo el tablero. La amenaza era, por tanto, muy real.

Tragó saliva con dificultad y, de inmediato, hizo un gesto dirigido al hombre situado tras la columna. Y como quiera que tardase en obedecerle más de dos segundos, añadió la orden verbal, para que no quedasen dudas.

–Espérame fuera, Pete. ¡Vamos!

El tipo, ancho, bajo y con cara de no tener muchas luces, obedeció de mala gana. Cuando Pete hubo abandonado el saloon, Macallan volvió a colocar la mano izquierda a la vista.

–Puede que tenga usted habilidad para los negocios, pero de otros asuntos le queda mucho por aprender. ¿De dónde ha sacado a ese tío tan torpe? Me fijé en él desde el mismo momento en que entré en el saloon. Estaba ahí, plantado, sin hacer nada, sin beber, sin mirar a las chicas, sin atender a la partida de póquer. Solo le faltaba llevar colgado un cartel diciendo que era su guardaespaldas.

–Lo siento... mucho, señor Macallan.

–Explíquemelo: contrata pistoleros de primera como Ted Wild para cuidar de sus vagones de ferrocarril y, en cambio, pone su propia seguridad en manos de un inútil. Explíquemelo, porque no lo entiendo.

–Es... mi cuñado.

Macallan alzó las cejas.

–Oh. ¿Está usted casado?

–No, yo no... Es el marido de mi hermana.

–Por Dios bendito... –suspiró Macallan, disimulando una sonrisa–. Ande, hágame caso y despídalo pronto, si no quiere hacer enviudar a su hermana antes de tiempo.

–Lo... lo haré. Gracias por el consejo.

–Y ahora, volvamos a lo nuestro, Johnson. Aparte de intentar matarme, me ha confesado que hace negocios con forajidos. Y ambas cosas están muy mal. Podrían costarle muy caras. Pero... ¿sabe qué día es hoy?

–N... no.

–Hoy es su día de suerte. Y lo es por dos motivos: no soy rencoroso y no he venido hasta Sidney para fiscalizar sus trapicheos. Solo dígame dónde puedo encontrar a esos... hermanos Dalmore.

Para la última frase, Macallan había cambiado el tono de voz, logrando que sonase amenazante. Johnson lo entendió a la primera.

–No tienen residencia fija. Supongo que disponen de una o varias guaridas, pero... puedo darle sobre ellos una buena información.

–Ya tarda.

Johnson se secó el sudor del cuello con un pañuelo que sacó del bolsillo de pecho de la chaqueta.

–El día en que hicimos el negocio de las cajas de Duncan's, habían llegado al pueblo con un carromato lleno de diverso material. Me lo ofrecieron y se lo compré entero, sin regatear los precios. Se pusieron tan contentos que vinieron al saloon y se bebieron hasta el contenido de las escupideras.

–O sea, que cogieron una curda de antología.

–Eso es. Y el alcohol suele soltar la lengua de los insensatos.

DONOVAN

–De modo que estos son los Dalmore. Vaya pintas que tienen.

–Bueno... la cierto es que esos retratos no les hacen justicia. En la realidad son bastante más feos.

Macallan sonrió. Hacía tiempo que no hablaba con nadie que tuviera un mínimo sentido del humor.

Tras su conversación con Patrick Johnson, había acudido a la oficina del sheriff Donovan, un tipo duro que lucía bigote recto.

Del tablón de avisos, Macallan tomó un pasquín en el que podían verse los retratos dibujados a mano de cuatro sujetos que habrían podido pasar por hombres de las cavernas de no ser porque usaban sombrero. Sobre las imágenes, en grandes caracteres, figuraban las palabras «SE BUSCAN» y la promesa de una modesta recompensa de cuatrocientos dólares por su captura. Al pie del cartel, era posible encontrar algunos datos adicionales. Se los identificaba como Boniface, Bartholomew y Benjamin Dalmore, hermanos. Completaba el cuarteto su primo Jim Beam. Se los tildaba de atracadores violentos y peligrosos, y se informaba de que su zona de acción era el sudoeste de Nebraska, habiendo cometido delitos en los condados de Cheyenne, Kimball, Banner, Deuel, Perkins y Morrill.

–¿Con semejante historial y solo ofrecen cien dólares de recompensa por cabeza?

–No soy yo quien determina las recompensas –se excusó el sheriff–. En todo caso, están haciendo méritos para que sus pellejos suban de precio.

–¿Qué atracan? –quiso saber Macallan–. ¿Bancos?

–De todo. Bancos de pequeñas ciudades, granjas apartadas, tiendas... hace poco intentaron asaltar un tren, pero son tan torpes que eligieron mal el sitio, una zona en la que el tren corría más que sus caballos, y no lograron subir a bordo. Eso sí, dispararon contra la máquina y mataron al fogonero.

–Lo mataron, pues, para nada.

–Para nada –confirmó Donovan–. Estoy convencido de que apenas obtienen botín de la mayoría de sus golpes; pero, de momento, ya han asesinado a siete personas y dejado un reguero de heridos.

El sheriff Donovan tenía la misma edad que Macallan, pero el cabello completamente canoso. Una cicatriz muy visible le cruzaba la frente. Y otra, invisible, le partía en dos el alma; pero eso formaba parte de una historia para ser contada en otro momento.

–¿Sabe que los Dalmore estuvieron aquí, en Sidney, hace tres semanas?

–Lo supe después –respondió el sheriff–. Yo había ido ese día a North Platte, custodiando a un cuatrero que debía entregar al juez. A mi vuelta, supe que esos indeseables habían andado por aquí.

–Lástima. De haber coincidido con ellos, podía haber ganado cuatrocientos dólares.

–O haber perdido la vida. Nunca se sabe. En todo caso, los sheriffs no cobramos recompensas. Detener forajidos es nuestro trabajo. Va incluido en el sueldo.

Macallan sonrió. Le había caído bien aquel hombre desde el primer momento.

–¿Sabe que los Dalmore hicieron negocios con Patrick Johnson?

–Lo sé. ¿Qué quiere que haga? Él niega que los reconociera, niega saber que la mercancía que le vendieron fuera robada y, sobre todo... se trata de nuestro primer ciudadano. El tipo más importante de la ciudad, aunque no lo parezca a primera vista. Tiene acuerdos con la Union Pacific y con la Central Pacific. Y desde hace cuatro años, cuando el transcontinental se unió a las líneas de ferrocarril del este, mueve sus vagones de mercancías entre Chicago y Sacramento. Posiblemente, dentro de poco, operará de costa a costa de los Estados Unidos. Que Johnson viva aquí, en nuestra pequeña población, es un privilegio y una fuente de ingresos y de trabajo para muchos. Si comete un delito flagrante lo arrestaré como a cualquiera, pero mientras se mantenga en el filo de la ley, procuro no molestarlo, no sea que decida trasladar su oficina a Elkhorn o a cualquier otro lugar con estación de ferrocarril y telégrafo. Por lo visto, es todo cuanto necesita para ejercer sus actividades.

A Macallan le costaba aceptar esos comportamientos, pero hizo un esfuerzo de imaginación por ponerse en el pellejo del sheriff.

–Entiendo. Y dejando aparte su influencia económica para la ciudad... ¿qué opinión le merece Johnson?

El sheriff se acarició la cicatriz de la frente.

–No es mal tipo, créame. No recuerdo que haya hecho nunca daño a nadie. Se preocupa por sus vecinos, suele echar una mano a quienes están en apuros, colabora con el alcalde en la mejora de la ciudad... El año pasado, sin ir más lejos, pagó de su bolsillo el reloj de la fachada del ayuntamiento. Y también es el dueño del saloon.

–Es irlandés, ¿verdad?

–Irlandés, en efecto.

–Pues a mí ha estado a punto de matarme.

Donovan frunció el ceño, pero enseguida estalló en carcajadas.

–No lo dirá por el idiota de su cuñado –exclamó–. ¡No me haga reír, Macallan! Es más fácil que alguien como usted muera partido en dos por un rayo que a manos de Pete Gray. Esa es otra obra de caridad de Johnson.

Macallan sonrió. El sheriff llevaba razón.

–O sea, que no cree usted que Johnson sea capaz de envenenar deliberadamente a treinta y seis personas.

El rostro de Donovan quedó serio al instante.

–¿De qué demonios está hablando?

–Exactamente de eso. No es un ejemplo.

–¡Por supuesto que no! –exclamó el sheriff–. ¿Johnson, un asesino múltiple? Vaya, uno nunca sabe de qué puede ser capaz una persona, pero si tuviera que fiarme de mi intuición, en la lista de posibles envenenadores pondría a todas las mujeres de Sidney por delante de Patrick Johnson.

–Y seguramente, haría bien. Dicen los que estudian estas cosas que utilizar veneno para matar es más propio de las mujeres que de los hombres.

–¿Hay gente que estudia esas cosas? Me parece asombroso. ¿Le apetece un bourbon?

Macallan asintió con una media sonrisa y el sheriff sacó del armero una botella de auténtico whisky de Kentucky y dos vasitos, que llenó hasta el borde.

–¿De veras han muerto treinta y seis personas envenenadas?

–Así es. En Elkhorn. El veneno estaba mezclado con whisky y resultaba casi imposible de detectar.

Donovan, que se dirigía hacia Macallan, se detuvo en seco y miró los dos vasitos que llevaba en las manos.

–No se preocupe –le aclaró Macallan–. Era de otra marca.

–Menos mal, porque al precio que compré esta botella no pienso tirar su contenido por el desagüe ni aunque contenga nitroglicerina.

Brindaron y se llevaron los vasitos a los labios.

–Johnson me ha asegurado que el mayor de los Dalmore le confesó en plena borrachera que iban a atravesar la frontera para empezar a operar en Colorado. Que pensaban dar golpes en Julesburg, Holyoke y Wray.

Al oír la información, Donovan quedó pensativo durante unos segundos. Luego alzó el índice.

–Espere un momento... –dijo, y se dirigió a su mesa para rebuscar en los cajones hasta dar con dos telegramas algo arrugados–. ¡Ajá! ¡Aquí están! Recordaba que, unos quince días atrás, había llegado un cable dando cuenta de un atraco al banco de Julesburg. Cuatro tipos, poco botín, sin víctimas... Y la semana pasada, otro atraco de poca monta en la oficina de la Wells Fargo en Holyoke, pero esta vez con dos heridos.

Macallan leyó con rapidez el texto de los telegramas.

–Tienen que ser ellos –concluyó–. Los Dalmore.

–Eso diría yo. Encaja con el tamaño de la banda y la información que le ha proporcionado Johnson.

–En efecto. Lo cual significa que, uno de estos días, los Dalmore intentarán un atraco en Wray.

–Eso, si cumplen sus propios planes.

Macallan sonrió escasamente.

–Lo harán, estoy seguro. Al parecer, no son muy listos. Se habían propuesto dar un golpe en esas tres ciudades y en las dos primeras les ha salido bien. No cambiarán de intenciones.

–¿Y qué piensa hacer? ¿Intentar atraparlos allí, en Wray?

Macallan apuró de un trago el resto del bourbon.

–Me ha leído el pensamiento, Donovan. ¿Dónde puedo conseguir un caballo?

El sheriff sonrió.

–Ese viaje supone más de ochenta millas.

–Lo sé. Pero necesito interrogar a los Dalmore y es la única pista que tengo para dar con ellos. ¿Y bien? ¿Qué me dice sobre conseguir un caballo?

Donovan apuró el resto de su whisky.

–Yo puedo prestarle uno, si quiere.

Macallan negó de inmediato.

–Se lo agradezco, sheriff, pero no sé si tendría ocasión de devolvérselo. Prefiero comprarlo, si no le importa.

–Lo lamento, pero ni mis caballos ni yo estamos en venta.

–Es usted un tipo singular, entonces. Y me extraña que siga vivo. En estos tiempos, la honestidad es más peligrosa que una estampida de reses.

Al salir de la oficina del sheriff, la tarde se había tornado polvorienta en Sidney, tras levantarse viento del sur.

Sujetándose el Stetson con la mano, Macallan se dirigió a la estación del ferrocarril, donde se hallaba también el telégrafo. Allí le entregaron un cable remitido a su nombre por el doctor Hendriksen, que decía simplemente: «Todo OK».

«Bien», pensó Macallan. Aquellas dos palabras confirmaban que las botellas de Duncan's que compró Monty Pawn eran las culpables de las muertes de Elkhorn. Las únicas culpables. Eso significaba que estaba en el buen camino.

LA LLANURA

Macallan pasó la noche en Sidney, en una habitación sobre el Saloon Principal que Johnson no le quiso cobrar. Tampoco quería cobrarle por el caballo tordo que le consiguió, pero Macallan lo amenazó con considerarlo un soborno e insistió en pagarle su precio.

Al día siguiente, al alba y tras un buen desayuno, Macallan salió de Sidney en dirección sur, con el sol naciente a su izquierda y, a su derecha, una luna enorme y casi transparente, que se fue desvaneciendo conforme se aclaraba el cielo.

Ya en las afueras, se cruzó con Johnson y su cuñado.

–Por si le sirve de algo, ese caballo se llama Eclipse –le dijo el comerciante.

–Es un bonito nombre. Yo lo llamaré caballo, como a todos los que he tenido. ¡Qué manía de bautizar a los animales!

Pronto perdió de vista la ciudad.

Aunque la distancia con Julesburg apenas superaba las cuarenta millas, más otro tanto de allí a Wray, tras más de dos años encerrado entre cuatro paredes, la sensación de infinitud se apoderó pronto de Macallan. Sabía que no se enfrentaba en aquel viaje a las grandes llanuras, esos espacios interminables en los que uno puede llegar a encontrarse a cientos de millas de cualquier núcleo habitado; pero se permitió pensar que así era. De repente, Macallan sintió la necesidad de cabalgar como si nunca fuera a llegar a su destino, como si el mundo no tuviese límites, como si no existiese el mar.

Había experimentado esa misma sensación en muchos momentos durante los diez años que pasó errante, huyendo de su propio futuro, tras el final de la guerra civil. Y la echaba de menos.

Se instaló en un galope suave, cómodo. Macallan cabalgaba de un modo peculiar, muy echado hacia atrás, en una postura que llamaba la atención de cualquiera que lo contemplase. Pero lo mejor era que allí no había nadie para juzgar su estilo de montar.

Aquellos territorios infinitos habían sido propiedad de los indios y de los bisontes y los coyotes. Algún día lo serían de la gente como Johnson, que dominarían las distancias y trasladarían la vida y la muerte, la diversión y la fe, la miseria y el éxito de una ciudad a otra, a toda velocidad, cada vez más rápido y sin pararse siquiera a contemplar el paisaje. Sin duda, algún día sería así. Pero ahora, hoy, esa mañana, las praderas, las lomas, el aire, el sol, las nubes y la soledad eran suyas y solo suyas. Le pertenecían. Podía alzarse sobre los estribos y mirar en derredor sin ver nada que no llevase en el mismo lugar al menos los últimos mil años. El horizonte que marcaba su destino ya estaba allí, exactamente allí, antes de que ningún hombre hubiese puesto el pie sobre la superficie de la Tierra. Y ahora, ese horizonte era su horizonte. Solo suyo.

Se sintió muy feliz. Intensamente feliz.

Y quizá a causa de esa intensidad, su felicidad tuvo una escasa duración, pues permaneció en su ánimo solo hasta que su memoria, sin quererlo, la recordó a ella y ese recuerdo le atravesó el corazón. Duró hasta que, tras apenas una hora de galope suave, se percató de que le dolían el trasero y la espalda por la falta de costumbre.

Llevaba dos años sin cabalgar. Se preguntó cómo había podido resistirlo.

Por suerte, montar a caballo es como montar a caballo, que una vez aprendido, nunca se olvida. Apretó los dientes y decidió continuar, a pesar del dolor en las nalgas, hasta cumplir las primeras dos horas de marcha, como se había propuesto.

Cuando la aguja larga de su reloj Westclox había dado dos vueltas completas a la esfera, buscó un arroyo para dar de beber al caballo y echó pie a tierra.

A pesar de su silla de montar hecha a medida, tuvo que tumbarse en el suelo cuan largo era para tratar de colocar en su lugar todas las vértebras, que parecían haberse desordenado en su espina dorsal. Luego, corrió durante unos minutos con estilo de mal atleta, de aquí para allá, tratando de que los músculos volviesen a responderle. Solo lo consiguió en parte. Empezó a pensar que los veintiséis meses pasados entre rejas habían supuesto para su cuerpo un desgaste mucho mayor del correspondiente a ese lapso de tiempo. Ahora se daba cuenta: en el presidio de Elkhorn había envejecido mucho más de dos años y pico.

Aunque aún no había cumplido los cuarenta y cuatro, Macallan se sintió un anciano.

Cabalgó otras dos horas, que se le hicieron interminables, y tras ello, se detuvo a almorzar. Comió queso y algo de carne seca con pan; y luego, puesto que no tenía árboles a la vista, buscó leña de arbustos para encender una hoguera en la que preparar café.

Mientras, sentado en una piedra, lo paladeaba, flojo y sin azúcar, volvió sobre un recuerdo reciente que lo mantenía inquieto: el asalto al tren.

Los primeros hombres que subieron a bordo, a la salida del túnel de Osage, se habían dirigido directamente a su departamento del coche-salón. Ted Wild se lo había relatado con precisión mientras contemplaba la escena a través del espejo que sujetaba en su mano. Los tres forajidos habían ido a su departamento y dispararon a través de la puerta, como había podido comprobar después. Si no se hubiese levantado poco antes para ir al retrete, ahora estaría muerto.

–Qué modo tan extraño de asaltar un tren –murmuró para sí.

No le parecía lógico, aunque quizá sí lo fuera. En realidad, no tenía ninguna experiencia en atracos a trenes y, por el contrario, la banda que les asaltó sí parecía muy profesional.

–Sin embargo, no sería tan profesional cuando todos ellos murieron –se corrigió a sí mismo, en un susurro.

Claro está que habían tenido muy mala suerte. ¿Qué posibilidades había de que él descubriese por auténtica chiripa al hombre que hacía señas desde la entrada del túnel? De no ser así, si aquellos tres atracadores hubieran acabado con él y con Ted Wild a las primeras de cambio, desvalijar al resto de los viajeros y apoderarse del vagón de Johnson habría sido coser y cantar.

Pero... ¿cómo sabían los ladrones que Wild y él viajaban en ese coche? La respuesta era que, seguramente, tenían algún contacto en la compañía del ferrocarril que les había proporcionado la información.

En realidad, todo podía tener una explicación razonable.

Pero, aun así, visto en su conjunto, había en aquel asunto algo que no terminaba de gustarle.

Quizá su pasado como espía durante la guerra lo había vuelto demasiado suspicaz y tendía a desconfiar de todo y de todos; a no pasar por alto ningún detalle.

Macallan sacudió la cabeza. Era eso, si duda: se había vuelto un desconfiado obsesivo. Tendía a darles demasiadas vueltas a las cosas, sin poder evitarlo. Cuando algo no funcionaba según lo esperado, cuando creía que alguna pieza no encajaba, le costaba quitárselo de la mente. Y en el asalto al tren, justamente, había algo que no encajaba.

Para apartarlo de su pensamiento, trató de centrarse en el otro asunto que lo preocupaba: Patrick Johnson.

Como comerciante, resultaba muy poco escrupuloso, pero, por otro lado, ¿qué comerciante lo era, en aquellos territorios? Y el sheriff Donovan, que sí le parecía un hombre honrado y juicioso, parecía tener una buena opinión de él. Desde luego, podía ser que Johnson fuera un mal bicho, un lobo con piel de cordero, y tuviese comprado al sheriff Donovan. Y que Donovan, a su vez, fuese un estimable actor; y que ambos lo hubiesen engañado. Pero también era probable que Johnson dijera la verdad, que hubiera comprado ese whisky a los Dalmore sin saber que estaba envenenado. Y esa posibilidad desmantelaba el caso de Macallan. Si Johnson no era el origen del envenenamiento, sino tan solo un eslabón más de la cadena de acontecimientos que había llevado esas cajas de Duncan's hasta Elkhorn, la teoría de un asesino listísimo y de un brillante plan criminal para acabar con la oligarquía de Nebraska dejaba de tener sentido.

Si el whisky procedía de unos ladrones de medio pelo que, a su vez, lo habrían robado de vaya usted a saber dónde, era imposible que la muerte de todos aquellos importantes ciudadanos de Elkhorn fuera premeditada. Simplemente, una serie de impensables casualidades había llevado aquel lote de Duncan's adulterado hasta el almacén de Montgomery Pawn. No había, por tanto, impulso criminal. Le gustase o no, eso era lo más probable.

Esa constatación decepcionó enormemente a Macallan. De repente, se había quedado sin un enemigo a su altura. De repente, todo aquel asunto le importaba mucho menos. Solo le quedaba el premio de consolación: alguien había envenenado con arsénico quinientas cuarenta botellas de buen whisky con alguna intención. Con alguna malévola intención, evidentemente. ¿Pero cuál?

De lo que no había duda era de que había que dar con el culpable. Y había que hacerlo por dos razones: en primer lugar, para que pagase por las consecuencias de sus actos, aunque no fueran premeditadas. Aunque fuera otro su propósito, lo cierto era que treinta y seis personas inocentes habían perdido la vida. En segundo lugar, era necesario evitar nuevas muertes. Puesto que el whisky envenenado había terminado en Elkhorn sin que fuera su destino, estaba claro que no había cumplido su objetivo inicial. Las víctimas habían sido otras, diferentes de aquellas con las que realmente pretendía acabar el asesino. Era muy probable, por tanto, que lo intentase de nuevo. En alguna parte, un grupo numeroso de personas, potenciales bebedores de Duncan's, se hallaban en peligro de muerte.

Pero ¿quiénes? ¿Dónde? ¿Cuándo? ¿Por deseo de quién?

Macallan sacudió la cabeza, bostezó largamente y consultó su reloj de bolsillo. Llevaba casi una hora allí detenido; los últimos veinte minutos, abstraído en sus propios pensamientos. Era momento de continuar viaje.

Estaba a punto de levantarse cuando sonó el disparo. Un único disparo. Y una sola bala de rifle cruzó silbando la pradera, a una yarda por encima de la hierba, en dirección a Macallan, que cayó al suelo, fulminado.

Sin un gemido.

Transcurrieron más de diez minutos hasta que los dos hombres se acercaron cabalgando muy despacio, con toda precaución. A cien pasos del cuerpo de Macallan, uno de ellos echó pie a tierra y continuó avanzando, siempre con cautela, revólver en mano. El otro lo siguió a cierta distancia, sin bajar del caballo. Este llevaba un rifle Winchester 73, que apoyaba indolentemente en el hombro derecho. El mismo rifle con el que había efectuado el disparo.

–Está muerto, te lo garantizo –dijo–. Soy un buen tirador, ya te lo dije.

–Tenemos que asegurarnos –replicó el primero–. Estábamos muy lejos. A más de cuatrocientas yardas.

Se acercaron hasta Macallan, que había quedado tendido en el suelo, casi boca abajo.

El primer hombre empujó el cuerpo con la punta del pie para darle la vuelta. Quedó ahora boca arriba, con los ojos abiertos, fríos e inmóviles, mirando a la nada.

–Es él, sin duda. Ese tal Macallan. La descripción coincide.

–Pues claro que es él –corroboró el de a caballo–. ¿Quién más iba a andar por aquí?

En ese momento, el primero de los dos hombres se percató de un detalle: la cafetera de zinc que Macallan acababa de usar estaba tirada en el suelo, a un par de yardas de la hoguera. Y al mirarla con atención, descubrió en ella un agujero de bala.

–¡Maldita sea, Joe, has fallado...!

Mientras gritaba, se volvió hacia Macallan. La vista fue más rápida que la mano y tuvo tiempo de percatarse de cómo los ojos claros habían vuelto a la vida y lo miraban fijamente. Pero la mano del revólver fue más lenta y, antes de que pudiese apuntarle y disparar, Macallan lo hizo desde el suelo, certeramente, tras efectuar tan solo un gesto con la muñeca.

La bala atravesó la cabeza del hombre, entrando por la nariz y saliendo por la coronilla. Un trozo de cráneo saltó por los aires y por el hueco que dejó salieron desparramados trozos de cerebro que mancharon la hierba.

El estampido asustó al caballo del otro hombre, que intentó dispararle. Pero en las distancias cortas, un rifle es mucho más difícil de manejar que un revólver. Y más lento. Antes de llegar a estar en el punto de mira del Winchester, Macallan lo hizo saltar de las manos de su dueño con otro disparo preciso. El tipo cayó del caballo. Antes de tocar suelo ya había echado mano de su revólver e intentó usarlo, pero Macallan le destrozó la mano derecha de un nuevo balazo.

–¡Quieto! –ordenó, ya sentado sobre el suelo, sujetando el Russian con firmeza.

Pero el hombre herido no le obedeció. A pesar del dolor, rodó sobre sí mismo y desenfundó un segundo revólver con la mano que aún mantenía ilesa. Cuando vio que volvía a intentar apuntarle, Macallan le disparó al cuerpo.

Aún así, el hombre oprimió el gatillo. Falló; y Macallan, aunque no quería hacerlo, vio que no tenía más remedio que ser contundente y replicó con otros dos tiros, estos ya mortales.

El pistolero agonizaba cuando Macallan se le acercó y le sujetó la cabeza por la nuca.

–¿Quién os envía? –preguntó–. Vamos, di: ¿quién os ha enviado a matarme?

El herido miró los ojos claros de Macallan y abrió la boca. Pero de ella, en lugar de una respuesta, salió una bocanada de sangre oscura y un último estertor.

Macallan permaneció un tiempo largo sentado en el suelo, inmóvil. Dándole vueltas en la cabeza al incidente.

¿Cabía la posibilidad de que esos dos tipos lo hubiesen distinguido en la lejanía y solo hubiesen tratado de matarlo para robarle? La respuesta era no. Por supuesto que no. Sabían quién era y querían matarlo. Lo habían llamado por su nombre. Tras el disparo, habían venido para asegurarse de que se trataba de él y de que estaba muerto.

Eran asesinos a sueldo.

Y eso significaba que quizá el atraco al tren de Sidney también podía verse a una nueva luz. Los primeros asaltantes del convoy se dirigieron directamente a su departamento, dispararon a través de la puerta y se mostraron contrariados al descubrir que no estaba dentro porque, antes que nada, tenían el encargo de acabar con él.

Ahora, ambos incidentes encajaban entre sí y con una fea teoría: la de que alguien había puesto precio a su cabeza.

Se acercó a los caballos de los dos hombres. Eran dos bonitos animales. Uno de ellos era un pinto, el típico caballo de poca alzada que usaban preferentemente los indios. El otro, el que montaba el hombre del rifle, era un precioso alazán con la pata delantera derecha completamente blanca y una curiosa marca en forma de estrella sobre la frente.

Se acercó a ellos lentamente, los desensilló y les retiró los arreos. Luego, espantándolos con un grito y un disparo al aire, los dejó libres.

Trasladó sin prisas las pertenencias de los dos hombres muertos hasta una cercana grieta en el terreno que había visto poco antes de detenerse. Las arrojó todas a la sima: las sillas de montar, los arreos, las armas, las mantas... y también sus ropas, tras desnudarlos por completo. Uno de ellos llevaba una sortija en el meñique izquierdo y una medalla al cuello con la virgen de Guadalupe en el anverso. Macallan también se deshizo de ello, conservando solo los noventa y seis dólares que encontró en sus bolsillos.

–¿Noventa y seis cochinos dólares? –se preguntó, con disgusto–. Por Dios, espero que no hubiesen ya cobrado mi muerte por adelantado. Estoy seguro de que valgo más que eso. Al menos, noventa y nueve dólares.

Cuando Macallan reanudó su camino, dejó sobre el hermoso paisaje de Colorado algo que desentonaba; algo que no llevaba allí los últimos mil años: dos hombres muertos. Dos feos cadáveres. Sin embargo, pronto aparecerían los buitres para hacer su trabajo.

Devorada la carroña, todo volvería a quedar como antes.

EL ATRACO

CUATRO JINETES

Todo el mundo sabe que ha de morir algún día, pero al abrir los ojos cada mañana, nadie piensa que ese día vaya a ser precisamente hoy. Mucho menos, si se trata de una hermosa mañana de primavera, soleada y apacible.

Sin embargo, hasta el día más hermoso puede ser un buen día para morir. La dama de negro no consulta la previsión del tiempo.

Esta mañana de mayo, al filo del mediodía, cuatro hombres han entrado cabalgando desde el norte por la calle principal de Wray, Colorado. Llevan cintos con dos pistolas y rifles de repetición Remington en las sillas de sus caballos. También se tapan los rostros con pañuelos de cuadros, como hacen los vaqueros cuando conducen ganado por las grandes praderas. Solo que esos cuatro hombres no son vaqueros y no cubren sus rostros para protegerse de la polvareda de las reses, sino para protegerse de las miradas de los hombres.

Se han dirigido directamente a la oficina local de la Banca Ganadera y Comercial de Colorado. Tres de los hombres han entrado en el establecimiento, mientras el cuarto ha quedado en el amarradero, junto a los caballos.

Son los Dalmore, una banda de tercera categoría, formada por los tres hermanos Dalmore y su primo Jim Beam. Llevan unos meses cometiendo atracos torpes y de poca monta. Atracos con mucha sangre y poco botín en el sudoeste de Nebraska, donde ya son conocidos. Quizá por eso, recientemente han decidido cruzar la frontera del estado y probar suerte en Colorado. Veinte días atrás, dieron un pequeño golpe en la oficina del Trust Bank en Julesburg. Luego, asaltaron la Wells Fargo de Holyoke. Como ya se han gastado el botín, hoy toca Wray, otra ciudad pequeña, con solo un sheriff y un ayudante sobre los que han obtenido información tranquilizadora. Ambos son de los que prefieren conservar el pellejo antes que enfrentarse a una banda de atracadores con fama de sanguinarios.

El primero en echar pie a tierra y entrar en el banco es Boniface, el mayor de los hermanos, que actúa como jefe de la banda. Lo hace con violencia, intimidando desde el primer momento, y se hace cargo de la situación al primer vistazo. No hay clientes. Mejor. De inmediato, localiza al cajero, que es un hombre calvo que usa camisa blanca, manguitos y gafitas ovaladas.

–¡Arriba las manos! ¡Esto es un atraco!

El hombre de las gafas obedece, con el corazón acelerado.

–¡La puerta! ¡Abre la puerta de la jaula! ¡Deprisa! ¡Ni una palabra o te vuelo la cabeza!

El segundo en entrar ha sido Benjamin, el menor de los Dalmore. Acaba de cumplir los diecinueve, pero ya ha matado a seis personas. Su retrato, con los del resto de la banda, está en todas las oficinas de sheriff al norte del río Jesús María.

De inmediato, se ha dirigido al despacho del director esperando encontrar allí a un hombre apocado y bien vestido. Es lo habitual: un señoritingo de los que saben leer y hacer cuentas pero no disparar. Al abrir la puerta, sin embargo, Ben Dalmore se percata al instante de que algo no va bien. El director viste con la indumentaria esperada y tiene la esperada cara de susto, eso es cierto, pero sostiene entre las manos una inesperada y enorme escopeta de postas de doble cañón.

–¡Aparta eso...!

Es todo cuanto el bandido tiene tiempo de decir antes de que suene la detonación. A tan corta distancia, parece un cañonazo. El aire tiembla, caliente, roto en pedazos, pero Benjamin ya no lo siente ni lo oye. Antes de que el ruido del estampido llegue a sus oídos, las postas del tamaño de guisantes se le clavan en la carne y le astillan el esternón y las costillas; y una de ellas le perfora el corazón.

Bart, el hermano intermedio, que seguía a distancia los pasos de Benjamin, trastabilla y hasta retrocede un paso antes de gritar una negación furiosa. Empuña entonces sus dos revólveres y avanza hacia la puerta del despacho disparando uno y otro alternativamente hasta cruzar el umbral como un auténtico loco. El director del banco se ha resguardado tras su mesa, sólido escritorio de roble oscuro. Sin mirar, asomando la escopeta por encima del tablero, efectúa un segundo disparo.

Grita Bartholomew, alcanzado por la munición, aunque no de lleno.

El director comete el error de intentar echar un vistazo y se asoma lo justo para que el mediano de los Dalmore, aunque herido en el hombro derecho, le dispare su última bala. Mala suerte para el banquero, Bart tira bien y con ese último proyectil que quedaba en el tambor de su Colt Pacemaker le abre un orificio redondo, perfecto, en mitad de la frente.

–¿Qué has hecho, idiota? –grita Boniface, el mayor, que se ha acercado a la carrera, al contemplar la escena–. ¿Lo has matado? ¿Has matado al director, imbécil? ¿Quién nos va a abrir ahora la caja fuerte?

–¡Él ha matado a Ben! –se lamenta Bart.

–¿Qué...? ¿Ben... ha muerto?

–¡Míralo! –grita el mediano de los Dalmore, desgarradamente–. ¡Ha matado a nuestro hermano y casi me mata a mí también!

–Tú... ¿tú también estás herido?

Bart se vuelve. La sangre que mana de su hombro derecho ya empapa la camisa y gotea por su codo hasta el suelo, dejando sobre las baldosas grandes gotas rojas, de bordes estrellados, preciosas, como salpicaduras de la muerte. También le falta la oreja derecha y parte de la mejilla del mismo lado.

–¡Tenemos que largarnos! –grita Boniface.

–Coge algo de dinero, hermano –le pide el herido–. Si no nos llevamos nada, la muerte de Ben habrá sido en vano.

–Pero ¿qué dices? ¿Qué más da el dinero? ¡Ben ya ha muerto por nada!

–¡Coge al menos el dinero que haya en la jaula, Boni, por Dios!

MONROE

El primero de los dos disparos efectuados por el director del banco ha hecho saltar de su silla al sheriff Monroe, cuya oficina está situada en la siguiente manzana de la misma calle.

–¿Qué ha sido eso?

–Un tiro de escopeta de postas –responde Macallan, que también se ha puesto en pie de un salto–. ¿Quién tiene una así en este pueblo?

Monroe palidece. Está a medio camino entre lo que se denomina un hombre de frente amplia y un calvo sin remisión.

–Taylor, el director del banco –dice, abandonando la oficina sin siquiera ponerse el sombrero, al tiempo que desenfunda su Colt Navy.

–Maldita sea... son ellos –gruñe Macallan, siguiendo al sheriff–. ¡Tienen que ser ellos! Pero ¿por qué su ayudante no nos ha avisado?

La pregunta queda sin respuesta, porque ambos la conocen de sobra: si Garret, el ayudante del sheriff, que estaba de guardia a las afueras de la ciudad, no ha dado aviso de la llegada de los atracadores, es porque no ha tenido ocasión de hacerlo. Mal asunto para Garret.

Aún no han pisado ambos la tierra de la calle mayor de Wray, cuando les llega desde la oficina bancaria el sonido de una auténtica granizada de plomo.

Algunos ciudadanos han salido a los porches de sus casas, alertados por los disparos. Otros, que caminaban por la calle, huyen tan deprisa como pueden, alejándose del banco.

–¡Vuelvan a sus casas! –grita Monroe, sin dejar de correr, apoyándose con grandes aspavientos–. ¡Busquen refugio de inmediato! ¡Fuera, fuera...!

Al llegar a la primera bocacalle, Macallan se desvía para acercarse a la oficina por su fachada trasera, la que da a la calle dedicada al General Grant.

Aún a unos cien metros de distancia de su destino, el sheriff Monroe ve cómo un hombre monta a caballo justo enfrente del banco y huye hacia la salida del pueblo.

–¡Alto! –le grita, efectuando dos disparos al aire–. ¡Alto a la ley!

El grito del sheriff no hace sino espolear al fugitivo.

Monroe, entonces, se arrodilla, toma su revólver con ambas manos, apunta con cuidado y aprieta el gatillo. A pesar de la considerable distancia que les separa, el jinete cae derribado. Su pie derecho queda trabado en el estribo y el caballo lo arrastra durante unas decenas de metros, hasta que el animal se detiene, confuso por la ausencia de órdenes. El hombre ya no se mueve ni se moverá más.

Monroe, entonces, continúa su carrera.

Cuando está llegando al banco, suena un nuevo disparo de escopeta en el interior de la oficina. Se detiene jadeante, pegado a la fachada, al borde de la cristalera con el emblema de la entidad financiera escrito en grandes letras doradas. Aprovecha para recargar el tambor de su Colt.

–¡Hermanos Dalmore! –grita, justo al terminar de reemplazar el último cartucho utilizado–. ¡Sabemos que sois vosotros! ¡Rendíos! ¡Salid con las manos en alto y salvaréis la vida! ¡Soy Pat Monroe, sheriff de Wray!

El silencio es la respuesta. El sheriff respira agitadamente y decide probar de nuevo a abrir diálogo con los atracadores.

–¡Si no habéis hecho daño a los empleados del banco, os prometo que no se os ahorcará!

Nada más pronunciarla, Monroe cae en la cuenta de que su frase suena a chiste. Ha podido contar al menos docena y media de disparos de diversas armas en el interior de la oficina bancaria. Imposible que no haya corrido la sangre.

Monroe duda. No está acostumbrado a estas acciones y confiaba en que George Macallan le ayudase a tomar las decisiones adecuadas.

Macallan se había presentado en el pueblo dos días atrás exhibiendo un documento que le acreditaba como agente especial del gobernador de Nebraska. Ese documento es papel mojado en el estado de Colorado, pero Monroe llegó pronto a la conclusión de que, si se avecinaban problemas, era mejor tener a Macallan de su parte. Parece un tipo resuelto y, por su forma de impartir instrucciones, el sheriff incluso habría apostado a que tiene un pasado como militar.

Llegó con una mala noticia para la ciudad de Wray: había recibido un «soplo» advirtiéndole de que la banda de los hermanos Dalmore pensaba efectuar un atraco allí en los próximos días. Posiblemente, un golpe a la oficina de la Banca de Colorado.

Monroe optó por no alarmar a la población, aunque sí advirtió de la amenaza a Taylor, el director del banco, por si quería reforzar sus medidas de seguridad. Después, de común acuerdo con Macallan, decidieron establecer vigilancia a las afueras de la ciudad.

–A Wray solo se llega por el norte, desde Holyoke, o por el oeste, desde Yuma –dijo Monroe, mostrando un mapa del condado–. Con mi ayudante y otro voluntario, podemos establecer vigilancia permanente en estos dos puntos si usted y yo nos turnamos con ellos.

Macallan aceptó la estrategia del sheriff.

–¿Cuándo cree que vendrán? –le preguntó Monroe después.

–Realmente, no sé siquiera si lo harán. Ya sabe que los chivatazos no son demasiado fiables. Pero, si vienen, creo que no tardarán más de tres o cuatro días. Desde luego, si en una semana los Dalmore no han dado señales de vida, me iré de aquí y trataré de dar con ellos por otros medios.

–¿Los busca para arrestarlos o para matarlos?

Macallan sonrió.

–Eso es cosa suya, sheriff. Usted aquí es la ley y a mí me resulta indiferente lo que haga con ellos. Si los atrapamos, déjeme tan solo hacerles un par de preguntas. Así que, si es posible, no los mate antes de que alguno de ellos me haya contado lo que quiero saber.

SANGRE Y CRISTALES

Macallan llega en ese momento a la fachada trasera del banco. Por la calle de Grant, la sucursal bancaria no ofrece un gran escaparate, como en la que da a Main Street. Tan solo una puerta pequeña, por la que salen Taylor y el cajero al final de cada jornada; y la ventana, protegida por una reja, del despacho del director.

Con todo cuidado, Macallan se va acercado a ella, hasta poder echar un vistazo a través del cristal. Lo que ve le encoge el estómago. Taylor yace muerto en medio de un charco de sangre, tirado en el suelo, detrás de su mesa, junto a una escopeta de cañones paralelos. Entre la mesa de Taylor y la puerta de su despacho, abierta de par en par, puede verse otro cuerpo, más voluminoso, alcanzado por varios disparos de postas. Se trata, sin duda, de uno de los tres hermanos Dalmore.

A través del hueco que deja la puerta abierta del despacho, Macallan puede ver, algo más allá, a los otros dos Dalmore. Uno de ellos presenta un aspecto inquietante a causa de las heridas recibidas en el rostro y el hombro. Su hermano tiene que ayudarle a caminar.

Macallan se percata enseguida de lo que va a ocurrir. Si supiese cómo, trataría de impedirlo, porque sabe que lo que se avecina puede acabar con su investigación.

Se ha dado cuenta de que el cajero del banco tiene una escopeta de cañones recortados disimulada bajo el mostrador. Hasta ahora, el hombre no ha tenido ocasión de acercarse a ella, pero, tras el tiroteo con el director, los atracadores han dejado de prestarle atención. El empleado del banco mantiene las manos en alto, pero ha comenzado a avanzar poquito a poco hasta que, ahora ya, tiene el arma a su alcance.

De repente, se agacha tras el mostrador al tiempo que acciona el mecanismo que oprime los dos gatillos a un tiempo.

Fuera, el sheriff Monroe, que aún buscaba el modo y el momento oportunos para entrar en el banco, siente que se le detiene el pulso.

Aunque todo ocurre de forma sucesiva, él tiene la sensación de que se trata de un único acontecimiento: el doble estampido de la recortada, el atracador herido que es alcanzado de lleno por las postas y se ve lanzado contra el escaparate, convertido en añicos el enorme cristal y sus letras estampadas en color dorado.

Es como un cataclismo en miniatura, tras el cual el segundo de los Dalmore, sangrando como un cerdo en matacía, destrozado por medio centenar de impactos de plomo, aterriza entre una lluvia de cristales sobre el suelo del porche delantero del banco. Y allí queda, tendido. Y muerto.

–Maldita sea... –exclama el sheriff, con un hilo de voz, una vez recobrado el aliento.

En ese mismo instante, Boniface Dalmore, que gracias a una reacción intuitiva y afortunada se ha librado por los pelos de sufrir la misma muerte que su hermano, intenta la huida por la parte trasera del establecimiento. Justo allí donde Macallan lo espera.

–¡Eh, tú, quieto! –le grita, desde su espalda–. ¡Ni se te ocurra darte la vuelta! ¡Las manos arriba si no quieres acabar con más agujeros que un porgadero!

El tono tranquilo de Macallan no tarda ni tres segundos en convencer al mayor de los Dalmore de que la amenaza va en serio y que todo ha terminado. Obedece y alza las manos. Macallan le propina una patada en la corva derecha, que le hace clavarse de hinojos en el suelo, como un torero recibiendo a un morlaco a porta gayola.

DOS LADRONES

Media hora más tarde, el cadáver del director del banco reposa ya en la sala de duelos de la funeraria Pencot.

Junto a él, también está esperando maquillaje el de Sam Garret, el ayudante del sheriff Monroe. Vigilaba el camino de Holyoke desde las afueras del pueblo, escondido en una vieja caseta. Pero se durmió. No vio a los Dalmore hasta que estos estaban ya demasiado cerca. Trató de cabalgar hacia el pueblo para dar aviso, pero la distancia que lo separaba de la banda era menor que el alcance del rifle

Remington del menor de los hermanos.

Y, sin embargo, el dueño de la funeraria, el señor August Pencot, no atiende aún a los cadáveres de Taylor ni de Garret, sino que toma las medidas de otros tres muertos: los de Bart y Ben Dalmore y su compinche James Beam, cuyos cadáveres han sido colocados, tendidos codo con codo, sobre el suelo del porche de la Banca Ganadera y Agrícola de Colorado.

La operación ha congregado a buena parte de los habitantes del pueblo.

–¿Pero es que, encima, les vamos a pagar nosotros el entierro? –pregunta, de muy malos modos, el tendero Guillot.

–Aquí han muerto y aquí se les va a enterrar –aclara el sheriff–. Su hermano dice que nadie va a reclamar los cuerpos, así que tenemos la obligación de darles cristiana sepultura.

–¿A costa de todos nosotros?

–Es una obra de caridad, señor Guillot. A cambio, el ayuntamiento se apropiará de sus pertenencias: sus caballos y sus armas. Seguro que a usted también le gustaría ser enterrado como Dios manda si estuviese en su lugar.

–¡Esa comparación me ofende, sheriff! Yo nunca voy a verme en su lugar. ¡No soy un bandolero!

–Es verdad –reconoce Monroe–. Un bandolero es un ladrón que actúa dentro de una banda. Y usted es de los que actúan en solitario.

Guillot palidece ante la acusación.

–¿Qué? ¿Me está llamando ladrón, sheriff?

–Se lo estoy llamando, Guillot. ¿O cree que no le he visto engañar en el peso de las patatas a las ancianas del pueblo? Puede que en lugar de usar revólver utilice una báscula amañada, pero a eso se le llama robar. Aquí y en la China. Y el que roba, es un ladrón.

Los murmullos de asentimiento callan al comerciante, que bufa, pero no replica.

–Al menos, bastará con los ataúdes más baratos, ¿no?

–Señor Pencot...

El sepulturero, que viste levita negra, alza la vista y asiente.

–Desde luego, sheriff: pura y sencilla madera de pino sin barnizar. Lo más económico de mi catálogo, se lo aseguro. Y no habrá maquillaje para ninguno de ellos.

Monroe echa una ojeada hacia su oficina. Allí ha dejado a Macallan, cuidando de Boniface Dalmore. De repente, siente una mala sensación royéndole las tripas.

–¿Se las puede apañar usted solo, Pencot?

–Desde luego. Y si no, le pediré ayuda al amigo Guillot.

–¡De eso nada! –exclama el comerciante, iniciando el regreso a su tienda–. ¡Hasta ahí podíamos llegar!

–¡Cierra la boca, Guillot!

El sheriff se encamina hacia su oficina. No quiere correr, pero avanza raudo, con amplias zancadas. Justo antes de abrir la puerta, apoya la mano en la culata de su revólver.

–¿Qué demonios hace, Macallan? –pregunta, con cierto asombro, tras asomarse al interior. Macallan ha sacado al bandido de la celda y lo ha sentado en una silla, donde Dalmore permanece con las manos sobre las rodillas.

–Ni siquiera lo ha esposado –señala Monroe–. Me parece una temeridad por su parte. Un riesgo innecesario.

–El señor Dalmore me ha prometido portarse como un caballero. Estoy negociando con él, sheriff. Solo eso.

–¿Qué clase de negociación?

–Le he dicho que, si me cuenta lo que quiero saber, evitará la horca. Ya sé que no parece fácil, habiendo muerto el banquero Taylor, pero, al fin y al cabo, no ha sido él quien ha disparado.

–Pero...

–Seguro que podemos garantizarle que solo irá a parar a la cárcel, ¿verdad, sheriff?

–Bueno, yo...

–¿Verdad o no?

Los ojos de Monroe se vuelven pequeños. Entiende que es una mera estratagema de Macallan.

–Sí, cierto.

Macallan se vuelve casi sonriente hacia el último de los Dalmore.

–¿Lo ves? Volvamos a lo nuestro, Boni.

–¿El qué...?

–Tienes que estar más atento. Te estaba preguntando por unas cajas de whisky de Nebraska. ¿Las recuerdas? Quince cajas de buen bourbon. Quince cajas de treinta y seis botellas cada una. Quinientas cuarenta botellas.

–¿Tantas?

–¿No sabes multiplicar?

–Yo... solo... sumar y restar. Un poco.

–Pero te acuerdas de esas cajas de whisky.

–Es... posible –admite el bandido.

–Tú y tus hermanos se las vendisteis a un comerciante en Sidney, Nebraska. Es un tipo que utiliza el ferrocarril para sus negocios.

–No sé, yo...

–El tipo se llama Johnson. No te molestes en encubrirlo. Él fue quien me dijo que esta semana tú y tu banda pensabais asaltar el Banco de Wray.

Boniface sacude la cabeza.

–¿Y él cómo sabía...?

–¡Tú se lo contaste, idiota! No lo recuerdas porque estabas como una cuba. Es lo malo que tiene emborracharse, Boni: que se te suelta la lengua. ¿Recuerdas ahora a Johnson?

Boniface traga saliva. Luego, asiente.

–Sí, lo recuerdo. ¿Y qué? Si ya tiene a Johnson, ¿para qué quiere que yo le hable de él?

–Aquí, las preguntas las hago yo. Y te diré que Johnson me importa medio bledo. Pero debes saber que él está libre y sigue con sus negocios porque me contó lo que yo quería saber. ¿Lo has entendido?

–¡Entendido, sí, entendido! –exclama Dalmore–. ¿Y qué quiere usted de mí, Macallan? Dígamelo de una vez. Pregunte y le responderé.

–¿Cómo te hiciste con esas quince cajas de whisky?

–¿Solo eso?

–Solo eso.

–¿Si le doy la información no me ahorcarán?

–Tú no apretaste el gatillo, ¿no es así? Al banquero lo mató tu hermano Bart.

–Así fue. ¿Pero cómo lo sabe? Usted no estaba allí.

–Me bastó echar un vistazo a la escena. Bart había vaciado sus revólveres. Ben ni siquiera llegó a disparar el suyo. Tú tampoco lo hiciste.

–Justo, sí señor –confirma Boniface, con ecos de esperanza en la voz–. No disparé. Yo solo quería el dinero. No pretendía matar a nadie.

–Eso está muy bien. ¿Lo ves? ¡Si eres como el buen ladrón! ¿Quién podría querer ahorcarte? Nadie. Pero tienes que decirme de dónde sacasteis ese whisky.

El mayor de los Dalmore todavía se lo piensa unos instantes. Por fin, accede.

–Fue un golpe fácil. Lo hicimos hace cuatro... no: cinco semanas, de noche y sin disparar un tiro. Asaltamos el almacén del campamento minero al sur de Scotfield. Nos llevamos bastantes cosas, en un carromato. Entre ellas, esas cajas de whisky sin abrir.

–Scotfield... –murmura Macallan.

Primero, entierra la vista en el suelo, entre sus propios pies, y así permanece unos segundos hasta que, de pronto, se levanta de la silla, se dirige al perchero y recoge su sombrero Stetson.

–Me voy, sheriff –dice–. Ya tengo lo que quería. Gracias por todo.

–¡Eh, eh, un momento! –exclama Monroe–. ¿Adónde va? No puede ponerse en viaje en plena noche. Además, ¿no va a quedarse al funeral por el señor Taylor?

Macallan permanece indeciso unos segundos.

–No me caen bien los banqueros, no sé por qué. Pero,

pensándolo mejor... sí me quedaré al funeral por su ayudante, el bueno de Garret. Algo salió mal en el plan que nos trazamos y, en cierto modo, me siento responsable de su muerte. Está claro que debimos ser más precavidos.

–Eso ya me parece más razonable. ¿Qué hago con este?

–De momento, métalo en la celda. Telegrafíe al juez Eckly, a Elkhorn. Él se pondrá en contacto con alguno de sus colegas de Colorado para que le envíen la orden de ejecución.

–¿Qué? –protesta Dalmore–. ¿Ejecución? ¡Me ha prometido que no me colgarían!

Macallan lo mira de arriba abajo.

–He mentido, estúpido. Mereces ser colgado diez veces.

–¡Pero yo no disparé al banquero! ¡Usted mismo lo ha dicho!

–Pero sí le disparaste al pobre Garret, el ayudante del sheriff. Y a otras siete personas más en los últimos meses.

–¡Fue Ben! ¡No fui yo! ¡Él los mató!

–¡Oh...! Qué lástima que tu hermano ya no esté vivo para corroborarlo.

–¡Fue él, fue él...! A ese chico le pasaba algo en la cabeza –lloriquea Boniface–. No podía dejar de disparar. Siempre dijimos que disparar tenía que ser el último recurso. Pero a él le gustaba tanto apretar el gatillo...

–Debiste elegir mejor a tus hombres.

–¡Era mi hermano! ¿Qué quería que hiciera?

Monroe empuja al atracador dentro de la celda y echa la llave, con doble vuelta.

–¿Sabes, Boni? Te entiendo –le confiesa Macallan–. A mí también mi madre me metió en la cabeza que debía cuidar de mi hermano pequeño, en cualquier circunstancia. Pero hay hermanos que no se dejan cuidar... y otros que ni siquiera lo merecen.

–Me ha engañado, Macallan. ¡Es usted un hombre sin palabra!

Macallan mira al bandolero con desprecio durante un tiempo interminable. Finalmente, murmura:

–Espero que exista el infierno. Si es así, allí nos veremos.

Monroe acompaña fuera de la oficina a Macallan, que se apoya con gesto cansado en la vallita que sirve de límite al porche. Sopla un viendo racheado, que anuncia tormenta.

–Juraría que le ha cambiado la cara al oír el nombre de Scotfield.

Macallan parece contemplar las casas situadas al otro lado de la calle. En realidad, está contemplando su pasado, al otro lado de su vida. Por fin, asiente.

–Tiene usted razón, sheriff. Lo último que hubiese querido es tener que viajar a Scotfield, un lugar que me trae muy buenos recuerdos.

–Pero eso está bien, ¿no?

–No, no lo está –replica Macallan–. Buenos recuerdos de un tiempo que no volverá y que convierten el presente en algo todavía más triste de lo que es.

Monroe chasquea la lengua.

–Entiendo. Y, sin embargo, irá allí, de todos modos.

–No me queda otro remedio. Es en Scotfield donde continúa mi investigación, al parecer. Saldré mañana hacia allí, tras los funerales. –Macallan suspira.

–Scotfield está lejos. Son al menos tres días cabalgando.
–Ojalá fueran trescientos treinta y tres.

El final de la conversación entre Macallan y Donovan es rubricado por un trueno furioso. Medio minuto más tarde, un auténtico diluvio se abate sobre las calles de Wray. Como si el cielo quisiera limpiar, a un tiempo, la sangre de los muertos y la culpa de los vivos.

LA MINA

BILL HOGUE

Macallan no tardó tres, sino cuatro días en llegar a Scotfield. Para otro, aquel viaje habría sido una tortura. Él lo disfrutó intensamente. De manera deliberada, evitó el paso por las poblaciones, de modo que mantuvo su mirada y su horizonte limpios durante todo el trayecto. Durmió tres noches bajo las estrellas, cazó dos zorros y rememoró una sola cosa, todo el tiempo la misma, una y otra vez: la corta temporada que vivió en Scotfield, los seis meses anteriores a su detención, juicio e ingreso en la prisión de Elkhorn. Los seis meses más felices de su vida.

Los seis meses que pasó junto a Norma Talisker.

Entró al paso por la calle principal de la ciudad y sintió desde el primer momento que muchas cosas habían cambiado durante su ausencia. Le pareció que Scotfield había crecido en tamaño, en habitantes y en amargura. O quizá era, simplemente, que él lo contemplaba todo con ojos más tristes.

Además, enseguida supo con toda certeza que Norma ya no estaba, que ya no vivía allí. No sabría decir por qué. Simplemente, presintió su ausencia.

En cambio, el Saloon Green seguía imperturbable en su lugar de costumbre: calle principal, esquina con la calle de la iglesia.

Avanzó despacio hasta allí, seguido por la curiosidad de algunos ciudadanos y, por fin, se apeó, dejó el caballo en el amarradero y entró en el establecimiento.

Seguía oliendo igual que siempre: a whisky demasiado barato y a sueños demasiado caros; a fáciles lágrimas y a imposibles amores. Ninguno de esos olores agradaban a Macallan, que se dirigió a la barra acompañado por solo un par de miradas distraídas.

El barman le daba la espalda, entretenido en leer una novelita romántica. No se apercibió de la presencia de Macallan hasta que oyó su voz.

–Lo de siempre, Bill.

Bill, Bill Hogue, un muchacho delgado y moreno, de pelo ensortijado, se giró con el ceño fruncido, escudriñó el rostro del recién llegado y, luego, dejó caer la mandíbula.

–¡Señor Macallan! ¿Cómo usted por aquí? ¿Se ha escapado de la cárcel?

–Yo también me alegro de verte, Bill.

–Quería decir que... vaya, me encanta que haya vuelto. Le he echado mucho de menos. ¿Está huyendo de la justicia?

Los dos hombres se estrecharon las manos.

–En absoluto: soy oficialmente un hombre libre.

–¡Vaya! Me alegro mucho de oír eso –dijo Bill, aunque su expresión delataba que no acababa de creerlo–. Me alegro, sí. Aunque le diré que en Scotfield, la mayoría de la gente daba por hecho que nunca saldría de prisión.

–¿Y eso?

–No sé... Creo que era por lo que decía el gobernador cuando venía por aquí.

Macallan mantuvo una expresión neutra, mientras se quitaba el sombrero y lo apoyaba cuidadosamente sobre la barra.

–¿El gobernador Daniels?

–Ese mismo.

–¿El gobernador Daniels viene por aquí?

–Viene, viene. Desde hace unos meses. No muy a menudo, pero viene. Tiene negocios a medias con Macmurray, el alcalde, y de cuando en cuando se deja caer por aquí. Para controlar, imagino. Yo también lo haría, si tuviese un socio como Macmurray, esa es la verdad.

Macallan tomó nota de la información en el apartado de su cabeza destinado a las circunstancias sospechosas.

–Ponme un vaso de tu mejor whisky –pidió. Y en cuanto el chico se puso a trajinar con las botellas, completó la pregunta–. ¿Qué clase de negocios?

–¿Eh?

–Los de Daniels y Macmurray. ¿Qué negocios se llevan entre manos?

–No sé. Mi jefe sí lo sabe. Se lo puedo preguntar.

La botella elegida por Bill fue la de Duncan's.

–Ese no. Ponme otro –pidió Macallan–. Otro cualquiera.

–¿No le gusta el Duncan's? Los que entienden dicen que es muy bueno. Y lo fabrican no muy lejos de aquí, en las montañas, al otro lado de la reserva arapahoe.

–Ya lo sé. Aun así...

El chico cambió el Duncan's por una botella de whisky de Tennessee.

–¿Este sí le parece bien, señor Macallan?

–Mejor, sí. Oye, Bill, ¿has servido Duncan's a otros clientes hace poco?

–Sí, claro. No a diario, pero todas las semanas hay dos o tres que lo piden, a pesar del precio.

–¿Y alguno de ellos se ha muerto?

El barman frunció el ceño.

–¿Por tomar Duncan's? Claro que no. Es un whisky de primera. ¿Qué clase de pregunta es esa?

Macallan negó con la cabeza, sonrió y tomó un sorbo del suyo. Luego, volvió a hablar, con el tono mucho más bajo.

–¿Sabes algo de ella?

Bill suspiró y se rascó la coronilla durante un tiempo interminable. Estaba claro que la pregunta lo incomodaba.

–¿De la señorita Talisker? –preguntó al fin, retóricamente–. Algo sé. Pero no me obligue a contárselo, Macallan.

El ex militar sintió una punzada en el pecho.

–No es nada bueno, ¿verdad?

–Si todavía tiene interés por ella, no.

–Vamos, Bill, suéltalo de una vez –le pidió, vaciando su vaso de whisky y dejando que desbordase el vaso de sus recuerdos–. Me enteraré de todos modos.

–Seguro que sí. Pero preferiría que se lo contase otro. Así no se enfadaría conmigo.

Macallan sonrió más que antes y le acercó el vaso vacío.

–Sabes que eres una de las pocas personas de esta ciudad que aprecio de veras. Yo no te pegaría nunca, si me dices la verdad. Pero a lo mejor te sacudo si no me lo cuentas.

El muchacho puso a su alcance una nueva ración de whisky. Le habló en voz baja.

–No está en el pueblo. Vive en la reserva.

–¿En... la reserva india? –preguntó Macallan, extrañado.

El barman se alejó un paso, quizá temiendo una mala reacción.

–Cuando a usted lo arrestaron, ella intentó rehacer su vida. Trató de volver a la consulta del doctor Kingston, pero él no aceptó. Entonces regresó aquí, al saloon. Yo creo que cantaba mejor que antes, mejor que nunca. Pero Macmurray le hizo la vida imposible. Al cabo de dos semanas, se marchó con un indio al que llaman Coyote Loco. Los que la han visto dicen que viste y vive como una india.

Macallan se tambaleó al escuchar aquello. Apoyó el codo en el mostrador y la frente en la mano, ocultando la mirada.

Transcurrieron dos whiskys y diez minutos de silencio.

–¿Aún se alquilan habitaciones aquí arriba?

El chico sonrió, al tiempo que le guiñaba un ojo.

–Claro que sí. Como siempre. ¿La quiere con compañía o sin compañía?

–Sin compañía –dijo Macallan, con cara de funeral–. En realidad, lo único que necesito es un lugar en el que nadie me vea llorar. Ah, y el resto de esa botella de whisky.

Cuando Macallan despertó a la mañana siguiente, la botella estaba vacía y él tenía una resaca digna de un jefe apache. Sin embargo, se sintió ligeramente más animado. Lo cual tampoco tenía mucho mérito, habida cuenta de la profundidad del pozo en cuyo fondo se encontraba la noche anterior.

Ahora, por lo menos, lucía el sol sobre Scotfield.

Bajó a desayunar al saloon, donde le dieron huevos fritos con tocino frito y un trozo de pan más duro que los pies de Cristo.

Cuando terminó, se acercó al camarero.

–Oye, Bill... ¿qué es eso de que hay un campamento minero al sur de la ciudad?

–A unas cinco millas –confirmó el muchacho–. Hace seis meses encontraron plata. Dicen que hay mucha y que es muy fácil de sacar, que la veta está casi a ras de suelo. Debe de haber allí ya más de mil mineros.

–¿Y quién es el dueño del campamento?

Bill Hogue sonrió mientras abría los brazos.

–¡El alcalde Macmurray, por supuesto! Es tan listo que, poco antes del hallazgo, había registrado los terrenos a nombre de una sociedad que tiene a medias con el gobernador. Desde el arroyo de San Blas hasta el límite de la reserva india. Él distribuye los puestos de minero, les alquila los equipos y herramientas y les proporciona alojamiento a precio de hotel en asquerosos barracones que también él hizo construir. Yo creo que es el único que saca verdadera plata del yacimiento. Y sin dar un golpe de pico.

ALAN MACMURRAY

Como no consiguió que Macmurray lo recibiese en su despacho, George Macallan lo esperó a la puerta del ayuntamiento durante toda la mañana hasta que, poco antes de la hora de comer, lo vio salir del edificio.

–¡Alcalde! ¡Alcalde Macmurray!

Alan Macmurray, sin detenerse, le dirigió una mirada cargada de curiosidad.

–Su cara me suena, amigo.

–Me llamo George Macallan. Viví varios meses aquí, en Scotfield. Hace de eso algo más de dos años.

Macmurray se detuvo para mirar a Macallan de arriba abajo. Más que una mirada, fue un examen en toda regla. Y, por la expresión final del alcalde, Macallan no sacó muy buena nota.

–Ahora le recuerdo. Apareció alguien que lo acusó de crímenes de guerra, y lo encerraron, ¿no es así?

–Buena memoria.

–Y, por lo que veo, o se ha escapado o ya lo han soltado. En cualquiera de los dos casos no debería haber vuelto por aquí. A los ciudadanos de Scotfield no nos gusta la gente como usted.

–No pensaba regresar, alcalde, se lo aseguro. Pero he tenido que hacerlo para intentar resolver un asunto bastante peliagudo, por encargo de nuestro común amigo, el gobernador Daniels.

–¿Qué clase de asunto?

Macallan no pasó por alto el detalle de que Macmurray

no había tenido la menor reacción tras oír mencionar a Daniels. Como si ya se lo esperase. Como si ya lo supiera. Cuidado, George...

–Verá, alcalde, estoy... investigando para él una serie de muertes ocurridas en Elkhorn.

Macmurray se recolocó el sombrero.

–Daniels no solo es un buen amigo. Además, somos socios en diversos negocios.

–Lo sé.

Macallan frunció el ceño. El alcalde suspiró, como rindiéndose a lo inevitable.

–Está bien: dígame, entonces, en qué puedo ayudarle.

Macallan carraspeó, para ganar algo de tiempo. Tenía la sensación de que algo no iba bien. Pero no sabía de qué se trataba, exactamente.

–Tiene que ver con el campamento minero situado al sur de la ciudad. He sabido que es usted el propietario.

–Así es.

–El almacén de ese campamento sufrió un asalto hace algunas semanas.

–Está usted muy bien informado.

–Es mi trabajo. Recuerda el asalto, entonces.

–Lo recuerdo, claro que sí. Fue la banda de los Dalmore.

–En efecto. Y entre los objetos robados había una partida de whisky Duncan's. Quince cajas.

–¿Quince cajas de Duncan's? ¿Está seguro de eso?

–Es la información que tengo.

–Se me hace raro que en el almacén de un campamento minero hubiese whisky de ese precio. En cualquier caso, no dispongo de tal información. Si tanto le interesa el tema, tendrá que hablar con el encargado. Se llama Farrell. Winton Farrell. Dígale que va de mi parte.

Sin despedirse, Macmurray le dio la espalda y prosiguió su camino.

–¡Espere, por favor...! –exclamó Macallan, siguiendo sus pasos. Pero el alcalde sacudió la mano como si estuviese espantando una mosca cerca de su oreja.

–No tengo más tiempo para usted. Hable con Farrell, le digo.

Macallan quedó en el centro de la calle, viendo cómo Macmurray se alejaba en dirección a la oficina del sheriff.

Aun después de perderlo de vista, siguió un tiempo allí, como un pasmarote, sin poder quitarse de la cabeza la mala sensación que le había producido la charla.

Y no acababa de saber por qué. Lo cierto era que el alcalde lo había atendido de un modo razonable y no tenía la sensación de que hubiese intentado mentirle u ocultarle información. Incluso le había dado el nombre del encargado del campamento minero. Muy normal todo.

Pese a ello, el diálogo con Macmurray le había resultado extraño. Rozando lo estrafalario. Como extraído de una novela barata. Las preguntas y las respuestas se habían sucedido a un ritmo raro. El alcalde no había mostrado sorpresa en ningún momento. Ni al verle ni al mencionar a Daniels ni al hablarle de los muertos de Elkhorn... En cierto modo, era como si ya conociese las preguntas de antemano y llevase preparadas las respuestas.

De repente, Macallan se sobresaltó al oír disparos en el interior de una taberna frente a la que pasaba en ese momento. Retrocedió y se protegió en la esquina más cercana, desde donde pudo ver cómo un hombre con barba era arrojado con violencia del local y quedaba tendido sobre la tierra de la calle.

Estaba a punto de acudir en su ayuda, cuando observó que el tipo comenzaba a incorporarse, se sacudía el polvo de los pantalones y se llevaba la mano a la mandíbula, sin duda dolorida tras recibir algunos buenos puñetazos. Una vez en pie, localizó su sombrero, tirado en el suelo y, renqueante, se aproximó a recogerlo. Justo cuando se agachaba, salió de la taberna un tipo vestido de cowboy, con pantalones vaqueros y camisa de color rojo. Llevaba el revólver desenfundado. Sin mediar palabra, disparó dos veces sobre el hombre de la barba, que cayó muerto.

Al contemplar la escena, Macallan sintió que le hervía la sangre.

El vaquero, con media sonrisa en la boca, sopló con gesto displiciente sobre la bocacha del arma y, tras hacerla girar con el dedo en el guardamonte, la introdujo en su pistolera y echó a andar, como si tal cosa, por la zona a cubierto que formaban los sucesivos porches de los edificios. Para su desgracia, lo hizo en la dirección en que se encontraba Macallan.

Macallan abandonó la esquina desde la que había contemplado los acontecimientos y avanzó al encuentro del vaquero. Calculó el paso para elegir así el lugar en que ambos se cruzarían, una zona estrecha por la presencia de varias cajas y un tonel de madera. Uno de los dos debería ceder el paso.

Cuando apenas se encontraban a un par de metros de distancia, Macallan se retiró, apoyando la espalda contra la fachada de una tienda de comestibles. El otro sonrió y avanzó confiado.

En el momento en que el cowboy pasaba ante él, Macallan realizó un movimiento inesperado, empujándolo con el hombro y haciéndole perder el equilibrio. El tipo tropezó con la valla de madera y cayó de bruces a la calle, tras efectuar una grotesca pirueta.

Hecho una furia, el pistolero se puso en pie y fue a echar mano de su revólver. Pero encontró vacía su pistolera.

–¿Buscabas esto? –le preguntó Macallan, alzando en la mano derecha el colt de su oponente.

De la taberna salió entonces otro sujeto, vestido de gris, que avanzó unos pasos hacia Macallan.

–Ni se te ocurra –le advirtió Macallan, mirándolo de soslayo.

Pese a la advertencia, el tipo de gris amagó el ademán de desenfundar; pero Macallan lo hizo mucho más rápidamente con la zurda y efectuó un disparo que hizo volar por los aires el sombrero del hombre, que se frenó de inmediato y separó las manos del cuerpo en señal de rendición.

Un minuto más tarde, advertido por un ciudadano, el sheriff de Scotfield llegaba a la carrera desde su oficina, seguido a distancia por el alcalde Macmurray, con el que se encontraba reunido al recibir el aviso.

–¡Hombre, Bannister! –exclamó Macallan, al verle–. No puedo creer que siga usted como sheriff de esta ciudad después de tanto tiempo. ¿Es que tiene nueve vidas?

–¿Qué demonios ha pasado aquí?

–Pregunte a los testigos –le sugirió Macallan–. Le dirán que el hombre que está allí tendido acaba de morir a manos de este cobarde que no le dio la menor oportunidad de defenderse.

El sheriff Bannister miró a su alrededor y constató que varios ciudadanos asentían.

–Bien –admitió el representante de la ley, dirigiéndose al de la camisa roja–. Levanta las manos, Doug. Quedas detenido.

Obligó al cowboy a arrodillarse y le colocó unos grilletes en las muñecas. Luego, se volvió hacia Macallan.

–¿Cuándo ha llegado a Scotfield?

–Anoche.

–¿No lleva en la ciudad ni veinticuatro horas y ya se está metiendo en líos, Macallan?

–Creo que va en mi naturaleza. Pero no se preocupe por mí, sheriff. Además, no creo que me quede mucho tiempo por aquí. Encuentro esta ciudad demasiado peligrosa.

–¿Peligrosa?

–Pues sí. Es que... hay recuerdos que matan, ¿sabe? ¡Ah, por cierto! Aquí tiene el arma del crimen. Como verá, el muerto ni siquiera tuvo ocasión de desenfundar.

–De modo que es Macallan, ¿eh? –dijo entonces el tipo de la camisa roja–. No crea que me voy a olvidar de usted.

Macallan se le acercó. Cuando lo tuvo a su alcance, le lanzo la mano derecha a la cara, sujetándolo por la barbilla y clavándole el pulgar y el índice en las mejillas.

–Lo que no deberías olvidar –le dijo, sordamente– es que aquí, en el oeste, quizá no se cumplan a rajatabla las leyes, pero sí existen reglas. Y si no respetas las reglas, morirás pronto y cubierto de vergüenza. Imbécil.

El rencor es como el óxido: nunca mengua ni se detiene. Al contrario, crece con el tiempo hasta carcomer las entrañas de quien lo padece. Las vidas de Doug Landon y George Macallan volvieron a cruzarse tiempo después de aquel incidente; pero eso forma parte de una historia para ser contada en otro momento.

WINTON FARRELL

Macallan comió en el Saloon Green col lombarda con patata y carne de potro estofada. Y con el café aún en los labios, subió a su caballo antes llamado Eclipse y cabalgó hacia el sur, en dirección al campamento minero, al que llegó en apenas media hora.

Las instalaciones del campamento semejaban un pequeño pueblo, feo, destartalado y gris. Como si un gigante borracho hubiese arrojado allí, con descuido, media docena de edificios de madera construidos a toda prisa, un depósito de agua y cuatro grandes barracones.

Localizó el almacén y lo que parecía la zona administrativa y se encaminó hacia allí.

–Quiero hablar con Farrell, el encargado –dijo Macallan, tras cerrar a su espalda la puerta de la dependencia rotulada como «Oficina».

Un contable que efectuaba anotaciones en un descomunal libro de caja, hizo un gesto con el pulgar, al tiempo que lanzaba una mirada que tenía como destinatario a un tipo de aspecto patibulario y barba de cuatro días, que estaba colocando sobre una estantería varias palas de zapador.

–¿Winton Farrell? –preguntó Macallan. Y, sin esperar respuesta, continuó–. Me envía Macmurray para que hable con usted.

Farrell miró al recién llegado con infinita desconfianza.

–¿Es usted Macallan?

–Lo soy. Veo que las noticias vuelan.

–¿Qué quiere de mí?

–Información.

–¿Sobre qué?

–Sobre el asalto que sufrieron el mes pasado por parte de la banda de los Dalmore.

–Información, ¿eh? Pues déjeme informarle de que esos cuatro malnacidos se llevaron más de mil dólares en material diverso e hirieron a dos de mis hombres. Así que me alegré mucho al saber que habían muerto. Es lo que merecían.

–¡Ah! ¿Han muerto? –preguntó Macallan, con aire inocente.

–En el atraco a un banco en Colorado. Eso me dijo el señor Macmurray, al menos.

–Supongo... que se les estuvo bien. Pero yo quería preguntarle por algo muy concreto, Farrell.

–Usted dirá...

–Quería hablarle de unas cajas de whisky Duncan's que, según mis noticias, estaban entre el material que se llevaron de aquí esos atracadores aquella noche.

–No –negó Farrell de inmediato–. No había cajas de whisky entre lo que robaron. Se llevaron picos, palas, carretillos, soga de cáñamo... muchas cosas. Incluso algo de dinamita. Pero whisky, no. El Duncan's, además, es un whisky de señoritos. ¿Qué iba a hacer yo con él? Los buscadores de plata son todos unos muertos de hambre.

–¿Está seguro de eso?

–¿De que son unos muertos de hambre? ¡Pues claro!

–De que los Dalmore no se llevaron varias cajas de Duncan's.

–De este almacén, desde luego que no. ¿Acaso ve alguna botella de Duncan's por aquí? A los mineros no les gusta beber; les gusta emborracharse. Y hacerlo con Duncan's les sale demasiado caro.

–¿Le importaría comprobarlo?

–¿El qué?

–Que los Dalmore no se llevaron de aquí esas cajas de Duncan's.

Farrell solo tenía cuatro dientes en toda la boca, dos de ellos, de oro. Uno arriba y otro abajo. Los hizo rechinar entre sí para mostrar su fastidio, pero accedió a buscar un cartapacio del que sacó una hoja de tamaño holandesa con un listado de objetos escrito con tinta azul.

–El inventario de todo lo que robaron. Puede comprobar que no hay cajas de whisky. Ni Duncan's ni ningún otro.

Macallan la leyó detenidamente.

–¿No puede ser que alguien olvidase apuntarlas en esa lista?

Farrell se mesó con fastidio los escasos cabellos que le quedaban.

–Oiga, Macallan, le estoy atendiendo porque el señor Macmurray me ha pedido que lo haga, pero no se ponga pesado, ¿quiere? Esa lista la hice yo mismo. Y le puedo garantizar que si hubiese tenido aquí unas cajas de Duncan's y me hubiesen desaparecido, las habría echado en falta.

Macallan alzó la vista del papel al rostro de Farrell.

–Yo no he dicho en ningún momento que fueran quince cajas.

–Ni yo –replicó Farrell.

–Acaba usted de decir que si hubiese tenido quince cajas se acordaría.

–Yo no he dicho quince cajas. Me habrá entendido mal.

Era una argucia muy simple, un viejo truco de interrogador en el que algunos picaban. Pero Farrell no lo había hecho. Ni se había inmutado.

Macallan le devolvió la lista y todavía insistió un par de veces más, planteando la misma pregunta desde otros puntos de vista, buscando alguna contradicción en la historia del encargado. Por fin, se percató de que Winton Farrell estaba a punto de perder la paciencia. Entonces, optó por rendirse.

–De modo, que no hay duda.

–Ninguna –dijo el encargado, con furiosa rotundidad–. Si esos atracadores tenían en su poder todo ese whisky, lo habrían robado en otra parte.

Macallan se mordió el labio inferior. Existían dos posibilidades: que Winton Farrell le estuviese mintiendo ahora o que Boniface Dalmore le hubiese mentido en su momento. Habría apostado su dinero por la primera opción, pero no se podía descartar la segunda.

En todo caso, la negativa de Farrell, fuese sincera o no, parecía inquebrantable. Y eso cerraba el camino a su investigación. No vio otra salida que desistir.

–Bien, Farrell. Eso es todo. Gracias por su ayuda. Lamento las molestias. Si tengo la ocasión, le diré a su jefe que ha sido usted muy amable conmigo.

–Si lo que quiere es favorecerme ante Macmurray, haga lo contrario: dígale que he sido desagradable, grosero y nada colaborador con usted. Eso sí me hará ganar puntos ante mi jefe.

–De acuerdo –sonrió Macallan–. Cuente con ello.

Los dos hombres se estrecharon la mano.

Macallan cerró al salir la puerta de la oficina y descendió despacio los once escalones que la separaban del suelo. Se dirigió a su caballo rodeado por el ambiente propio de los lugares en que se ha desatado la fiebre de los metales preciosos: hombres recién llegados, con herramientas al hombro y la ilusión de una vida mejor brillando en la mirada, que se cruzaban con hombres llegados allí tiempo atrás, con herramientas al hombro y la desesperanza marcada a fuego en el rostro.

También Macallan se sentía decepcionado. Había seguido la pista del whisky envenenado a lo largo de todo Nebraska y parte de Colorado. En ese periplo habían estado a punto de matarlo dos veces. Y ahora, cuando creía estar cerca del final de su investigación, se encontraba en un callejón sin salida.

Era injusto. Como injusto era tener que regresar a Scotfield. Claro, que sería por un corto espacio de tiempo. Scotfield, para él, resultaba un lugar insoportable. Tenía que buscar otra ciudad, otra vida y otra mujer. Y hacerlo pronto, antes de que la melancolía y los celos lo volviesen completamente loco.

En ese instante, cuando ya abandonaba el campamento, llamó su atención un sencillo redil que guardaba media docena de caballos. Entre ellos, distinguió un bonito alazán con la pata delantera izquierda completamente blanca y una marca en la frente en forma de estrella.

Cuando Macallan volvió a abrir con cierta violencia la puerta de la oficina, Winton Farrell no disimuló su fastidio.

–¿Y ahora qué demonios le pasa?

–Esos caballos que tiene ahí fuera. ¿De dónde han salido?

–Están a la venta, como los equipos de minero y todo lo demás.

–No le pregunto qué piensa hacer con ellos, sino cómo los ha conseguido.

–¡Y yo qué sé! Algunos mineros vendrían en ellos y, al llegar, los cambiarían por equipo y herramientas. Ahora, se los vendemos a los que se marchan. O a cualquiera que se interese por ellos. ¿Quiere comprar uno?

–¿Quién le ha traído el alazán de la pata blanca?

–¿De qué rayos me habla?

Macallan se dirigió a Farrell, lo agarró por el brazo y lo acercó hasta una ventana desde la que podía contemplarse el redil.

–¡Ese de ahí! ¿Lo ve?

–Ya, ya. El de la pata blanca. Lo veo.

–¿Quién se lo ha traído?

–No me acuerdo. Tendría que rebuscar en los archivos y, aun así, no estoy seguro de que apuntase en algún lugar el nombre del dueño.

–¿Cómo puede no recordarlo? Ese caballo ha llegado aquí hoy mismo. Ayer yo lo vi a medio camino entre Wray y Scotfield.

–No, no, no... Se equivoca de animal, Macallan –aseguró Farrell, con convicción–. Hace semanas que nadie nos trae un caballo. Esos llevan ahí mucho tiempo, se lo aseguro.

–¡Me está mintiendo, Farrell!

El encargado no replicó. Se limitó a mirar a Macallan a los ojos hasta que este aflojó la presión sobre su brazo. Lo hizo después de hablarle a tres dedos de la nariz.

–¿Sabe dónde está el tipo que montaba ese caballo? En pequeños pedacitos repartidos en los buches de un montón de buitres. ¿Y quiere saber por qué?

–No quiero, pero sospecho que me lo va a decir igual.

–Porque intentó matarme.

–Oh. Entonces, se le ha estado bien. Así escarmentará –dijo Farrell, jocosamente.

–Tome nota –murmuró Macallan amenazadoramente, antes de abandonar de nuevo las dependencias de la administración del campamento.

A TODA PRISA

De regreso a Scotfield, Macallan se dirigió directamente a la oficina del telégrafo y envió un cable a Pat Monroe, el sheriff de Wray, pidiéndole que interrogara de nuevo a Boniface Dalmore sobre el origen del whisky que él y su banda le vendieron a Patrick Johnson.

Era su única posibilidad: encontrar una nueva pista. Que, por alguna razón que ahora no llegaba a adivinar, el mayor de los Dalmore le hubiese mentido; y que ahora el sheriff Monroe encontrase la manera de hacerle confesar la verdad sobre el origen del whisky robado.

De no ser así, seguramente tendría que darse por vencido.

Subió a su habitación del Saloon Green para hacer tiempo hasta la hora de la cena. Se tumbó en la cama y, sin pretenderlo, se quedó dormido.

Cuando despertó, no sabía qué hora era ni qué día, ni dónde estaba. Ni siquiera quién era. Había oscurecido y unos golpes rítmicos lo habían sacado de una pesadilla protagonizada, cómo no, por Norma Talisker.

Norma estaba guapísima en su sueño. Iba vestida de india arapahoe y cabalgaba a pelo sobre un caballo pinto desde el que, con un arco enorme, le disparaba sin cesar flechas que se le clavaban en el corazón.

–¡Señor Macallan...!

Él quería ir hacia ella, abrazarla y explicarle que todo lo malo que le habían contado sobre él era mentira. Pero allí estaba el alcaide de la cárcel de Elkhorn, Clinton S. Randall, con un aro lleno de llaves, acusándole de los delitos más horrendos.

–¿Está usted ahí, señor Macallan?

Macallan abrió un ojo. Había oscurecido y apenas vio nada, pero empezó a intuir que los rítmicos golpes que lo estaban sacando del sueño eran producidos por alguien que llamaba insistentemente a la puerta de su habitación.

–¡Señor Macallan! ¿Se encuentra bien?

Y esa voz... parecía la de Bill Hogue, el camarero del Saloon Green. Era raro, porque Bill no aparecía en su sueño.

Se decidió a abrir el otro ojo. Comprobó entonces que el mundo seguía ahí fuera, al parecer.

Macallan se puso en pie y, con las manos por delante, consiguió llegar hasta la puerta del cuarto y abrir.

–Bill... ¿qué quieres? ¿Qué pasa? –dijo con voz pastosísima.

–Tiene muy mala cara, señor Macallan –aseguró el chico–. ¿Se encuentra bien?

–Estoy per.. pest... pectamente. Estaba dormido. Soñaba con... con... ¿será posible? Se me ha olvidado con qué soñaba. Buoh, es igual. Soñaba y ya está. ¿Qué ocurre, Bill? ¿A qué viene tanto golpe?

Hogue alzó en su mano un papel doblado de color azul.

–Acaban de traer esto para usted desde la oficina del telégrafo. Es un telegrama remitido desde Wray, en Colorado. Han dicho que era urgente.

Macallan sacudió la cabeza, tratando de regresar a la realidad.

–A ver, dame... maldita sea, si no veo nada... Léemelo tú, Bill, haz el favor.

–Como quiera.

El chico buscó la luz que llegaba desde el descansillo de la escalera y leyó, tras aclararse la voz.

–«Del sheriff de Wray, Colorado, para: George Macallan, Scotfield, Nebraska. Texto: Imposible interrogatorio solicitado, stop. Boniface Dalmore ejecutado jueves tarde por orden juez Trumbull, stop. Saludos Pat Monroe.» Eso es todo –concluyó Bill Hogue.

Macallan tomó el papel entre las manos y leyó por encima solo algunas de las palabras, como para asegurarse de que Bill había sido literal.

–Malditos hijos de perra... –gruñó Macallan, que muy pocas veces utilizaba palabras malsonantes porque decía que su revólver ya era lo bastante mal hablado–. No puedo con ellos, Bill. Van siempre un paso por delante. Como si supiesen lo que voy a hacer, lo que estoy pensando a cada instante. ¡No puedo ganarles!

–¿De quién habla...?

En ese momento, Macallan perdió el equilibrio, trastabilló y a punto estuvo de caer de espaldas al suelo aunque, finalmente, quedó sentado en la cama.

–Estoy bien, estoy bien –dijo, antes incluso de que la pregunta saliera de los labios de Bill.

–La señora Green ha cocinado un excelente potaje de verduras. ¿Bajará usted a cenar?

–¿Y a ti qué te importa si bajaré a cenar o no?

Lo dijo gritando. Bill Hogue tardó en contestar.

–A mí me importa exactamente un comino, señor Macallan. Lo que pasa es que las chicas del saloon me han pedido que me enterase.

–¿De qué?

–De si cenaría usted con ellas.

Macallan abrió los brazos y se dejó caer de espaldas en la cama.

–¿Pero es que no ves que no me encuentro en condiciones, maldita sea mi estampa?

–O sea, que les digo que no. Pues las chicas se llevarán un disgusto.

Macallan no replicó. Y el silencio duró tanto, que Bill pensó que se había dormido.

–Señor Macallan...

Como no respondió, el chico retrocedió hasta salir del cuarto. Estaba a punto de cerrar la puerta cuando Macallan pareció despertar.

–¡Espera! Espera, Bill...

–Diga, señor Macallan.

–Anda, súbeme una botella de ese whisky de Tennessee tan bueno que tú y yo sabemos.

–Escuche, señor Macallan...

–¡No me repliques, condenado!

Echó mano de su cartera y sacó un billete de veinte dólares. Con gran esfuerzo se puso en pie, tomó la mano de Bill, le puso el billete en la palma y le cerró el puño.

–Y quédate con la vuelta.

–Pero...

–¡De nada! –exclamó Macallan, de mal talante, empujando al chico hacia la puerta.

George Macallan pasó los tres siguientes días en estado de embriaguez continuada y sin salir para nada de su habitación situada sobre el Saloon Green.

Bill Hogue llegó a sentirse sinceramente preocupado por el comportamiento de su cliente, pero, tras ser arrojado sin contemplaciones escaleras abajo cuando intentó convencerlo de que bajase a comer algo, decidió olvidarlo y esperar a que cambiase de actitud o muriese de intoxicación etílica.

Incomprensiblemente, ocurrió antes lo primero.

Así, setenta horas después de recibir el telegrama del sheriff Monroe, Macallan bajó con lentitud las escaleras que comunicaban las habitaciones con el saloon. Con ayuda de las chicas, se había bañado, afeitado y perfumado poco antes. Y de su mochila de militar, mientras le lavaban y planchaban las suyas habituales, había sacado prendas limpias. Ropas de color gris que hacía mucho tiempo que no vestía y que aún tenían un cierto rumor a batalla metido en las costuras, después de tantos años.

–Huele usted muy bien, señor Macallan –le dijo Bill, cuando se acercó a la barra–, pero sigue teniendo muy mala cara.

–Pues tendrías que ver el aspecto de mi hígado.

El chico pasó un trapo sobre el mostrador.

–¿Qué quiere?

–Quiero encontrar una buena razón para seguir viviendo.

–Ya, claro... Usted y todos. Quería decir que si le pongo algo.

–Lo que deberías ponerme es de patitas en la calle. Soy un tipejo insoportable.

Bill suspiró largamente.

–Lo veo muy ingenioso con el idioma esta mañana, señor Macallan.

–Pues aunque no lo parezca, he tenido días mejores. Anda, dame un palillo.

–¿Qué va a hacer ahora? –preguntó el chico, acercándole un cubilete lleno de mondadientes–. No se los irá a clavar en el corazón, ¿verdad?

–Quizá debería hacerlo, Bill –reconoció Macallan, colocándose uno entre los dientes–. De repente, no tengo nada, no soy nadie, no sé qué hacer, no sé adónde ir. No tengo una cárcel de la que fugarme, no puedo resolver el caso que me habían encargado, no sé quién pretende matarme... y, para colmo, la mujer de la que estaba enamorado se ha fugado con un indio. Me siento el imbécil perfecto. ¿Tú qué harías en mi lugar?

–¿Yo? Pues... una de dos: me tiraría a un pozo... o buscaría el modo de vengarme.

Macallan alzó las cejas.

–¡Tienes razón! ¡Venganza...!

–Venganza, sí.

–Pero... ¿de quién me vengo? ¿De la vida?

–O de quienquiera que le haya fastidiado la vida. Elija alguien que no sea yo y vaya a por él. Eso suele suponer una buena motivación para seguir respirando.

Aunque no quiso reconocerlo ante Bill, le pareció una buena idea. Esa sería la nueva meta de su existencia: ir en busca del hombre que lo denunció, el hombre que le arruinó la existencia y la felicidad que disfrutaba con Norma dos años atrás. Sin duda, ese mismo hombre es quien ahora intentaba matarlo. Se habría enterado de su puesta en libertad y, directamente, trataba de acabar con él, contratando asesinos a sueldo o incluso a toda una banda de atracadores de trenes. Estaba decidido: lo encontraría y se cobraría justa venganza.

Ese sería su nuevo objetivo en la vida.

ÚLTIMO CABLE

A la mañana siguiente, Macallan se despertó tarde, cuando el sol que entraba por la ventana de su habitación le dio de lleno en los ojos.

No tenía un recuerdo muy nítido de lo acontecido la noche anterior, más allá de que había cenado con apetito y, más tarde, aprovechando la escasez de clientes del saloon, había cantado y bailado mucho rato con las tres chicas. Sí consiguió recordar que, al final, se había mostrado generoso con ellas, con Bill Hogue y con el sufrido pianista, con quien incluso había tratado de interpretar a cuatro manos un tema que aprendió de niño, con su madre. El resultado fue lastimoso.

Sentado en la cama, revisó su cartera y, en efecto, el descenso en sus reservas monetarias le indicó que las propinas debían de haber sido espléndidas.

De repente, le asaltó una sospecha y, con gesto enérgico, retiró completamente la ropa de cama. Sonrió aliviado al comprobar que no había nadie –ni mujer ni hombre– debajo del revoltijo formado por sábanas, mantas y colcha. Sin embargo, un aroma de perfume que permanecía en el ambiente le indicaba que quizá no había pasado solo toda la noche.

Se vistió con parsimonia y bajó a almorzar. Luego, saldó por completo la cuenta del hospedaje de los últimos días con el señor Green y le anunció su intención de abandonar Scotfield de inmediato.

Bill Hogue le despidió con grandes abrazos y las chicas del Saloon Green lo cubrieron de besos y le hicieron prometer que regresaría pronto. También la señora Green se mostró muy afectuosa y le entregó un paquete con carne en conserva y un pastel de manzana recién hecho, para el camino.

Antes de salir del pueblo, Macallan se acercó a la oficina del telégrafo y envió un último cable a Daniels anunciándole que su investigación había concluido en un callejón sin salida. Aunque desconocía la razón, estaba seguro de que eso alegraría al gobernador. Al final del telegrama, le indicaba que si necesitaba ponerse en contacto con él, le mandase un cable a la lista de telégrafos de Sidney.

Porque Macallan había decidido dirigirse a Sidney, de nuevo.

Quizá para quedarse, si Patrick Johnson le ofrecía un empleo como guardaespaldas o como vigilante de alguno de sus vagones de ferrocarril; o quizá solo como la primera etapa de un viaje mucho más largo. En Sidney podía tomar el tren y, por tanto, el país entero se le ofrecía, de costa a costa. Podía desde allí dirigirse a cualquier gran ciudad del este –le habían hablado muy bien de Nueva York– o marchar hacia el oeste hasta Sacramento, en California, desde donde casi se avistaba el océano Pacífico. Incluso, podía elegir un punto intermedio y, de ser esa la decisión, lo tentaba Chicago.

Solo tenía clara una cosa: si no se quedaba en Sidney, no permanecería en Nebraska. Había llegado a odiar «el estado donde comienza el oeste», como decía su eslogan.

Sin embargo, antes que todo eso, antes de poner rumbo a Chicago, Nueva York, Sacramento, Sidney o el que fuera finalmente su maldito destino, tenía que pasar por otro lugar.

Había decidido que necesitaba volver a ver y hablar con Norma.

Tenía claro que era su última oportunidad de reencontrarse con la única mujer con la que recordaba haber sido feliz. Si ahora, que la tenía tan cerca, no hacía nada por volver a verla, se lo reprocharía el resto de su vida.

Solo un detalle hacía vacilar esa decisión: desconocer la reacción que ella tendría al volver a verlo. Habría dado todo cuanto poseía, incluida su silla de montar charra, por disponer de una bola de cristal y, a través de esa bola, poder ver con claridad si ella era realmente feliz en su nueva vida al lado de ese indio de nombre ridículo. De ser así, de tener esa certeza, habría renunciado a reencontrarse con ella.

Pero como no tenía bola de cristal, tiró de las riendas de su caballo llamado caballo y se dirigió hacia el sur. A la reserva arapahoe.

LA RESERVA

MINEROS

Para llegar a la reserva sin dar un gran rodeo, el camino más razonable consistía en atravesar el campamento minero y los terrenos de la mina, situada en la finca propiedad de Macmurray que el alcalde de Scotfield había dividido en más de seiscientas parcelas arrendadas a otros tantos buscadores de plata. Aunque la mayoría de las parcelas eran trabajadas por un solo hombre, algunas de ellas lo eran por dos y hasta tres mineros que se ayudaban o se turnaban en el trabajo, habiéndose reunido por tanto más de mil hombres en un territorio que tenía como límite sur la frontera con la reserva india.

Macallan avanzó por uno de los estrechos caminos que separaban las parcelas mineras. Lo hizo con el ánimo encogido, pues el espectáculo resultaba sobrecogedor. Unos a simple golpe de pico, otros con diferentes sistemas de perforación, todos iban levantando el terreno, cavando, extrayendo mineral para triturarlo y luego, mezclándolo con el azogue, extraer la plata uniéndola al mercurio.

Solo el último paso se hacía en común: en dos grandes hornos –también propiedad de Macmurray, y por los que cobraba alquiler– se separaba mediante calor el mercurio de la plata, en un proceso terriblemente tóxico, que envenenaba el aire; principalmente, el aire de la reserva india, a causa de la dirección de los vientos dominantes.

Si Macmurray siempre le cayó mal, contemplando aquel despropósito con el que el alcalde de Scotfield se estaba haciendo rico, Macallan le adjudicó de manera definitiva la calificación de sujeto despreciable en su grado máximo.

EN MANOS DEL MAL

Avanzando al paso entre aquellos seres miserables que apostaban su salud y su vida contra la escasa posibilidad de dar con un buen filón de plata, Macallan se preguntó por qué extraña maldición el poder recaía casi siempre en las manos de los más viles de entre los seres humanos. Incluso en un país como aquel, tan nuevo, donde en teoría los ciudadanos elegían a sus gobernantes, esta regla parecía cumplirse en la inmensa mayoría de los casos.

Quizá, como proclamaban algunos religiosos, la humanidad había nacido maldita por un pecado original y nuestra penitencia eterna consistía en ser acaudillados por los embusteros, los ladrones, los delincuentes, los corruptos y los carentes de compasión. En definitiva: por los malvados. Y, en el colmo de la desventura, por los malvados elegidos por nosotros mismos.

EL POBLADO

Unos carteles apenas legibles a causa de las inclemencias del tiempo avisaban de que uno se adentraba en territorio indio. En territorio indio cedido por el hombre blanco a cambio de disponer en paz y a su antojo de la que había sido durante milenios la tierra de los primitivos habitantes de América.

Macallan era consciente de la tragedia que semejante humillación había supuesto para los indios; pero, por otro lado, como ex militar, también sabía que, con ligeras variantes, esa había sido siempre la historia del mundo. Los pieles rojas habían perdido sus llanuras, sus ríos y sus bosques porque habían perdido una guerra. Una guerra imposible de ganar, contra un invasor mil veces más poderoso que ellos. A sus congéneres del sur les había ocurrido varios siglos antes, frente a los españoles y portugueses. Ahora les había tocado el turno a ellos. Así de cruel. Así de injusto. Así de humano. En el fondo, también cada tribu india había hecho suyo ese territorio derrotando en su día a otros como ellos. Era algo que sucedía desde el albor de los tiempos y que, por desgracia, seguiría pasando hasta el fin de la humanidad. Un fin que, seguramente, llegaría tras una cualquiera de esas guerras declaradas para conquistar la tierra de otros.

Tras dos horas de cabalgar, Macallan avistó un típico poblado indio, con sus tiendas circulares hechas con piel de bisonte. Tipis, les decían ellos. Aunque, junto a los tipis se habían levantado algunas construcciones de madera, señal de que el poblado tenía vocación de asentamiento permanente, en contra de la ancestral costumbre nómada de las tribus indias. Y era mucho mayor de lo que habría podido imaginar. El más grande que había visto en su vida.

Se acercó a las primeras tiendas con prudencia, al paso. En aquellos primeros momentos, solo distinguió mujeres y niños. Mujeres que lo miraban con desconfianza y niños que lo miraban con indiferencia. Ni en unas ni en otros halló un atisbo de sonrisa.

A no mucha distancia se levantaba uno de los grandes barracones de madera. Se dirigió hacia allí. Cuando llegó a sus inmediaciones, del interior de la construcción había salido un indio de la edad de Macallan, pero mucho más alto, grande y fuerte. Era casi un gigante. Otros tres indios, estos de estatura convencional, aparecieron tras él pero se quedaron junto a la puerta, a espaldas de su enorme compañero.

Los cuatro exhibían una indumentaria un tanto estrafalaria, a medio camino entre el atuendo tradicional de su pueblo y el uniforme del ejército de los Estados Unidos. Uno de ellos calzaba botas de media caña y la inconfundible guerrera azul, desabotonada. Otros dos se cubrían la cabeza con gorras de campaña. El gigante coronaba sus siete pies de estatura con un sombrero Stetson de oficial que, a la vista de los emblemas que lucía, Macallan identificó como perteneciente a un subteniente del Séptimo Regimiento de Caballería. Al hacerlo, sintió un escalofrío.

Incluso estando interno en la prisión de Elkhorn, le había llegado el año anterior noticia de la derrota sufrida por los hombres del teniente coronel George Custer en cierto enclave de Montana, a manos de los indios. Murieron doscientos setenta soldados, incluido el propio Custer y tan solo sobrevivió un miembro de su regimiento: un caballo llamado Comanche.

–¿Hablas mi idioma? –le preguntó Macallan.

–Lo hablo –respondió el gigante, con notable corrección–. ¿Qué quieres?

–Busco a una mujer blanca. Me han dicho que vive con un piel roja al que llaman Coyote Loco.

El indio sacudió la cabeza con disgusto.

–Coyote Loco... sé quién es. Los ancianos lo eligieron para que hablase en nombre de nuestro pueblo con los hombres blancos. Y también conozco a la mujer. Es muy hermosa... para ser de piel blanca. Aunque yo prefiero a las de mi pueblo. Pero allá cada cual con sus gustos.

–¿Sabes dónde puedo encontrarlos?

–Antes de decirte nada, quiero saber quién eres.

Macallan se pasó la lengua por los labios. Tenían un sabor metálico.

–Me llamo Macallan.

–Macallan, el de los ojos claros –completó el indio.

–Yo era el... el hombre de esa mujer blanca antes de que ella se viniera aquí con Coyote Loco.

El indio abrió unos ojos muy grandes.

–Entiendo. ¿Buscas a Coyote para matarlo?

Macallan, al contrario, achicó la mirada.

–¿Te gustaría? ¿Querrías ver muerto a Coyote Loco?

El arapahoe se encogió de hombros.

–Eso me resulta indiferente. Nosotros, los pieles rojas, estamos todos muertos ya. Hemos perdido nuestra tierra. Hemos perdido nuestra libertad. Hemos perdido nuestra dignidad. Solo nos queda el whisky. Nos gusta mucho el whisky. Los hombres blancos lo saben y nos lo dan muy barato. O gratis, incluso. Es una buena forma de evitar problemas. Si tenemos whisky, los guerreros nos volvemos mansos y todo va bien.

No se podía decir mejor y en menos palabras.

Macallan ya lo sabía. El alcohol había sido la perdición de los indios. Cuando los blancos descubrieron lo mucho que les gustaba el whisky a los pieles rojas, se percataron de que tenían ganada la guerra contra ellos.

–Te he dicho el mío. ¿Cuál es tu nombre? –le preguntó Macallan.

–Yo soy Siki.

Entre los indios omaha y arapahoe no siempre se utilizaban largos nombres con significado.

–Un nombre breve para un guerrero tan grande –comentó Macallan–. ¿Y esas prendas de soldado azul?

–Trofeos de guerra –respondió el gigante indio, lacónicamente.

–De modo que... participaste en la batalla.

–Así es. Algunos estuvimos en Little Big Horn –dijo Siki, señalando con un gesto a sus compañeros–. Fue un día de gloria para nuestro pueblo. Y resultó divertido ver huir como conejos a los soldados de Cabello Largo.

Cabello Largo. Así era como los indios llamaban a George Armstrong Custer. Macallan se tironeó varias veces del lóbulo de la oreja, algo que solo hacía cuando se sentía nervioso.

–No fue eso lo que los grandes jefes blancos contaron a nuestra gente. Dijeron que fue una batalla heroica. Y que Cabello Largo fue el último en caer.

El indio exhibió una sonrisa burlona.

–No hubo nada heroico allí, ojos claros. Custer cayó pronto. A partir de ahí, los soldados azules no supieron qué hacer. Acabaron en desbandada. Fue como ir de caza.

Macallan sintió un retortijón en las tripas, pero no descompuso el gesto.

–Supongo que aquella fue una gran victoria. Pero, al final, perdisteis la guerra.

El gesto de Siki se endureció.

–Nuestro pueblo no tiene ametralladoras.

Era cierto. Cada regimiento del ejército estadounidense contaba con al menos una ametralladora pesada Gatling, un ingenio demoledor, que otorgaba a los soldados una ventaja abrumadora en sus enfrentamientos con los indios.

–¿Sabes que, hace unos años, Custer cayó en desgracia ante nuestro presidente por defender las condiciones de vida de los indios en las reservas? Estuvo a punto de arruinar su carrera militar por ello.

Siki se encogió de hombros.

–Para mí fue siempre y solo un enemigo.

–Custer era un militar. Cumplía órdenes cuando se enfrentó a vosotros.

–¿Esas órdenes incluían matar mujeres, ancianos y niños?

–No lo sé. Pero no creo que Custer matase a mujeres y niños indefensos. Otros sé que lo han hecho. Pero creo que él no.

–Lo haya hecho o no, bien muerto está.

Macallan estuvo a punto de replicar, pero se percató a tiempo del sinsentido que suponía estar defendiendo a Custer ante aquellos indios. No resultaba nada prudente. De modo que asintió para dar el tema por zanjado.

–¿Ahora me dirás dónde encontrar a la mujer de Coyote Loco?

Siki exhibió entonces una sonrisa proporcional a su tamaño. Señaló a su espalda.

–La tienda situada justo detrás del tótem es la de Coyote Loco y su mujer. Será mejor que dejes aquí tu caballo y te acerques caminando.

Macallan se llevó la mano derecha al borde del ala de su sombrero y obedeció a Siki, amarrando su caballo al tronco de un árbol cercano. Luego, echó a andar en la dirección indicada.

REENCUENTRO

Quince pasos antes de llegar a la tienda, se detuvo. El corazón le galopaba como debió de hacerlo el de los soldados de Custer en Little Big Horn al percatarse de que su final estaba cerca.

Nubes inmensas se aborregaban en el cielo ocultando el sol de cuando en cuando.

A punto de abrir la boca para delatar su presencia, Macallan vio cómo la tela que cerraba el tipi se movía. Una mano la apartó hacia el interior y, de inmediato, salió de la tienda un indio bastante más joven que Macallan, tan alto como Macallan y, a su manera, tan guapo y elegante como Macallan. Tenía los ojos negros como el azabache y, sin embargo, pese a su distinto color, las miradas de ambos hombres tenían algo en común.

Y tras Coyote Loco, apareció Norma.

Al verla, Macallan sintió que se le detenía el pulso por un largo instante.

El sol y la intemperie habían tostado la tez de la mujer, por lo que sus ojos brillaban ahora en su rostro con una luz nueva, que él no conocía. Vestía a la usanza india, pero de un modo algo distinto a las demás mujeres del poblado. Llevaba el pelo suelto y un vestido que dejaba al aire los brazos y las piernas justo por encima de las rodillas. Llevaba los labios pintados de un rojo tan oscuro como el de la sangre recién vertida y estaba tan hermosa que Macallan se tambaleó al contemplarla.

Se miraron ambos de hito en hito y el mundo desapareció durante un tiempo imposible de medir. Un tiempo en el que solo quedaron ellos, el uno frente al otro.

Macallan había imaginado en la cárcel mil veces aquel reencuentro. Y desde que salió en libertad, aunque no quisiera reconocerlo, había ensayado la frase en multitud de ocasiones. La frase. La primera cosa que le diría a Norma cuando volviese a tenerla delante, si es que eso llegaba a suceder. Y ahora, que lo imposible había ocurrido y lo inesperado había llegado, se le quedaba la mente en blanco. No dijo nada, porque no pudo recordar la frase y se limitó a mirar a Norma, esbozando una sonrisa algo boba.

Ella permaneció unos segundos inmóvil, con una expresión similar a la de él, cercana a la perplejidad. Y, de pronto, sonrió, corrió hacia Macallan y se echó en sus brazos. Lo abrazó con tal ímpetu que a punto estuvieron de rodar por los suelos.

–Pensé que no volvería a verte nunca, George –le confesó al oído, en un susurro vacilante.

–Yo también, Norma. Yo también lo pensaba. «Nunca volveré a abrazarla», me lamentaba. Y sentía que mi vida carecía de sentido. Pero aquí estás. Aquí estamos.

–Y, por cierto que tú... estás muy guapo.

Macallan la separó de sí sujetándola por los hombros. La miró a la distancia que daban sus brazos extendidos.

–¡Qué dices! Tú sí que estás... por Dios, estás preciosa. Más hermosa que nunca, aunque yo lo habría creído imposible.

Se miraron aún más, tomados de las manos, durante un tiempo muy largo, ante la mirada impasible de Coyote Loco.

–¿Recibiste mis cartas? –preguntó ella, de pronto.

Él sacudió la cabeza.

–¿Me escribiste?

–¡Claro que te escribí! Todos los días, durante tu primer mes de ausencia.

–Nunca me llegó nada, Norma. Y a mí ni siquiera me permitieron ese consuelo. Jamás tuve a mi disposición lápiz y papel. Aunque supongo que habría dado igual. Yo no existía. Ni siquiera era un condenado. Simplemente, me borraron del mundo.

Ella bajó la vista y la enterró en el suelo. Incluso deslizó el pie ante sí, de lado a lado, como si quisiera borrar una frase escrita en el polvo.

–¡Qué difícil resultaba así sentarse a esperar! Sabes que lo habría hecho durante años si hubiese tenido el menor indicio de que había un plazo que cumplir, por largo que fuese. Pero nunca tuve la menor noticia sobre ti. Nada que me permitiese albergar una mínima esperanza de volver a verte. Pensé que habrías muerto. Por eso no te esperé.

Macallan asintió.

–Lo sé. Nunca creí que debieras hacerlo. Al contrario, suspiraba porque tuvieras el buen juicio de olvidarme cuanto antes.

–No te he olvidado, George. Eso no. En ningún momento te he olvidado. Solo... me resigné a haberte perdido y decidí seguir adelante con mi vida.

–No he venido para echarte nada en cara, Norma. Solo quería saber de ti. Saber que estás bien. Y despedirme... despedirme como es debido, como no pude hacer entonces.

Ella lo miró con sorpresa.

–¿Te vas? ¿Adónde te vas?

–Aún no lo sé. Posiblemente, a Chicago.

–Chicago... Eso está muy lejos.

–Si no estoy contigo, prefiero estar muy lejos de ti. ¿Me comprendes?

Ella lo abrazó de nuevo.

–Te comprendo.

–Y, realmente, tampoco me marcho al otro extremo del mundo. Tan solo a Illinois. Si me necesitas, si alguna vez me necesitas, puedo estar aquí en un par de días. Tres, a lo sumo.

–Es bueno saber eso, George. Me dará tranquilidad.

Entre frase y frase de aquel diálogo, Macallan no había podido evitar echar unas cuantas miradas por encima del hombro de Norma. A solo unos pasos, Coyote Loco los observaba con el gesto impenetrable. A su alrededor se habían congregado dos decenas de habitantes del poblado.

–Oye, Norma... esto es un poco incómodo, ¿no te parece? Toda la aldea nos mira. Y, sobre todo, tu... en fin, tu... este de aquí.

Norma sonrió.

–¿Te refieres a Coyote Loco? No debes preocuparte por él. Es un buen hombre.

–¿Te trata bien?

–Sí, George. Nos trata muy bien.

Macallan sintió una punzada en los glúteos. Como si hubiese recibido una patada a traición.

–¿Nos...? –balbució.

Ella sonrió.

–Anda, ven –le dijo, tomándolo de la mano–. Dudaba si decírtelo o no. Pero supongo que sería una estupidez intentar ocultártelo.

Lo condujo hasta la tienda. Entró primero ella, luego él y, tras ellos, lo hizo Coyote Loco.

Norma se arrodilló junto a una suerte de capazo hecho de mimbres y piel de caballo en el que dormía plácidamente un niño aún pequeño, poco más que un bebé.

–Es mi hijo. Se llama Amanecer.

Macallan sufrió un escalofrío.

–Es muy guapo –dijo, en un susurro apenas audible–. Tan guapo como su madre. ¿Qué tiempo tiene?

–Nació hace dieciocho lunas.

–Dieciocho lunas...

–Así es.

Macallan se acercó al niño.

–No... no parece indio. Tiene la piel muy blanca.

Norma se encogió de hombros.

–Ha salido a mí.

UNA FIESTA

La vida en la reserva resultaba terriblemente monótona, así que cualquier excusa era buena para organizar una celebración en la que comer, bailar, adorar al dios Japatú y, por supuesto, beber mucha agua de fuego. Y la aparición de Macallan no era una excusa cualquiera, sino una buenísima excusa para todo ello.

La fiesta comenzó con la puesta de sol y se prolongó en torno a una enorme hoguera hasta casi el clarear del alba. Macallan tuvo que participar en bailes rituales, resistir el acoso feroz de diversas mujeres del poblado, pelearse con algunos guerreros, fumar la pipa de la paz con el jefe Oso Pardo, hacer exhibiciones de puntería y demostrar que podía comer y beber como un energúmeno.

Finalmente, fue aceptado como un arapahoe honorario por los jefes y el brujo de la tribu. Cuando, por fin, todos se retiraron a dormir, Norma tuvo que ponerse muy firme para evitar que varias de las mujeres de la aldea se fueran con Macallan a la tienda que le asignaron.

CUENTAS

Al día siguiente, con el sol ya muy alto en el horizonte, Macallan despertó. Una mujer de la aldea estaba arrodillada, mirándolo, y le ofreció leche de cabra y unas tortas hechas con harina de maíz. Macallan sonrió agradecido y dio buena cuenta de todo, pese a carecer por completo de apetito, empachado aún por lo mucho que había comido en la fiesta de la noche anterior.

Luego, sin prisa, se acercó hasta la tienda que compartían Norma y Coyote Loco. Estuvo merodeando unos minutos pero, al fin, se decidió a revelar su presencia.

A su llamada, ella salió al exterior.

–Buenos días, George.

A Macallan se le nubló la vista un instante. Era tan hermosa...

–Hola, Norma. Vengo a decirte adiós. Me voy a poner en camino de inmediato.

La mujer se acercó hasta él y lo abrazó. Estuvieron así, abrazados como dos colegas, un tiempo muy largo.

–Me gustaría también despedirme del chico. De tu hijo, quiero decir. Vaya, si a ti no te importa.

–Claro que no. Pasa –dijo, encaminándose hacia la tienda de nuevo. Pero Macallan no se movió.

–Espera, Norma... –Ella se volvió y lo miró, interrogante.– Precisamente quería hablarte de él. De Amanecer.

–¿Por qué? ¿Qué ocurre?

–Supongo que querías que yo lo supiera, ¿verdad?

–¿El qué?

–Que... es mi hijo.

Norma casi se atragantó al escuchar aquello.

–¿Qué? ¡No! –exclamó–. No lo es.

–¡Vamos...! Sé hacer las cuentas, Norma –insistió Macallan–. Me dijiste que tenía dieciocho meses, ¿no? Si a eso le sumamos los nueve del embarazo, salen veintisiete. Y hace veintisiete meses, tú y yo aún estábamos juntos.

Ella lo miró a los ojos. Cuando se enfadaba, bizqueaba ligeramente. Como ahora.

–¿Qué estás diciendo, George? ¿Qué cuentas son esas?

–Unas muy sencillas –insistió él.

–¡Pero no son correctas! Te dije que mi hijo había cumplido dieciocho lunas, no dieciocho meses.

–Es parecido.

–¡Ah, no! ¡Parecido no es lo mismo! Una luna son exactamente cuatro semanas, mientras que los meses del hombre blanco tienen dos o tres días más. Dieciocho lunas son setenta y dos semanas; más treinta y ocho del embarazo, suman ciento diez. Ciento diez semanas son dos años y seis semanas. Veinticinco meses y medio, George. Hace veinticinco meses y medio tú llevabas ya más de un mes en la cárcel. No es hijo tuyo. No lo es, y basta.

Macallan frunció el ceño, como si estuviese repasando los números que Norma acababa de hacer. No dijo nada, pero pensó que la chica tenía la réplica muy bien aprendida. Demasiado bien aprendida. La cuenta de las ciento diez semanas le había salido de carrerilla. Le pareció la mar de sospechoso.

–¿Quieres despedirte del niño o no?

Macallan no contestó, pero entró en la tienda. Amanecer estaba de pie. Sonreía. Se le acercó y se miraron a los ojos.

–Hola, chico. Oye, ¿eres mi hijo? –susurró.

El niño se echó a reír.

Entonces, Macallan se fijó en que Coyote Loco los miraba, acuclillado en el otro extremo de la tienda. Tan serio como el día anterior, cuando lo vio por primera vez. Después de una larga pausa, el indio habló, por fin.

–No es tu hijo, George. No es tu hijo, te lo aseguro.

Macallan le acarició la cabeza al niño, revolviéndole el pelo.

–Está bien, Coyote –admitió–. Está bien...

Los dos hombres se tendieron la mano a un tiempo.

–Cuida de ella –le pidió Macallan, antes de deshacer el apretón.

Luego, salió de la tienda, besó a Norma en la mejilla y echó a andar en busca de su caballo.

En ese instante, sintió que su vida se desgarraba definitivamente y que tendría que buscar la manera de remendar los jirones para seguir adelante.

El cielo estaba bajo.

CAMINO A SIDNEY

Si hubiera decidido dirigirse a Scotfield, Macallan se habría cruzado con Ben Nevis y sus hombres. Pero optó por emprender camino directo hacia Sidney. Eso estuvo a punto de cambiarlo todo.

Sin embargo, en ocasiones el destino se muestra tan imprevisible como el clima en primavera y tan obstinado como un vendedor de seguros de vida, así que, apenas media hora después de su salida del poblado arapahoe, Macallan tiró de las riendas de su caballo hasta obligarlo a detenerse por completo.

Desde hacía ya unos minutos –en realidad, desde que salió del tipi de Coyote Loco–, le zumbaba en torno a la cabeza una mala sensación, algo así como si un abejorro se hubiese introducido entre su cráneo y su cerebro, molestándolo. Le ocurría en ocasiones. Un pensamiento extraño. Una idea imprecisa.

La última vez que le pasó algo parecido fue semanas atrás, en Elkhorn, en la casa de la señora Myers, cuando intuyó que las botellas de Duncan's eran el denominador común en los domicilios de los hombres que acababan de morir envenenados.

Y ahora... ¿qué era?

Sacudió la cabeza, tratando de olvidarlo y continuar adelante. Le fue imposible.

Otros cinco minutos permaneció aún parado, en silencio, con la mirada perdida. Hasta que, de repente, por fin, se le hizo la luz.

Quizá no tuviera ninguna importancia, pero sabía que no lograría quitárselo de la mente. Decidió regresar.

SEIS BOTELLAS DE DUNCAN'S

Norma lo miró acercarse con sorpresa.

–¿Qué pasa, George? –le preguntó Norma–. ¿Por qué has vuelto?

–No tiene que ver contigo –dijo él, sin detenerse, entrando en la tienda sin avisar. Norma lo siguió. Coyote Loco alzó las cejas al verle.

–¿Qué ocurre? –preguntó.

Macallan lanzó una mirada circular que se detuvo a la derecha de Coyote Loco. Señaló un lugar con el índice. Un lugar en el que podían verse media docena de botellas de whisky, tumbadas en el suelo, semicubiertas por un zurrón y unos hatos de leña. Esa era la imagen que le había hecho regresar. El detalle que se le había quedado enganchado en un rinconcito de la memoria.

–¿Por qué tienes ahí esas botellas de Duncan's? –le preguntó al indio–. ¿De dónde las has sacado?

Coyote siguió con la vista la línea imaginaria que se iniciaba en el dedo de Macallan.

–A los pieles rojas nos gusta el whisky. Todo el mundo lo sabe, George.

Mientras hablaba, la mirada del indio vaciló y se desvió hacia la derecha. Macallan supo que mentía.

–Pero tú no. Tú no bebes.

–¿Y cómo lo sabes?

–Conozco a Norma. Ella no estaría contigo si fueras un indio borracho.

Coyote inspiró tan fuerte que se le plegaron las aletas de la nariz. Y se le dibujaron tres rayitas en el entrecejo.

–Cierto. Ese whisky no es para mí. Guardo esas botellas por si necesito quedar bien con alguien, sea blanco o piel roja. A veces hay que ser amable para conseguir ciertas cosas. Te recuerdo que soy el representante de mi tribu ante el hombre blanco. En ocasiones, debo negociar.

Macallan se acercó y agarró una de las botellas.

–Duncan's, nada menos. Es un gran whisky. Una de las mejores marcas. Veo que tienes seis. ¿Por qué no me regalas esta?

–Porque no tienes nada que ofrecerme a cambio.

–¿Qué te parece mi silencio?

Coyote tragó saliva con dificultad.

–No entiendo. No necesito tu silencio, George Macallan.

–Véndemela, entonces. Dime el precio.

Coyote Loco tardó una eternidad en responder.

–No –dijo, al fin.

–¿Por qué?

El indio carraspeó, siempre muy serio.

–Porque no quiero. No me caes bien. Eres el antiguo

marido de mi mujer. Dudas de que mi hijo sea mío. No sé a qué viene todo esto. Vete de una vez.

Macallan se echó a reír.

–¡Vaya...! ¿De repente te caigo mal? ¡Vamos! Tú y yo sabemos que no es esa la razón por la que no quieres venderme este whisky.

Sin esperar respuesta, Macallan abrió la botella, rompiendo el sello de lacre que la cerraba. Tomó un cuenco vacío que vio junto al fuego central y lo llenó con whisky. A continuación, lo colocó bajo la nariz de Coyote Loco.

–Dime: ¿a qué huele?

El indio inspiró lentamente, cerrando los ojos.

–A whisky. A buen whisky de Nebraska.

–¡A qué huele, maldita sea! –insistió Macallan, alzando el tono.

Coyote bajó la mirada y tragó saliva. Finalmente, asintió.

–A almendras amargas.

ENCRUCIJADA

–Unas botellas como estas mataron a treinta y seis personas en Elkhorn, hace unas semanas –explicó Macallan ante Norma y Coyote Loco, sentados los tres en el interior de la tienda–. Recibí el encargo del gobernador Daniels de averiguar de dónde habían salido. O, más exactamente, quién era el culpable de esas muertes. He seguido la pista de ese whisky por dos estados durante los últimos días. En Scotfield creí haberla perdido definitivamente. Y sin embargo, mira por dónde, acabo de retomarla aquí. En vuestra propia tienda, nada menos. Ya lo veis: en ocasiones, el destino hace cabriolas inesperadas. Ahora vas a decirme de dónde has sacado ese whisky.

La mirada de Coyote se había vuelto de hielo sucio.

–Escucha, Macallan: podemos dejar esta conversación aquí y marchar cada cual en dirección a nuestra propia vida. O podemos seguir adelante con esto y entonces... quizá tenga que matarte. De hecho, no te he matado todavía porque sé que Norma te sigue queriendo y se llevaría un gran disgusto.

Macallan chasqueó la lengua.

–Lo siento, Coyote, pero no puedo dejarlo. No puedo. Así que dime: ¿lo hiciste tú?

Coyote se puso en pie.

–¿Me preguntas si envenené yo el contenido de esas botellas? La respuesta es no.

Macallan abrió los brazos.

–Muy bien, te creo. Pero entonces, dime cómo vinieron a parar aquí. De dónde las sacaste. Ese whisky pasó por varias manos hasta llegar a Elkhorn. Si tú solo fuiste un eslabón más de la cadena, no pasará nada. Yo voy buscando al verdadero culpable: a quien mezcló ese whisky con arsénico.

El indio se puso en pie y se volvió de espaldas, agachando la cabeza.

–No es tan fácil, Macallan –replicó–. No es tan fácil...

Macallan aguardó unos segundos antes de insistir.

–Tienes que confiar en mí, Coyote. Norma: dile que puede confiar en mí.

Pero Norma no abrió la boca. Ni siquiera miró a Macallan.

–La alternativa la acabas de dejar clara, Coyote –prosiguió Macallan–. O confías en mí o vas a tener que matarme. Que nos vayamos cada uno por nuestro lado no es una opción. Pase lo que pase, seguiré investigando este asunto hasta resolverlo. Así que más vale que me cuentes lo que sepas... o que te prepares para enfrentarte a mí.

Coyote pareció meditar durante otro minuto de silencio. Luego, habló.

–¿Cómo es posible que ese whisky terminase en Elkhorn?

Macallan no sabía si se trataba de una pregunta retórica, algo que Coyote se preguntaba a sí mismo. Pero, en todo caso, le dio respuesta.

–Se trató de una serie de impensables coincidencias: un comerciante de Sidney se lo vendió al dueño de una gran tienda de Elkhorn. El comerciante se lo había comprado a unos atracadores de medio pelo que, a su vez, lo habían robado del almacén del campamento minero de Scotfield, días antes.

Coyote asintió lentamente, comprendiendo.

–Y yo... se lo había vendido a los mineros. Eran ellos quienes deberían haber muerto, no esos hombres de Elkhorn.

Macallan y Norma cruzaron una mirada tintada de alarma.

–¿Tú sí sabías ya entonces que el whisky estaba envenenado? –preguntó ella–. ¿Se lo vendiste a los mineros sabiendo que morirían al beberlo?

–Sí.

–¿Por qué?

–Porque... ese whisky estaba destinado a matar a los pieles rojas. A acabar con nosotros, los habitantes de la reserva. Una vez que lo descubrí, venderles ese whisky a los mineros era un... un acto de justa venganza.

Coyote Loco bajó la vista mientras Macallan interrogaba a Norma con una mirada. Ella, con un gesto, le confesó su ignorancia. El indio, con la culpabilidad prendida en el tono, siguió hablando enseguida.

–Los hombres blancos saben que el alcohol ha sido nuestra desgracia. Nos han derrotado, nos han despojado de nuestras tierras, de nuestra forma de vida y de nuestra dignidad. Éramos un pueblo altivo y soberano. Ahora somos un pueblo avergonzado y cautivo. Muchos de los antiguos guerreros no encuentran más consuelo que olvidar a diario esa vergüenza en brazos del whisky. En los almacenes de nuestros poblados podrá faltar el pan y la carne, pero no puede faltar el agua de fuego. Cuando me ofrecieron aquellas veinte cajas de buen whisky a un precio tan barato, debí sospechar de inmediato. Y, sin embargo, no lo hice. Era una oferta tentadora y todo parecía estar en orden. Las cajas venían precintadas de fábrica. Las botellas, todas y cada una, con sus sellos de lacre intactos. Setecientas veinte botellas del mejor whisky de Nebraska, el más famoso, el que beben los blancos más ricos, a un precio que era casi un regalo. Difícil no caer en la tentación.

–¿Cómo supiste que estaba envenenado? A las autoridades de Elkhorn les llevó varios días averiguar la causa de las muertes. –Ante aquella pregunta, los ojos de Coyote Loco se arrasaron en lágrimas.

–Lo supe... por mi padre.

Norma, en ese momento, abrió exageradamente la boca y los ojos antes de taparse el rostro con las manos al tiempo que ahogaba un gemido.

–¿Qué pasó? –inquirió Macallan.

Coyote llenó los pulmones de aire y los vació por dos veces antes de proseguir. Intentaba deshacer el nudo que le ataba la garganta.

–Me entregaron las cajas en un lugar a medio camino entre el poblado y la frontera de la reserva. Los dos hombres que me las vendieron no querían traerlas hasta aquí. Yo creí entenderlo. Pensé que las habrían robado y por eso no querían que nadie los viera con ellas. Las dejamos ocultas en cierto lugar del bosque mientras yo encontraba el modo de transportarlas. Pero abrí una de las cajas y me llevé una botella para regalársela a mi padre esa misma tarde. Ciervo Altivo y yo discutíamos a menudo por su afición al whisky. Yo trataba de convencerlo de que no bebiera pero él me decía que, a su edad, beber era de las pocas cosas que lo hacían sentirse bien y le permitían olvidar su vida desgraciada. «Intenta convencer a Águila Nocturna y a los otros jóvenes guerreros», me decía. «Ellos sí están destrozando sus vidas con el alcohol. En mi caso da igual, porque ya casi no me queda vida que poder arruinar.»

–A pesar del whisky, era un hombre sabio –murmuró Norma, con los ojos enrojecidos–. Y yo lo quería mucho.

–El día anterior –prosiguió Coyote Loco–, mi padre y yo habíamos mantenido una fuerte discusión. Me pareció que traerle una botella de aquel excelente whisky sería una buena forma de reconciliarme con él. Y de hecho, lo fue. Pero tras beberse más de la mitad de su contenido esa noche, al día siguiente se sintió muy enfermo. Avisamos al brujo de la tribu, que ni siquiera aplicó sus remedios porque dijo que resultaría inútil, pues podía distinguir a la muerte en el interior de Ciervo Altivo, asomando el rostro a través de sus pupilas. Mi padre falleció esa misma tarde. Todos en el poblado lo lloramos, pero solo yo conozco la verdadera razón de su final. Y ahora, también vosotros.

Norma se levantó. Lloraba desconsoladamente, sin el menor recato. Fue hacia Coyote y lo abrazó. Y así, abrazados y llorando, permanecieron ambos durante un tiempo interminable, que Macallan aprovechó para repasar la historia que acababa de escuchar de labios del arapahoe.

De nuevo, sintió la incomodidad de intuir que algo chirriaba en aquel relato, aunque no supiese decir qué era exactamente. Quizá fuera tan solo que el camino recorrido por aquel whisky envenenado empezaba a resultar tan complicado y extraño, tan enrevesado, que ya dudaba de que consiguiera averiguar algún día qué había sucedido realmente. Dónde había empezado todo.

Y, sin embargo, la solución se hallaba mucho más cerca de lo que podía imaginar.

–Supiste de inmediato que la muerte de tu padre tenía que ver con aquel whisky.

A Coyote Loco le había costado un largo rato serenarse. Con Norma apoyando la cabeza sobre su hombro, asintió en silencio ante la afirmación de Macallan.

–Lo supe, sí. Y es cierto –admitió– que carecía de pruebas. Bien podía tratarse de una casualidad, de una enfermedad repentina, pues la salud de mi padre no era buena desde hacia tiempo; pero yo no tuve ninguna duda, en ningún momento: a Ciervo Altivo lo había matado aquel whisky maldito del que yo debí sospechar desde el primer momento.

–Si no hubieras descubierto que estaba envenenado... ¿qué destino habrían tenido esas veinte cajas?

–Las habría repartido por los diversos poblados de la reserva. Se habrían vendido en nuestros almacenes de suministros.

–Y, en consecuencia, habrían muerto envenenados muchos pieles rojas.

–Así es. Sin duda, la mayoría de los hombres de la reserva. Somos muy pocos los que no tenemos la costumbre de emborracharnos a diario.

Macallan empezó a comprender, por fin, lo que había sucedido. Allí parecía estar el origen del mal.

–¿Quién te vendió ese whisky?

–Ya te lo he dicho; fueron dos hombres. Los había visto solo un par de veces, en Scotfield. Oban y Singleton, eran sus nombres. Tras la muerte de mi padre comprobé que seguían allí, en la ciudad. No se dedicaban a nada en concreto. Trabajaban a temporadas, empleándose con cualquiera que les ofreciera un trabajo. En un primer momento, pensé en acabar con ellos.

–Pero no lo hiciste.

–Me di cuenta de que, si seguían con su vida habitual, sin huir, sin tomar precaución alguna, era porque se trataba de simples esbirros, que ni siquiera conocían el alcance de lo que habían hecho. Yo necesitaba descubrir quién era el verdadero culpable. Quién les había encargado el trabajo a aquellos dos.

–¿Y lo averiguaste?

Hacía mucho rato que Coyote no alzaba la vista. Era como si se sintiese infinitamente avergonzado. Pero entonces, miró de nuevo a Macallan. Sus ojos seguían irritados, pero ahora, además, se habían empañado de odio.

–Claro que lo averigüé: fue cosa del alcalde Macmurray.

Macallan apretó los dientes. Quizá la afirmación de Coyote Loco debería haberlo sorprendido, pero no fue así. No le supuso la menor sorpresa.

–¿Estás seguro?

–Con la ayuda de Siki y sus amigos, secuestramos a Oban y Singleton y los trajimos aquí, al poblado. Estoy seguro de que confesaron la verdad. Yo no tengo ninguna duda: fue cosa de Macmurray.

Macallan no quiso preguntar por los métodos utilizados por los indios para interrogar a aquellos dos sujetos. Ni tampoco cuál fue su destino final. No quería saber más. Se limitó a murmurar:

–El alcalde Macmurray...

La historia de Coyote tenía sentido. Macmurray era el dueño de la mina de plata lindante con la reserva. Matando a la mayoría de los indios, podría invadir fácilmente terrenos de la reserva y ampliar la mina. Quizá había descubierto que lo mejor de la veta de plata se hallaba al otro lado de su valla, bajo el territorio arapahoe.

Y, además, elaborar un plan tan mezquino encajaba bien con el carácter de Macmurray.

–¿Y... qué pasó entonces con el cargamento de whisky?

Coyote Loco asintió, serio.

–Volví al escondrijo del bosque donde lo guardaba y comencé a vaciar las botellas en un arroyo cercano. Sin embargo... cuando ya me había deshecho de más de cien de ellas... tuve una idea. Una mala idea. Pensé que clavarle una lanza en el corazón a Macmurray no era suficiente venganza. Sería mucho mejor enviar de vuelta ese whisky justamente a quienes se iban a beneficiar de nuestra muerte.

–A los mineros del campamento.

–En eso consistiría mi venganza. Le vendí las quince cajas que quedaban intactas al encargado del campamento.

–Winton Farrell.

–Exacto. Existía el riesgo de que Farrell estuviese al tanto del plan de Macmurray y reconociese las cajas de whisky, pero no fue así. Se las quedó encantado... y yo me senté a esperar.

Macallan hizo rechinar los dientes.

–Me mintió, el muy embustero –gruñó después–. Me dijo que no sabía nada de ese cargamento de whisky. Incluso me enseñó una lista con todo el material que los Dalmore le robaron, para convencerme.

–Estúpidamente, decidí conservar esas seis botellas sueltas que tú has encontrado –concluyó Coyote Loco–. No sé por qué lo hice. Quizá pensé que podían serme algún día de utilidad.

–¿De utilidad?

–Bueno... nunca sabes cuándo vas a tener necesidad de envenenar a alguien.

–Por Dios, Coyote...

–Lo que me desconcertó fue comprobar que, después de varias semanas, no hubiésemos sabido de la muerte por envenenamiento de ningún minero. Supuse que Macmurray se había dado cuenta de mi maniobra y había retirado el whisky del almacén.

–En realidad, fue la banda de los Dalmore quien se encargó de hacerlo, al asaltar esa misma noche el campamento. Una inesperada cabriola del destino.

Coyote volvió a bajar la vista.

–No era eso lo que yo pretendía, desde luego. Me siento mal por esos hombres de Elkhorn que murieron sin tener culpa de nada.

LA DUDA

Macallan salió de la tienda para intentar despejar su cabeza, sumergida ahora en un mar de dudas.

Tras creer que el caso se le había escurrido entre los dedos definitivamente, de pronto tenía la solución a un paso, al alcance de la mano. Casi conocía ya toda la verdad sobre las treinta y seis muertes de Elkhorn.

Y, sin embargo, no se sentía en absoluto contento por ello.

Lo que lo torturaba ahora era tener que enfrentarse a la decisión final: aunque Coyote Loco no estaba en el origen del envenenamiento, había puesto en circulación ese whisky consciente del peligro que suponía. Ni el tendero Pawn ni el comerciante Johnson ni la banda de los Dalmore ni Winton Farrell sabían que el contenido de esas botellas de whisky era mortal. Pero Coyote Loco le acababa de confesar que sí lo sabía y, pese a ello, se las había vendido a Farrell.

Macallan se preguntó qué hacer a continuación.

Coyote era responsable de esas muertes, desde luego, pero lo cierto es que las primeras víctimas de aquel plan malvado deberían haber sido él y los indios de la reserva. Quizá podía considerarse una venganza. Allí, en el oeste, la venganza tenía tanta justificación entre la gente como actuar en defensa propia. Si hubieran muerto algunos guerreros arapahoe, pocos le habrían discutido a Coyote Loco ese derecho. Pero lo cierto es que no había ocurrido exactamente así. Y lo que estaba claro era que los treinta y seis muertos de Elkhorn nada tenían que ver con el plan para envenenar a los indios.

Si los hechos llegaban a hacerse públicos, los familiares de esos muertos, tan blancos, ricos e importantes, pedirían justicia a gritos al gobernador del estado.

–Mal asunto, Coyote. Mal asunto –murmuró Macallan para sí.

Se percató de que se hallaba en una difícil encrucijada; ante un dilema, en el que, además, existía una componente muy personal llamada Norma Talisker. Pensó en ella. Parecía formar con Coyote una pareja feliz. Una familia feliz, en realidad. En su mano estaba ahora denunciar a Coyote Loco, romper esa felicidad, separarlos a la fuerza y tratar después de recuperar a Norma. No podía negar que semejante maniobra le resultaba tentadora.

Y entonces, inesperadamente, sucedió algo que le evitó el mal trago de tener que tomar una decisión.

Diversas voces cargadas de alarma lo sobresaltaron. Alzó la vista en busca de su origen y no tardó en divisar a un numeroso grupo de jinetes –contó al menos diez– que se acercaban cabalgando entre las tiendas del poblado, dejando tras de sí una considerable polvareda y un reguero de indignación.

Macallan supo enseguida de quiénes se trataba. Los marshalls no llevaban uniforme, pero todos ellos parecían haberse puesto de acuerdo al elegir a su sastre. Vestían de manera muy similar, con sombreros de ala muy ancha y largos gabanes que, en verano, cambiaban por guardapolvos ligeros igualmente largos.

Salvo el que encabezaba la partida, todos llevaban a la vista, además, sendos rifles de repetición.

Enseguida quedó claro que se dirigían directamente hacia la tienda de Norma y Coyote.

Macallan acarició la culata del Russian mientras valoraba sus posibilidades de sobrevivir a un tiroteo contra tantos adversarios. Eran nulas. Podía acabar con dos, quizá con tres de ellos. Cuatro, con mucha suerte. Pero ahora, que estaban mucho más cerca, ya podía contarlos con precisión. Eran once.

Medio minuto después, se habían distribuido por los alrededores de la tienda y de la pequeña explanada en la que se alzaba el tótem.

El poblado entero había quedado en silencio. Macallan lanzó una mirada rápida y comprobó que también los indios habían echado mano de sus armas.

En cualquier momento podía desatarse una carnicería. Y él se encontraba justo en el medio.

Mientras el resto de la partida miraban inquietos a su alrededor con los rifles preparados para abrir fuego, dos de los hombres desmontaron y se dirigieron directamente a la entrada del tipi de Coyote Loco. Macallan, que no se había movido ni una pulgada, se interponía en su camino.

–Deje paso, amigo –dijo el que caminaba delante.

Algo más bajo que Macallan, pero también más ancho, tenía los ojos muy juntos y lucía un mostacho entrecano. Como todos los hombres de la partida, mostraba la insignia de los marshalls prendida en las solapas del guardapolvo.

El tipo que le seguía tenía unas manos como palas de fogonero.

–¿Qué ocurre? –preguntó Macallan al primero.

–Somos del cuerpo de marshalls de los Estados Unidos. Hemos venido a detener a un indio acusado de asesinato.

–¿El asesinato de quién? –quiso saber Macallan.

–No puedo darle más información.

–¿Quién es vuestro jefe?

El tipo de los ojos juntos señaló con un gesto al único de la partida que no usaba rifle y que vestía de color arena de los pies a la cabeza.

Macallan se le acercó.

–¿Puede explicarme qué está ocurriendo aquí?

–¿Quién es usted? –dijo el hombre, con una voz rota que hacía daño al oído.

–Me llamo Macallan. George Macallan. Estoy delegado por el gobernador del estado para realizar una investigación.

El marshall cambió al instante de gesto y de actitud. Bajó del caballo y trató de sonreír, pero se notaba a las claras que no estaba acostumbrado a hacerlo y solo logró una mueca similar a la de un enfermo de tétanos.

–¡Hombre, Macallan! –exclamó–. ¡Encantado de conocerle, al fin! Me llamo Ben Nevis.

Nevis le tendió una mano fláccida, que Macallan estrechó con grima.

–¿Es cierto que acusan de asesinato a Coyote Loco?

–Y no de uno, sino de treinta y seis asesinatos.

La sospecha de Macallan acababa de confirmarse.

–Se refiere a... las muertes de Elkhorn.

–En efecto. Y tengo entendido que buena parte del mérito de la investigación que nos ha traído hasta aquí es suyo, Macallan. Sus informes al gobernador nos han permitido seguir la pista del whisky envenenado.

–¿Mis informes? Pero si yo no...

En ese momento, el del bigote salió de la tienda sujetando por el brazo a Coyote, que iba esposado y con las manos a la espalda. Un fragor de indignación escapó de las gargantas de los indios que contemplaban la escena. Los caballos de los marshalls piafaron inquietos, mientras los jinetes amartillaban sus rifles.

A continuación, salió de la tienda el tipo de las manos grandes. Entre los dedos, sujetas por el gollete, cargaba con cinco botellas de Duncan's sin abrir.

–Por lo visto, él fue quien preparó ese whisky envenenado –dijo Nevis, señalando a Coyote–, y aquí está la prueba. Luego se lo vendió a Winton Farrell, el encargado del almacén de la mina de plata. Supongo que pretendía cargarse a un montón de mineros. Y conste que lo entiendo. Seguro que esos tipos no son buenos vecinos para los indios. Lo malo fue que, finalmente, no murió ningún minero y el whisky acabó en Elkhorn, como usted ya sabe.

Macallan se sintió confuso.

Claro que lo sabía. Acababa de enterarse de ello, tras la confesión del propio Coyote Loco, pero... ¿cómo demonios se habían enterado los marshalls?

Mientras Coyote era obligado a subir a uno de los caballos, Macallan se encaró de nuevo con Ben Nevis.

–¿Adónde lo llevan?

–De momento, a los calabozos de Scotfield. Pero tenemos órdenes de conducirlo después hasta Elkhorn.

–Y de entregarlo sano y salvo.

–Por supuesto –respondió el marshall, intentando de nuevo sonreír, por segunda vez en lo que se llevaba de año. Demasiado esfuerzo para él.

Macallan se le plantó delante, muy cerca.

–Escúcheme bien, Nevis. Como delegado del gobernador, le hago personalmente responsable del pellejo de ese indio. ¿Me ha entendido? Esta investigación ha sido mía y quiero que llegue a buen término. El gobernador Daniels quiere darle toda la publicidad posible al juicio. Es imprescindible que Coyote Loco llegue a Elkhorn sin un solo rasguño. ¿Lo ha entendido?

Nevis chasqueó la lengua de un modo inquietante.

–No hace falta que se ponga así, Macallan. Sé cumplir con mi obligación.

–Solo quiero asegurarme de que tiene bien presente de quién recibe las órdenes.

–¿De usted?

–Del gobernador, a través de mí. Y de nadie más. ¿Está claro? Ni del alcalde Macmurray ni del sheriff Bannister ni de ninguna otra persona.

Ben Nevis se acarició la comisura de los labios con la punta de la lengua y, después, asintió levemente, se llevó la punta de los dedos al borde del ala de su sombrero de color arena y se dirigió a su caballo. Todos sus hombres habían montado ya, rodeando al caballo de Coyote Loco. A un gesto de Nevis, el grupo partió, en dirección a Scotfield, levantando dos nubes: una de polvo y otra de odio entre los habitantes de la reserva.

Macallan quedó allí, mirando cómo se alejaban. Cuando los hubo perdido de vista, suspiró y se dirigió a la tienda de Coyote. Se asomó al interior y descubrió a Norma, más indignada que llorosa, arrodillada y con su hijo en brazos.

Ella lo miró, sorprendida.

–¿Has sido tú, George? ¿Tú los has avisado?

–Por supuesto que no.

Ella bajó la mirada y sollozó varias veces.

–Le dije que no guardase esas botellas. Se lo dije y no me hizo caso. ¿Qué va a pasar ahora? –preguntó, desgarrada– ¿Qué le harán?

Macallan se acercó y la tomó de la mano.

–Cálmate, Norma. Dentro de lo malo, Coyote no corre peligro inminente. El gobernador Daniels querrá un juicio por todo lo alto en Elkhorn, para recuperar su prestigio perdido. Llevará cierto tiempo prepararlo y procurarán hacerlo bien. Querrán que el proceso ocupe la primera plana de los periódicos. No hay riesgo de que cuelguen sin más a Coyote, como si fuera un vulgar cuatrero.

Norma ahogó un sollozo, mientras abrazaba fuerte a su hijo.

–¿Qué podemos hacer, George?

EL JUICIO

LLEGA UN TREN

Seis días después, cerca del ocaso, Macallan esperaba la llegada del expreso de Colorado en la estación de Elkhorn, mientras una extraña sensación le roía las tripas. Hacía justamente un mes que había abandonado la cárcel de la ciudad; y los acontecimientos vividos desde entonces se le amontonaban en la cabeza como los escombros de un derribo.

Un silbido lejano le advirtió de que se acercaba el tren, con su bamboleo de chica joven y su respiración de hombre viejo. El caballo de hierro, lo llamaban los indios.

Macallan no se movió ni un centímetro hasta que el convoy se detuvo ante el andén, rodeado por nubes de vapor. Quedó frente al ténder, de manera que, mirando hacia la izquierda, podía identificar a todos los viajeros que se apeasen. Y lo vio enseguida, bajando del segundo coche. Inconfundible, con su traje claro, con chaleco del que colgaba una leontina de plata, y su sombrero hongo de color gris marengo.

Llevaba en la mano izquierda un maletín de cuero marrón, semejante, aunque mayor, a los utilizados por los médicos; y en la derecha cargaba con una maleta de mediano tamaño.

Macallan alzó el brazo para que el recién llegado pudiera distinguirlo en la distancia.

Se aproximaron hasta quedar frente a frente en medio del andén, a dos pasos el uno del otro. El hombre del tren, casi tan alto como Macallan, enjuto de carnes y de tez clara, jamás bronceada por el sol, dejó la maleta en el suelo y, tras cuatro o cinco segundos de tensión, le alargó la mano.

–Hola, Macallan. Estás más delgado, por lo que veo.

–Señor Talisker –dijo, correspondiendo al gesto–. Bienvenido a Elkhorn. Déjeme que le ayude con la maleta.

Richard Talisker volvió a cogerla por el asa.

–Todavía no necesito ayuda para esto.

En la puerta de la estación les esperaba el periodista Bradley Gregson, a las riendas del pequeño coche de caballos con el que repartían cada día el *Omaha Tribune* por toda la ciudad. El diario iba viento en popa y la exclusiva sobre la investigación y la captura del presunto culpable de las treinta y seis muertes acaecidas en la ciudad el mes anterior le había dado el empujón definitivo. Ahora ya era, sin duda, la primera cabecera de Elkhorn.

–Brad, te presento al señor Talisker. Es el padre de Norma.

–Encantado –dijo Bradley, sonriéndole–. ¿Adónde los llevo?

–Déjanos en el Hotel Bates. He reservado allí una habitación para él.

–¿Cuándo voy a ver a Norma? –preguntó Talisker, tras acomodarse en el asiento del carruaje.

–Ella también se aloja en el mismo hotel, Richard. Lo está esperando con su nieto.

Se pusieron en marcha. Al cabo de medio minuto, Talisker se dirigió de nuevo a Macallan, sin mirarlo.

–¿Sabes que aún no lo conozco? A mi nieto, digo.

Macallan alzó las cejas.

–No, no lo sabía. Va a ser un encuentro emocionante, entonces.

Un nuevo minuto de silencio sirvió de paréntesis al diálogo, que prosiguió después.

–¿Es hijo del indio? –preguntó repentinamente el padre de Norma.

Macallan carraspeó.

–Bueno... eso parece, sí. Eso dice Norma. Pero no se preocupe: el niño ha salido a ella. Es muy guapo, ya lo verá. En realidad, yo diría que se parece bastante a usted.

–¿Pero es blanco o piel roja?

–Eeeh... blanco, blanco.

–¡Dios...! Menos mal.

Cuando llegaron al Hotel Bates, Norma y Amanecer estaban esperando en el salón de la planta baja. Richard no se lo esperaba y sufrió una especie de estremecimiento al volver a ver a su hija, después de tanto tiempo. Hacía más de dos años de su último encuentro, acaecido en la época en que ella y Macallan aún convivían en Scotfield.

Tras unos segundos de duda, Richard dejó caer el equipaje y avanzó hacia su hija, con los brazos abiertos. Y, en medio de aquel abrazo, el hijo de Norma quiso llamar la atención sobre su presencia echándose a reír a carcajadas.

Su abuelo, sorprendido, lo tomó por debajo de los brazos y lo alzó hasta la altura de su vista.

–Hola, muchacho –dijo en un tono en el que era posible detectar cierta ironía–. ¿Cómo te llamas?

Macallan notó cómo Norma tomaba aire antes de contestar.

–Se llama Richard, como tú –mintió.

CONDENADO SUDISTA

Macallan decidió dejarlos allí, de momento. Supuso que tendrían muchas cosas que contarse. Se dirigió al Saloon Ross y pidió un whisky de Kentucky. Y luego, otro. Echó una partida de dardos contra sí mismo. Y se bebió un tercer whisky. Y cuando estaba a punto de pedir el cuarto, apareció el señor Talisker y se sentó a su lado.

–Yo invito.

–No es necesario, Richard. Puedo permitírmelos. Las cosas me van bien.

–Ya lo veo. Me ha dicho mi hija que tú les pagas el alojamiento. Si te invito es solo para agradecerte que me hayas avisado de lo que ocurría. Norma no lo habría hecho jamás. Su madre y yo la criamos independiente y orgullosa. Y veo que así sigue.

Macallan ladeó la cabeza, como una forma de mostrar su acuerdo con las palabras de Talisker.

–Me pareció que si alguien podía sacar a Coyote de este embrollo, ese era usted –dijo, después–. Pero no lo hago por Coyote, claro. Lo hago por Norma.

Richard Talisker era un afamado abogado de Colorado Springs. Desde la muerte de su esposa, cinco años atrás, en un desafortunado tiroteo, Norma y él apenas habían tenido relación. Sin embargo, Macallan recordaba cómo y dónde localizarlo y le había enviado un cable pidiéndole su ayuda. Aunque remiso en un primer momento, cuando Macallan lo puso al corriente de todas las circunstancias, canceló su agenda de trabajo y tomó el primer tren hacia la capital del estado de Nebraska.

Talisker alzó el vasito que acababa de servirle el barman. Macallan tomó el suyo e hizo lo propio.

–Gracias de nuevo, George.

Macallan alzó las cejas.

–¿George? ¿He oído bien? Creo que es la primera vez que me llama por mi nombre de pila.

–Te lo has ganado.

–¿Yo puedo llamarte Dick?

–Ni se te ocurra, condenado sudista. Puedes tutearme, pero no pases de ahí o acabaremos mal.

Bebieron ambos. Entonces, el abogado señaló una de las mesas.

–¿Nos sentamos? Quiero que me cuentes todo este asunto de principio a fin, sin omitir ningún detalle. Necesito disponer de la máxima información para elaborar una estrategia.

A Macallan le llevó algo más de una hora referirle a Talisker todos los acontecimientos que había vivido desde que el gobernador Daniels lo sacara de la cárcel. El padre de Norma atendió sus palabras con el ceño fruncido, interrumpiéndole solo de cuando en cuando para solicitarle alguna aclaración. Sacó del bolsillo de su chaqueta una libretita y un pequeño lapicero, pero apenas llenó cuatro páginas con sus notas. Todo lo demás, lo apuntó en su memoria.

Cuando Macallan terminó de exponer los acontecimientos de los últimos días, Talisker permaneció en silencio y con la mirada vacía durante un par de minutos, tras los cuales, inesperadamente, pareció despertar de una siesta.

–¿Estás bien relacionado aquí, en Elkhorn?

–Yo no, pero el muchacho que nos ha traído hasta el hotel es el director de uno de los periódicos locales. Él sí tiene muchos contactos, amigos, acceso a la gente y a la información de esta ciudad.

El abogado estiró ligeramente la comisura izquierda de los labios.

–Eso está muy bien –comentó.

Luego, sacó del bolsillo un paquete de tabaco con etiqueta azul, una caja de fósforos y una pequeña pipa de madera oscura, cuya cazoleta representaba la cabeza de un pirata. La cargó con hebras de tabaco y cuando prendió el contenido, un olor dulzón, a frambuesas maceradas en aguardiente, se extendió por el Saloon Ross.

–Para mí –prosiguió Talisker acto seguido–, lo más llamativo de cuanto me has contado es que estuvieran a punto de matarte en dos ocasiones en el plazo de muy pocos días: primero, en el asalto al tren; después, a manos de aquellos dos tipos que te dispararon en la llanura. Me pregunto quién crees que podía desear tanto tu muerte.

–Yo pensé inmediatamente en la persona que me había denunciado por espía, dos años atrás. Supuse que se había enterado de mi liberación y estaba tratando de tomarse la justicia por su mano.

–Pero no es así –replicó el abogado.

–¿No? ¿Cómo lo sabe?

Talisker dio una larga chupada a su pipa.

–Cuando te detuvieron hace dos años, Norma sí pidió mi ayuda. Traté por todos los medios de llegar hasta ti y acceder a la denuncia. Me fue imposible. Moví todos los hilos de los que soy capaz, que son muchos, y no sirvió de nada. Tan solo logré averiguar quién te había denunciado. Y no era un cualquiera, como puedes suponer.

–Sorpréndame.

–Fue el general de la Unión Theodore Lagavulin.

Macallan sacudió la cabeza.

–Ni me suena. ¿Quién es?

–Un tipo poderoso, cercano al presidente Grant y empeñado desde que acabó nuestra guerra civil en perseguir a unos cuantos sudistas que, según él, no merecían vivir en libertad.

–Ya. Un irreconciliable.

–Para Lagavulin, algunas de tus acciones como espía del sur habían acabado indirectamente con cientos de vidas de soldados del norte, al alterar el curso de diversas batallas. Ese era tu delito. No estaba dispuesto a considerarlo un acto de guerra sino un crimen, por tu condición de agente secreto. Y debió de convencer a Grant de ello.

–Hombre... visto así, quizá el general incluso tenga razón. Y por eso me sigue pareciendo el mejor sospechoso de haber intentado acabar con mi vida.

Talisker negó con la cabeza.

–Y, sin embargo, hay que descartarlo. El general Lagavulin murió hace seis meses. Mal de hígado, por lo visto.

Macallan arrugó el gesto como si le hubiese dado un calambre en el pie.

–Vaya por Dios... ¿Entonces...?

El señor Talisker ya producía más humo con su pipa que una fábrica de creosota.

–Tengo un mejor candidato. A ver cómo te suena esto: el gobernador Daniels te sacó de la cárcel hace un mes, de un modo totalmente irregular, para encargarte una investigación. Señal de que resolver ese tema tenía para él enorme importancia. Y, sin embargo, apenas dos días después, justo cuando acababas de resolver la causa de las muertes, intentó retirarte del caso. ¿No es así?

Macallan parpadeó.

–Bueno... es cierto, sí. Pero no me pareció importante. Daniels me puso como excusa que quería quedar bien con los marshalls, permitiendo que fueran ellos los que continuasen con la investigación; y, de hecho, cuando me resistí a dejar el caso no insistió y me dio permiso para seguir adelante.

Talisker torció el gesto.

–Justamente es lo que yo habría hecho para no levantar tus sospechas. Pero en los siguientes días, trataron de matarte dos veces.

A Macallan se le oscureció la mirada.

–¿Me está diciendo... que habría sido por orden de Daniels?

–A mí me parece lo más razonable. Tenías que enviarle continuos informes sobre tus movimientos. Era la única persona que sabía dónde ibas a estar en cada momento. El único capaz de dar instrucciones precisas a sus esbirros sobre dónde encontrarte. Primero, en el tren de Sidney. Luego, en el camino entre Sidney y Wray, en un lugar sin testigos.

Ahora fue Macallan el que arrugó el entrecejo al percatarse de que la teoría del abogado tenía bastante sentido.

–Así que usted sospecha que Daniels quería eliminarme para que yo no siguiese investigando.

–Sin duda, tenía miedo de que descubrieses algo que no le interesaba.

Macallan asintió lentamente.

–Bien... supongamos que es así. ¿De qué nos sirve eso en el juicio de Coyote?

–Oh, por el momento, de nada –respondió Talisker–. Pero vamos a tomar nota de ello. Lo guardaremos en la memoria. Así es como se hacen las cosas, George: primero, hay que ir encontrando las piezas. Cuando las tengamos todas, las colocaremos en su lugar. Por fin, veremos qué aspecto tiene el rompecabezas.

Macallan asintió.

–De acuerdo. ¿Y cuál es nuestro siguiente movimiento?

Talisker vació la cazoleta de su pipa golpeándola contra el tacón de su botín izquierdo. Luego, se levantó de la silla y se colocó cuidadosamente su sombrero hongo.

–Necesito hablar cuanto antes con el indio. Me tiene que autorizar a ser su abogado defensor; y me tiene que contar su versión de la historia.

–¿No le basta con la mía, Richard?

–Pues claro que no. Esto tengo que contemplarlo desde todos los puntos de vista.

LOS SERES HUMANOS NO MIENTEN

Macallan acudió a la sede del *Omaha Tribune* y le pidió a Bradley que acompañase al señor Talisker al presidio de Elkhorn, donde mantenían encerrado a Coyote Loco a la espera del juicio, que se celebraría seis días más tarde.

–¿Usted no viene? –le preguntó el periodista.

Macallan negó, con contundencia.

–No pienso volver a acercarme a esa cárcel en mi vida, si puedo evitarlo. Pero pregúntale a Norma si quiere aprovechar para ver al padre de su hijo.

El encuentro de Coyote con Talisker resultó menos violento de lo que ambos imaginaban. Al indio, que se veía ya colgando por el cuello del extremo de una soga, le sorprendió contar inesperadamente con la ayuda legal de uno de los mejores abogados del medio oeste. Al padre de Norma, por su parte, le causó buena impresión el tono sereno y firme que Coyote imprimía a sus palabras. Se puede decir que ambos conectaron tanto como era posible entre dos personas procedentes de mundos tan distintos.

Después de las presentaciones y de unos minutos que Coyote dedicó a su mujer y su hijo, Norma y el chico regresaron al hotel y el señor Talisker se aprestó a escuchar el relato de los acontecimientos por boca de otro de sus protagonistas. Le llevó veinte minutos y solo rellenó dos hojitas de su libreta de notas.

–¿Quién crees que puso a los marshalls sobre tu pista?

–Creí entender que fueron los informes que Macallan telegrafiaba al gobernador Daniels.

Talisker negó.

–Macallan dejó de enviar informes cuando Winton Farrell dijo no saber nada de las cajas de whisky robadas por los Dalmore.

Coyote achicó la mirada.

–¿Eso dijo Farrell? Entonces, mintió. ¡Pues claro que sabía de esas cajas! Yo se las vendí a él, directamente. No podía haberlo olvidado.

–En ese caso, Farrell es nuestro principal candidato a soplón.

–Pero Farrell trabaja para Macmurray. No movería un dedo sin permiso de su jefe. Tuvo que ser cosa de Macmurray.

Talisker se acarició el mentón, pensativo.

–Y Macmurray... es socio de Daniels, ¿verdad? Ambos son propietarios de la mina de plata.

–Así es.

Talisker esbozó una media sonrisa, por el lado izquierdo de la boca.

–Bien, bien... Esto empieza a estar bastante claro, Coyote. Volveré mañana.

El abogado se levantó, pero Coyote lo detuvo con un gesto.

–Señor Talisker... ¿tendré que mentir en el juicio?

El padre de Norma volvió sentarse.

–Verás... si el fiscal te pregunta si sabías que ese whisky estaba envenenado cuando se lo vendiste a Winton Farrell y tu respuesta es que sí... ni yo ni nadie conseguirá librarte de la horca.

–Lo entiendo. Pero yo no quiero mentir. Los hombres de mi pueblo no mienten.

–¡No digas tonterías! Los hombres han mentido desde la época de Caín y Abel.

–Pues yo no pienso hacerlo.

Cuando Talisker se percató de que el indio hablaba en serio, desgranó por lo bajo una blasfemia que habría sonrojado a un sargento de artillería.

EDWIN TRUDINELL

Cuando Bradley Gregson conducía a Talisker de regreso al hotel, el abogado le palmeó el hombro para llamar su atención.

–De modo que eres periodista.

–¡Sí, señor! –exclamó Brad–. Propietario y redactor jefe del *Omaha Tribune.*

–El mejor periódico de Elkhorn.

–Usted lo ha dicho.

–Supongo que estarás al tanto de cuanto acontece en esta ciudad.

–Procuro estarlo. ¿Qué necesita saber?

–Para empezar, quién será el fiscal en el juicio.

–¿Juicio? ¿Qué juicio? ¿Es que va a haber un juicio?

Ante la cara de pasmo de Talisker, Gregson se echó a reír a carcajadas.

–¡Era broma, hombre! Toda la ciudad está al tanto de ese juicio. Usted me pregunta por el señor Trudinell, el fiscal superior del estado. Edwin Trudinell.

Talisker tomó nota del nombre en su libreta.

–¿Qué me puedes contar de él?

–Pues... no sé, muchas cosas. Es inteligente, joven, ambicioso, recién casado...

–Algo interesante, por favor, Bradley.

–Eeeh... ¡Ah, sí...! En las últimas elecciones a gobernador, peleó por el cargo con el señor Daniels. Perdió, claro, como ya sabe usted; pero Daniels es un tipo listo. Sabía que tenía en Trudinell un gran rival y le ofreció el cargo de fiscal superior, quedando así como un político elegante y, a la vez, rebajando el ímpetu de su contrincante.

–Buena jugada por su parte –apreció el padre de Norma–. Y eso sí resulta muy interesante, desde luego. ¿Sabes dónde vive Trudinell?

–Lo sé.

–¿Podrías llevarme allí?

–¡Pues claro! ¡Como las balas!

PREPARANDO LA ESTRATEGIA

Esa noche, en el Hotel Bates, el señor Talisker, rodeado de papeles y anotaciones, estuvo trabajando hasta hora muy avanzada.

Macallan había dejado que el abogado cenase acompañado por su hija y su nieto, manteniéndose él al margen. Pero después se quedó a su lado todo el tiempo, aguantando el sueño con ciertos apuros, sirviéndole café de cuando en cuando y tratando de responder a sus escasas preguntas. Le parecía poco elegante marcharse a dormir mientras el viejo abogado trabajaba sin descanso. Supuso que, de cuando en cuando, haría una pausa en la tarea; y él quería estar allí para darle conversación. No fue así. Talisker tenía una capacidad de trabajo abrumadora y no paró hasta quedar satisfecho. A Macallan le pareció realmente encomiable que se tomase tan a pecho la defensa del padre de su nieto, siendo que estaba convencido de que Coyote Loco no era ni de lejos el marido que había soñado para su única hija. Lo que Macallan no sabía era que Richard Talisker siempre trabajaba de ese mismo modo y se tomaba igualmente en serio todos sus casos.

Sin embargo, al final de aquella sesión de trabajo interminable, sí que Talisker reclamó la complicidad de Macallan, invitándolo a salir con él al porche del hotel.

La calle estaba débilmente iluminada y corría un aire fresco, aunque cargado de olores no muy agradables.

–Estos son unos cuantos movimientos estratégicos que debemos poner en marcha cuanto antes –dijo el abogado, alargándole a Macallan una hoja de papel con instrucciones precisas–. Además, necesitamos reclamar mañana mismo por telégrafo la presencia de diversos testigos para el día del juicio. ¿Te podrías encargar tú?

–Desde luego...

Forzando la vista a causa de la escasez de luz, Macallan descifró las primeras líneas del escrito de Talisker. Antes de que pudiera preguntarle nada, el abogado se dirigió a él nuevamente. Lo hizo apoyado en la valla de madera, mirando al frente.

–¿Sigues siendo un buen pistolero? –le preguntó de sopetón.

–¿A qué viene eso, Richard?

–Contar con alguien que sabe disparar me da cierta tranquilidad.

Macallan sonrió.

–Vaya. Pensaba que los abogados confiabais siempre en el imperio de la ley.

Talisker se permitió una risita sardónica.

–Verás: yo empecé ejerciendo en el este, en Filadelfia. Allí sí, los juicios son ajustados a derecho y el proceso se sigue a rajatabla. Los jueces y los jurados, aunque no sean incorruptibles, intentan parecerlo. Cada cual cumple con su parte de la función de modo previsible y casi honesto. Pero luego... me trasladé a Colorado Springs. Allí, como aquí, las cosas son muy distintas. Me costó acostumbrarme. Esto es el oeste. O, al menos, donde comienza el oeste.

–¿Qué significa eso?

–Significa... que no debemos engañarnos: a ese indio lo han juzgado ya. Esto es solo una farsa para que el gobernador Daniels quede lo mejor posible ante sus amigos y sus votantes. Ya que no pudo evitar las muertes de todos aquellos tipos importantes de la ciudad, al menos va a conseguir que se cuelgue al culpable. Así funciona esto. Si nos prestamos a su juego, no tenemos nada que hacer. Coyote Loco ha sido ya condenado. Por lo tanto, hemos de intentar algo diferente. Inesperado. Algo que rompa su estrategia. Cuento contigo para eso.

–Desde luego –murmuró Macallan, sin saber a qué se refería Talisker exactamente.

–Y además, en el juicio quiero que te sientes a mi lado. Cada letrado puede ir acompañado de un ayudante y el mío quiero que seas tú.

Seis días después, todo estaba preparado.

AUDIENCIA PÚBLICA

–Su Señoría, el ilustre juez Aaron Smith. ¡En pie!

La sala estaba a reventar. Además del jurado, de los actores de las dos partes y del público que abarrotaba las sillas, se habían tenido que habilitar dieciséis puestos para periodistas. Uno de ellos había llegado desde Filadelfia, ciudad de origen de Talisker, como corresponsal del

Inquirer, uno de los diarios más prestigiosos y antiguos del país.

El juez Smith era un hombre enorme, orondo, que lucía bigote káiser, que hizo temblar el estrado al subir y que, a continuación, dejó caer sus ciento treinta kilos de peso sobre el sillón de magistrado, que crujió agónicamente.

Todos los presentes se sentaron, quedando solo en pie el secretario judicial, dispuesto a leer la acusación. Sin embargo, el magistrado Smith, con un gesto, le indicó que deseaba realizar la lectura él en persona. Una muestra más de que allí todo el mundo quería sus cinco minutos de gloria. El secretario entregó el expediente al juez con cierto fastidio y se limitó a indicar que se levantase el acusado.

Coyote y Talisker cruzaron una breve mirada y se incorporaron ambos a un tiempo.

Smith se aclaró la garganta antes de declamar con una voz fina y algo aflautada, que en nada se correspondía con su figura:

–El estado de Nebraska contra el indígena de la tribu arapahoe al que llaman Coyote Loco. Se le acusa del homicidio de treinta y seis ciudadanos de la ciudad de Elkhorn, capital de este estado, y de un millar de intentos de asesinato con premeditación y alevosía en las personas de los trabajadores de la mina Silver Ending, mediante el método de suministrarles quinientas cuarenta botellas de whisky cuyo contenido había sido mezclado con el veneno conocido como arsénico. ¿Cómo se declara el acusado?

–No culpable –dijo Coyote.

–Señoría –susurró Richard Talisker.

–No culpable, señoría –repitió el indio.

–En ese caso, que dé comienzo la vista –dijo el juez, golpeando con su mazo en la pieza de madera dispuesta a tal efecto–. Tiene la palabra el representante del ministerio fiscal.

–¿Por qué no está Daniels entre el público? –preguntó Macallan a Talisker, en voz baja.

–El fiscal lo ha citado como testigo. Los testigos solo pueden permanecer en la sala después de declarar. Para que no escuchen el testimonio de los testigos anteriores.

El fiscal Trudinell era un hombre alto y apuesto, a caballo entre la juventud y la madurez, poseedor de mirada y ademanes capaces de desarmar tanto a mujeres como a hombres.

Por comparación con la del juez Smith, la voz de Trudinell sonaba como la de un rapsoda de prestigio.

–Señoría, señores del jurado, señoras y señores... vamos a juzgar en esta sala un acto vil y reprobable, un crimen nefando que no puede admitir la menor disculpa social. Esta fiscalía demostrará, más allá de toda duda razonable, que el acusado mezcló arsénico en dosis mortal con el contenido de quinientas cuarenta botellas de whisky marca Duncan's. Que, posteriormente, ofreció esas botellas a bajo precio al encargado del almacén de suministros del campamento minero Silver Ending, sabedor de que serían vendidas entre los mineros y de que su consumo provocaría la rápida y traicionera muerte de todos aquellos que lo ingiriesen de forma inopinada.

El fiscal declamaba como un actor de teatro, mientras se desplazaba por la sala gesticulando de modo algo exagerado, lanzando de cuando en cuando intensas miradas a los doce miembros del jurado.

–Que, por fatal albur –prosiguió sin pausa–, esas criminales botellas acabaron llegando aquí, a la ciudad de Elkhorn, donde segaron trágicamente la vida de treinta y seis probos, ejemplares e inocentes ciudadanos. Y aunque quiso el azar, quizá el destino, que las víctimas fueran personas diferentes de las inicialmente situadas en el punto de mira del asesino que hoy se sienta en el banco de los acusados, su responsabilidad no es menor por eso... ¡sino quizá mayor, inclusive! Será nuestro trabajo exponer todos estos hechos con nitidez, juzgarlos con precisión y ecuanimidad y aplicar al reo una condena ejemplarizante.

Sonaron algunos aplausos entre el público mientras Macallan miraba de reojo a Talisker con un gesto de asombro.

–Los discursos ampulosos y llenos de palabras eruditas –le comentó el abogado, en un susurro– impresionan mucho a los jurados. Quizá resulte un tanto ridículo, pero lo cierto es que mi colega el fiscal está haciendo bien su trabajo.

El fiscal, entonces, regresó a su lugar y, desde allí, continuó.

–Señoría, reclamo que suba al estrado el acusado, Coyote Loco, a fin de tener constancia de su declaración sobre los hechos que se le imputan.

Ante la sorpresa de los presentes, fue Talisker quien se levantó.

–En nombre de mi cliente, señoría, hago saber a este tribunal que el acusado se acoge a su derecho a no declarar contra sí mismo y, por tanto, no responderá a ninguna pregunta formulada por el señor fiscal.

–¿Renuncia el acusado, entonces, a ofrecernos su versión de los hechos? –preguntó el juez Smith.

–No, señoría –respondió el abogado–. Ante las autoridades, mi defendido ya admitió la venta de esa partida de Duncan's al encargado del campamento minero, el señor Winton Farrell. Pero niega ser él quien envenenó el contenido de esas botellas, siendo solo un eslabón más en la cadena que llevó ese whisky desde el verdadero culpable hasta las inesperadas víctimas. En todo caso, yo sí me reservo la posibilidad de llamar a declarar a mi cliente si lo considero necesario.

Macallan asintió. Esa era la decisión que habían elaborado los días previos al juicio. Acostumbrado a los planes y las conspiraciones desde sus tiempos de espía, apreciaba en lo que vale una buena estrategia. De este modo, Coyote Loco no se veía obligado a mentir y era el fiscal quien debería demostrar que el arapahoe había envenenado las botellas de Duncan's. Demostración que Talisker consideraba improbable. Para hacer evidente que la carga de la prueba recaía ahora sobre Trudinell, el defensor solicitó permiso para mostrar una prueba al jurado.

En uno de los rincones de la gran sala de vistas, se apilaban las botellas de Duncan's confiscadas por los agentes del sheriff semanas atrás, cuando se llegó a la conclusión de que eran las culpables de las misteriosas muertes que asolaban Elkhorn. Talisker avanzó hacia ellas y las señaló con un gesto de la mano.

–Aquí tenemos la prueba del delito, señores del jurado: botellas de whisky Duncan's cuyo contenido es mortal. Son las mismas que mi cliente le ofreció a Winton Farrell y que a él, según su versión, le habían vendido a su vez dos hombres a los que, misteriosamente, no hemos podido localizar. Como pueden ver, algunas de las cajas aún están cerradas. Presentan intactos los sellos y precintos que les colocan los empleados antes de salir de la fábrica. Y no solo eso. –Talisker tomó en su mano entonces una de las botellas.– Como ven, la boca y parte del cuello de todas las botellas que salen de Duncan's se cubren de lacre y, con ese lacre aún tierno, se les estampa el sello de la marca. A mi modo de ver, no hay forma alguna de abrir estas botellas, sustituir parte del whisky por arsénico y volver a cerrarlas sin romper el sello de lacre. Y, como pueden apreciar, todas las botellas mantienen intactos esos sellos y precintos. No creo que el señor fiscal pueda demostrar que mi defendido abrió esas botellas, envenenó su contenido y volvió a cerrarlas sin dejar rastro. Muy al contrario, nuestra teoría es que el contenido de esas botellas fue alterado en la propia factoría Duncan's, durante el proceso de fabricación o embotellado. Y, en todo caso, antes del encorchado y precintado de las mismas.

Seguido por un rumor de asentimiento por parte del público asistente, un Talisker sonriente regresó a su puesto, a la derecha del estrado.

Trudinell tomaba notas en una hoja de papel. Crecieron los comentarios entre los presentes hasta que el juez Smith golpeó varias veces con el mazo, reclamando silencio. Solo entonces el fiscal alzó la vista.

–Señoría, llamo a declarar como testigo al marshall de los Estados Unidos, el señor Benjamin Nevis.

Talisker frunció el ceño.

–Empiezan las sorpresitas –dijo por lo bajo.

Un ujier abrió las puertas de la sala y llamó a voces al testigo, que acudió de inmediato desde la antesala. Macallan desvió la vista para verlo avanzar de frente por el pasillo central. Nevis vestía exactamente igual que cuando se vieron en el poblado indio, con sus ropas de color arena. La única diferencia era que ahora llevaba el sombrero en la mano y eso dejaba al aire su melena leonina y entrecana.

–¿Qué pretende el fiscal con esto? –le preguntó Macallan a Talisker.

–Aún no lo sé. Nada bueno para nosotros, seguro. Prepárate para alguna marrullería.

El alguacil hizo jurar a Nevis sobre la Biblia decir la verdad, toda la verdad y nada más que la verdad y, luego, le indicó que se sentase en el lugar reservado a los testigos, a la izquierda y algo por delante del juez.

A preguntas del fiscal se presentó y aclaró que estaba al mando de la partida de marshalls que el gobernador Daniels había enviado al poblado indio, siguiendo la pista que el investigador George Macallan les había suministrado.

«¡No es cierto! Mi pista se interrumpía en el campamento minero», escribió Macallan en un trozo de papel que le pasó a Talisker.

–Es igual –le respondió el abogado, hablándole al oído–. Nevis dirá que eso es lo que le dijo el gobernador Daniels. Y si llamamos a Daniels a declarar, dirá lo que le dé la gana y será su palabra de gobernador contra la tuya de ex presidiario. Adivina a quién creerán los del jurado.

Nevis hablaba con voz pausada y profunda; con un aplomo muy estudiado.

–Al llegar al poblado, mis hombres y yo preguntamos por el indio Coyote Loco. Nos indicaron cuál era su tienda. Por cierto, delante de la tienda encontramos al señor Macallan, que nos pidió explicaciones.

–Protesto, señoría –dijo Talisker–. Irrelevante.

–Se acepta –replicó el juez–. El testigo se limitará a responder a las preguntas sin añadir comentarios.

–¿Qué hicieron, entonces, usted y sus hombres? –preguntó Trudinell.

–Mientras disponía al resto de mis hombres en formación de defensa, por si se producía algún ataque contra nosotros por parte de los habitantes del poblado, ordené a dos de ellos entrar en la tienda y detener a Coyote Loco, si es que se encontraba allí.

–¿Y se encontraba allí?

–Sí. Fue arrestado de inmediato.

–¿Se resistió?

–Lo cierto es que... no. Aunque tampoco le dimos muchas opciones de hacerlo. ¡Je!

–¿Qué pasó después?

–¡Ejem...! Ordené un registro minucioso de la tienda.

–¿Encontraron en ese registro algo significativo para esta investigación?

–Así es: cinco botellas de whisky Duncan's, que resultaron pertenecer a la misma partida que las envenenadas. Y, junto a ellas, un extraño objeto que guardaba envuelto en una funda de fieltro. Dos objetos, en realidad.

Talisker se inclinó hacia delante al oír esas palabras.

–¿De qué diablos está hablando? –le preguntó Macallan.

–¿Puede decirnos si esos objetos de los que nos habla... eran estos? –preguntó el fiscal a su testigo.

Trudinell acababa de tomar entre sus manos una gran jeringuilla de metal, de casi medio litro de capacidad; aunque, en lugar de aguja, poseía un fino tubo metálico, de un palmo de longitud, y cuyo extremo de hallaba biselado en punta. El segundo objeto era otro fino tubo metálico, de factura muy similar al que remataba la jeringa.

–Exactamente, señor. Esos eran los objetos.

–Se los presento al tribunal, conjuntamente, como prueba número dos.

Talisker se había llevado la mano izquierda a la mandíbula y se clavaba el pulgar y el índice en las mejillas. Parecía pensar furiosamente.

–Eso es todo, señoría.

–Gracias, fiscal. Puede interrogar al testigo si lo desea, abogado.

Talisker permaneció inmóvil. El juez esperó diez segundos.

–¿Renuncia a hacerlo, abogado? –le preguntó después.

–Disculpe, señoría. Sí, creo que voy a interrogar al testigo. Con la venia –dijo, de pronto, como si hubiera vuelto a la vida de repente–. Díganos, señor Nevis: ¿sabe usted para qué sirven esos dos artilugios?

–Realmente, no.

–Entonces, ¿por qué los requisó?

–Porque sospeché. Llamaban la atención en aquella tienda. No... no pegaban con todo lo demás. Me parecieron algo extraño en aquel lugar.

–Y tan extraño. Mi cliente dice que no ha visto esos instrumentos en su vida. Que no son suyos y que usted ni siquiera llegó a entrar en su tienda.

–No es cierto. Entré y descubrí allí las botellas y los instrumentos.

–Instrumentos –repitió Talisker–. ¿Sabe usted lo que significa esa palabra?

–Sí. Es como decir... cosa.

–Cosa –repitió el abogado, mirando al testigo.

A Nevis se le había secado la boca e intentaba tragar saliva.

–Estoy diciendo la verdad –afirmó, sin aplomo–. Mis hombres pueden corroborarlo.

–¡Oh! No me cabe duda de eso –replicó Talisker, con un deje irónico que no pasó inadvertido en la sala–. No tengo más preguntas para el testigo, pero creo que alguien debería ilustrarnos sobre qué es y qué utilidad tienen esos chismes que el marshall Nevis requisó tan astutamente en la tienda del acusado... pese a no saber qué eran ni para qué servían.

–Precisamente esa es mi intención –intervino el fiscal–. Llamo a declarar como perito al señor Montgomery Pawn.

Monty Pawn había pasado solo dos días en la cárcel después de que Macallan descubriese la causa de las muertes de Elkhorn. Daniels había ordenado su detención, pero el juez le había impuesto una modesta fianza tras cuyo pago quedó el tendero en libertad provisional, pendiente del resultado de la investigación.

Hoy había acudido al tribunal vestido con su traje de los domingos y recorrió muy estirado el pasillo de la sala de vistas, hasta alcanzar el lugar de los testigos. Tras el consiguiente juramento bíblico, se sentó tieso, serio y digno, como un verdadero experto que se hubiera tragado una verdadera escoba.

–¿Podría decirnos qué es esto? –dijo Trudinell, entregándole la jeringa metálica y el tubo adicional.

Pawn los examinó con el ceño fruncido, como si fuera la primera vez que lo hacía.

–Se trata, sin duda, de un rellenador –afirmó.

–¿Para qué sirve, señor Pawn?

–Para hacer trampas.

El público rio.

–¿Cómo dice?

–Con esto se puede vaciar parte o todo el contenido de una botella y rellenarla con otro líquido sin romper los precintos. A eso llamo hacer trampas. Conste que yo nunca lo he hecho.

El público volvió a reír.

–Pero sabe cómo se hace.

–Sí, claro. Es bueno saber de todo. Como dueño de un almacén me conviene conocer las triquiñuelas que otros emplean.

–Está claro, señor Pawn. Usted no ha utilizado ni utilizaría jamás un rellenador. Pero... ¿podría demostrarnos cómo es posible sustituir parte del contenido de una botella de Duncan's sin romper los sellos de lacre?

Con la pregunta, Trudinell le alcanzó a Pawn una de las botellas intactas de Duncan's que conformaban la prueba número 1. Pawn comenzó a manipular la botella y el rellenador con evidente maestría.

–La operación es fácil, aunque hay que tener cuidado. Primero, se usa la jeringa. Como ven, en lugar de aguja, dispone de este tubo, muy fino y terminado en punta. Hay que clavarlo vertical a través del corcho, atravesándolo por completo... ¿Ven? ya está. Ahora, justo al lado, hay que hacer lo mismo con el aireador.

–¿El aireador...?

–Es este otro tubo, igualmente fino, muy parecido a la aguja del rellenador. Se atraviesa también el corcho completamente, hasta llegar a la zona de aire que queda en las botellas entre el corcho y el líquido.

–¿Para qué se hace eso?

–Para que pueda entrar y salir el aire. Cuando se saca líquido de la botella con la jeringa, debe entrar aire en la botella. Y cuando se mete líquido, debe salir aire. El aire entra y sale por el aireador.

–¡Ajá! Entendido.

Pawn realizó una demostración, vaciando una parte del líquido de la botella y rellenándola de agua que tomó de una jarra que le proporcionó un ujier.

–Al retirar la jeringa y el aireador –explicó mientras lo hacía–, quedan dos pequeños agujeritos en el lacre, pero basta aplicarles un poco de calor mediante una llama sin humo, como la de un mechero de alcohol, para que el lacre funda, se iguale y desaparezcan los agujeros. Así, nadie podría sospechar el fraude.

Pawn así lo hizo y, acto seguido, mostró la botella manipulada al fiscal, quien, a su vez, la entregó al juez y este a los miembros del jurado, que la examinaron con interés y sorpresa.

El fiscal se dirigió a ellos.

–Como han podido comprobar, el contenido de las botellas de Duncan's pudo ser manipulado por el acusado sin dejar el menor rastro. Tuvo la ocasión, tuvo la motivación, tuvo los medios. En su tienda se encontraron botellas de la misma partida que las causantes de la mortandad en nuestra ciudad y los instrumentos necesarios para envenenar su contenido. Y, además, se niega a responder a las preguntas de este ministerio fiscal y, por tanto, renuncia a darnos su versión de los hechos. Señores del jurado, no tengo nada más que demostrar. Por el momento.

–¿La defensa desea interrogar al perito aportado por la fiscalía? –preguntó el juez.

Talisker había estado realizando anotaciones en su cuaderno durante toda la demostración de Pawn. En ese momento, alzó la mano, aunque no la vista.

–Sí, señoría.

–Proceda.

Talisker se levantó de su sitio y se encaró con Pawn, aunque sus palabras fueron dirigidas al juez.

–Señoría, ¿podríamos descorchar la botella que el señor Pawn acaba de utilizar para su demostración?

–¡Protesto, señoría! –clamó el fiscal–. No veo relación alguna con el caso.

–¿Con qué objeto pretende hacerlo, abogado? –preguntó el juez Smith.

–Con el objeto de demostrar que la manipulación de una botella con este aparato no es tan limpia como pretende el perito, sino que deja rastro. Quiero demostrar que ese no pudo ser el modo en que se introdujo el veneno en las botellas que tenemos aquí.

–Muy bien. Adelante.

Talisker tomó de su cartera un sacacorchos y se lo tendió a Pawn. A Macallan le llamó la atención que el abogado dispusiera del mismo. Muy previsor, por su parte.

–¿Le importaría descorcharla usted mismo, señor Pawn?

–No, claro que no... –dijo el almacenero, mucho más inseguro que antes.

Pawn tomó la botella, rompió el sello de lacre y, tomando el sacacorchos, comenzó a introducirlo en el corcho, girándolo lentamente.

–Procure no atravesar el corcho por completo –le indicó Talisker–. Me gustaría examinar la superficie inferior del mismo. La que está en contacto con el líquido.

–Descuide. Así lo haré.

Y así lo hizo. Cuando extrajo el corcho unido al sacacorchos, se lo entregó al abogado. Talisker lo examinó, sonrió y lo pasó al juez.

–Tal como yo sospechaba, señoría, aunque el señor Pawn reparó el recubrimiento de lacre, no es posible hacer lo mismo con el corcho. Como pueden ver, se aprecian perfectamente en la base inferior del corcho los dos pequeños agujeritos producidos por la jeringa y el aireador que lo traspasaron de parte a parte.

–Es cierto –corroboró el juez, pasándolo al examen del jurado.

–Bien: parece claro que al utilizar el rellenador, el corcho queda marcado. Mas no acabo de comprender adónde quiere llegar con eso mi colega –confesó el fiscal.

–Enseguida lo verá, señor Trudinell. ¿Podríamos comprobar los corchos de algunas de las botellas que componen la prueba número uno? Propongo a su señoría que elija tres de ellas, libremente.

El juez Smith frunció el ceño, pero accedió a la petición de Talisker.

–Bien. Que el alguacil me acerque tres botellas cualesquiera. Una de las ya descorchadas y dos de las que están sin abrir.

Las tres botellas pronto estuvieron sobre la mesa del tribunal. El juez encomendó al señor Pawn que descorchara las dos intactas. El corcho de la botella empezada lo retiró sin dificultad el propio Talisker. Cuando, por fin, se situaron los tres corchos sobre la mesa del juez, el abogado incluso le acercó una lupa que, también, casualmente, llevaba entre sus cosas.

–Compruebo que no hay la menor señal de que se hayan perforado los corchos –proclamó su señoría–. Desde luego, no presentan los dos agujeritos que el señor Pawn le ha producido al de la botella de la primera demostración. Estos otros están intactos.

Se produjo un murmullo sordo entre los asistentes. Los periodistas estaban disfrutando con aquella suerte de representación teatral; los lapiceros volaban sobre los cuadernos, registrando la crónica que mañana leerían todos en Elkhorn y en buena parte del país.

–¿Podría el señor Pawn aventurar para todos nosotros lo que significa esta circunstancia?

Pawn carraspeó. Con el dedo índice, se estiró el cuello de la camisa, que ahora, de pronto, le apretaba el pescuezo.

–Evidentemente, es... imposible rellenar parte del contenido de las botellas por el método que yo he utilizado antes sin perforar el corcho. De modo que... parece claro que... que esas tres botellas no han sido sometidas a esa operación.

–Quizá no todas las botellas hayan sido envenenadas. Tal vez lo fueron solo unas cuantas –intervino el fiscal, de modo imprevisto, ganándose una mirada reprobatoria del juez.

–¿Insinúa mi colega que el alguacil ha elegido al azar, casualmente, tres botellas que no contienen veneno?

–Podría ser, señoría.

Talisker, entonces, de manera harto teatral, tomó una de las botellas recién descorchadas, se acercó con ella a la mesa que ocupaba el fiscal y se la plantó delante.

–¿Le apetece un trago, señor fiscal?

Trudinell le dirigió una mirada incendiaria.

–No bebo –fue su sorda respuesta.

Talisker dibujó con sus labios, lentamente, una amplia sonrisa.

–Hace usted bien, amigo mío. El alcohol es muy perjudicial para la salud; en especial, mezclado con arsénico.

Si sigue comportándose con tanta sensatez, le auguro una larga vida.

Se oyeron algunas risas que el juez aplacó a golpes de mazo.

Talisker se volvió hacia el señor Pawn, que permanecía en el sillón de los testigos.

–Estamos hablando de quinientas cuarenta botellas selladas y lacradas, perfectamente embaladas en quince cajas que también presentan intactos sus precintos. Y la demostración que usted realizó hace unos minutos no parece que sea de aplicación en este caso. Según su experta opinión, señor Pawn... ¿cuál cree que ha podido ser, con mayor probabilidad, el momento en que se mezcló el whisky con el arsénico que lo convirtió en un veneno mortal?

–Yo... no lo sé.

–¿Conoce usted otro método para rellenar esas botellas sin romper los sellos de lacre?

La mano izquierda de Pawn había empezado a temblar.

–No. Sin atravesar el corcho, no.

–Por tanto...

–¡Que no lo sé!

–Pues... yo creo que es una deducción bastante... inmediata.

Pawn suspiró. No estaba seguro de que tuviera que decir lo que iba a decir. Pero lo dijo.

–Lo más probable... lo más lógico... es que... el contenido de las botellas fuera envenenado antes de... colocarles el corcho.

–Entiendo. ¿En la propia fábrica del whisky Duncan's, quiere usted decir?

–¡Ejem...! Así es, sí.

Los murmullos anteriores se convirtieron ahora en conmoción. El juez Smith tuvo que desgañitarse y casi rompió el mazo tratando de conseguir silencio.

Por fin, quien lo logró fue el fiscal Trudinell, poniéndose en pie y alzando las manos, como el líder popular en el que pronto se convertiría. Se dirigió al juez, pero lo hizo en realidad a todos los presentes.

–¡Señoría...! –clamó, en un tono altísimo y afectadísimo–. Es mi opinión que el proceso penal que aquí se desarrolla ha entrado en un camino inesperado, empedrado de sorprendentes guijarros y cuyo recorrido convendría tratar de esclarecer. ¡Sugiero respetuosamente a su señoría que suspenda este juicio hasta que podamos contar con el testimonio de los responsables de la fábrica de whisky Duncan's!

Talisker alzó entonces la mano, al tiempo que carraspeaba profesionalmente para llamar la atención del fiscal.

–Por si resulta de interés o de ayuda para mi colega y para su señoría, casualmente me he tomado la molestia de indagar en el Registro de la propiedad de Nebraska quiénes son los propietarios de la casa Duncan's.

El juez Smith y el fiscal Trudinell miraron al abogado de Colorado Springs con perplejidad. Estaba claro que Talisker iba un paso por delante de todos, dirigiendo el espectáculo como un avezado maestro de ceremonias. Nada de lo que allí había ocurrido escapaba a su control ni le había supuesto sorpresa alguna.

–Adelante, letrado: infórmenos –le solicitó el magistrado.

–¡Con la venia! Según consta en esta nota simple que solicité al registro –dijo, agitando el papelito en el aire como si se tratase de un pañuelo en una despedida–, la fábrica Duncan's es propiedad de tan solo dos socios, a partes casi iguales. Uno de ellos posee el cuarenta y nueve por ciento de las acciones y se trata del alcalde de la ciudad de Scotfield, Alan Macmurray. El segundo socio, que posee el cincuenta y uno por ciento de la fábrica y detenta, por tanto, la condición de mayoritario y la toma de decisiones... es el gobernador del estado de Nebraska, el señor Jasper Daniels. Y, por cierto, supongo que por asombrosa coincidencia, ambos son también propietarios, en las mismas condiciones, de la mina de plata Silver Ending, limítrofe con el territorio de la reserva india arapahoe.

La declaración de Talisker tuvo los mismos efectos que un terremoto de grado siete. Como niños maleducados, los asistentes al juicio se lanzaron a gesticular y a proferir a grito pelado exclamaciones, comentarios y acusaciones de toda índole. Evidentemente, Daniels y Macmurray eran los protagonistas de la mayoría de ellos.

El juez Smith estuvo a punto de echar mano de su revólver y suspender la vista a tiro limpio, pero unos segundos antes de que lo hiciera, Talisker y Trudinell cruzaron una mirada. El fiscal, entonces, situándose en el centro de la sala, volvió a alzar los brazos, captando la atención general y logrando un silencio que el mazo del juez no tenía ninguna posibilidad de conseguir. Todos callaron porque intuyeron que el representante legal del estado guardaba todavía una bala en la recámara. Es decir: una nueva sorpresa.

Y así era. Pero, ante el pasmo general, disparó esa bala en dirección contraria a la esperada.

–Solicito al tribunal –clamó– que suba de nuevo a declarar el marshall Ben Nevis, señoría.

Tras dar testimonio, Nevis se había sentado entre el público, en la segunda fila. En ese instante, todas las miradas se volvieron hacia él. Al momento, su piel adquirió un tono cadavérico.

Regresó al estrado visiblemente más nervioso que en su declaración anterior.

–Le recuerdo al testigo que sigue bajo juramento –dijo el juez Smith, señalándolo con el dedo.

–Bien. Bien, señoría.

Trudinell se encaró con Nevis de inmediato. Esa vez, su tono no resultó nada amistoso. Desde el primer momento lo trató como si fuera un testigo de parte contraria.

–¡Señor Nevis! A la vista de los nuevos datos que han surgido en el desarrollo de esta vista, me veo obligado a preguntarle con férrea firmeza... ¡si se reafirma o no en que su declaración anterior se corresponde con la verdad!

–¿C... cómo dice?

–¡Piénselo bien! ¿Realmente encontró usted ese aparato rellenador en la vivienda o tipi del acusado cuando los hombres bajo su mando acudieron a detenerlo? ¡No me responda ahora! Respóndame después... de haberlo meditado convenientemente.

–Yo...

–¡He dicho que lo piense!

–Ya, bueno... pero yo... sí, ya lo he dicho antes...

–Quiero que sea usted consciente de que cometer falso testimonio no solo es pecado mortal por el que el Altísimo le pedirá cuentas en el día de su muerte y en el del Juicio Final, sino que se trata de un delito por el que puede acabar dando con sus huesos en la cárcel. ¿Me explico? Si ha mentido a este tribunal en su anterior intervención, aún está a tiempo de rectificar, ya que se trataría de la misma declaración y no se le tendría en cuenta.

El Marshall había roto a sudar y movía la cabeza de lado a lado, sin decidirse.

–Es que no sé...

–Se lo preguntaré de un modo cristalino, para que no tenga dudas: ¿ha mentido en su declaración anterior, señor Nevis?

Nevis intentó tragar saliva y, después, afirmó con la cabeza.

–Debe decirlo de palabra, para que conste –advirtió el juez.

–Sí, señoría. Antes he mentido, al decir que encontré ese aparato en la tienda del indio.

–¿Y mentir fue idea suya?

–No. No, señoría. Alguien... me convenció para que lo hiciera.

–¿Quién le pidió que mintiera? ¡Responda!

Nevis tomó aire dos veces antes de responder.

–Fue... fue el gobernador Daniels.

En esta ocasión, el barullo ocasionado por el público tras semejante revelación sí obligó al juez Smith a disparar dos tiros al aire para lograr cierto silencio y así poder continuar con el desarrollo de la vista. Los disparos causaron un boquete en el cielo raso de escayola y un chichón en la cabeza del ciudadano Athanasius Kirk, a quien le cayó encima uno de los trozos del techo y tuvo que ser evacuado de la sala.

En cuanto la algarabía se lo permitió, el fiscal Trudinell tomó de nuevo la palabra.

–¡Señoríaaa...! –bramó, con la potencia pulmonar de un entrenador de fútbol–. A la vista de la nueva declaración del testigo Nevis, esta fiscalía renuncia a seguir adelante con la acusación y solicita que el gobernador Jasper Daniels sea llamado a declarar lo antes posible... Y dado que, en su condición de testigo propuesto por la fiscalía, estará esperando su turno en los pasillos de este juzgado... ¡sugiero respetuosamente a su señoría que reclame su presencia aquí de inmediato!

–¡Hágase! –exclamó el juez, contagiado por la exagerada teatralidad del fiscal–. ¡Oficial, llame ahora mismo al gobernador Daniels!

Todos los presentes siguieron con la vista al empleado del juzgado avanzando por el pasillo central de la sala, abriendo la puerta y gritando:

–¡Se llama a declarar a Jasper Daniels! ¡Gobernador Jasper Daniels!

Tras esto, nada ocurrió. El oficial, algo extrañado, salió entonces camino de la antesala. Durante medio minuto el silencio impregnó las paredes. Se habrían podido oír los ruidos intestinales de una mosca hambrienta. Por fin, al cabo de medio minuto, regresó el oficial para anunciar que el gobernador no se encontraba allí. Ni estaba ni se le esperaba. De hecho, había puesto pies en polvorosa hacía ya un buen rato, tras tener conocimiento del resultado de la declaración de Monty Pawn.

Fue comunicar el oficial la desaparición de Daniels y formarse un tumulto que ni el juez ni el fiscal ni el séptimo de Michigan que hubiese llegado al galope habrían sido capaces de calmar. Parte del público y casi todos los periodistas abandonaron la sala del juzgado a la carrera, vociferando como vendedores de elixires y dispuestos a hacer llegar cuanto antes a las redacciones de sus periódicos la crónica de todo lo vivido allí esa mañana.

El desarrollo de la vista no podía haber resultado más espectacular. Lo que todo reportero desea. Y lo que todo gobernador corrupto teme.

LA ARGUCIA

Quince minutos más tarde, la sala de vistas se había vaciado casi por completo. Incluso el juez Smith se había marchado, satisfechísimo, tras decretar la suspensión del juicio. Al día siguiente, su foto mazo en mano sería portada en todos los periódicos del medio oeste y en algunos del este.

Tan solo permanecían allí George Macallan, el fiscal Trudinell y el abogado Talisker, recogiendo sus papeles y disfrutando del momento, cada cual a su manera. El abogado había encendido su pipa y fumaba con deleite, lanzando al aire bocanadas de humo azulado.

–Supongo, fiscal, que esto es el fin de la trayectoria política de Daniels –comentó de pronto, entre la niebla del tabaco.

Los otros dos lo miraron.

–Sí, yo diría que está acabado –confirmó el fiscal–. Se le puede considerar ya un cadáver político.

–Pero, en realidad, fue cosa de Macmurray.

Ante la mirada interrogante de Trudinell, Macallan trató de explicarse mejor.

–Digo que envenenar ese whisky no fue idea de Daniels, sino del descerebrado de Macmurray. Debió de parecerle una excelente estratagema para acabar con los indios de la reserva y así poder invadir sus tierras sin oposición y ampliar los terrenos de la mina. Estoy convencido de que, en un principio, Daniels no sabía nada de las intenciones de su socio. Creía realmente que las muertes de Elkhorn formaban parte de una conspiración contra él y por eso me sacó de la cárcel para que investigara. Supongo que cuando descubrí que la causa estaba en el whisky Duncan's fue cuando empezó a atar cabos. Primero, intentó apartarme de la investigación y, luego, silenciarme definitivamente.

–Puedo estar de acuerdo en eso, Macallan –dijo el fiscal–. Pero Daniels, al descubrir la maniobra de Macmurray, debió denunciarlo y asumir las consecuencias. En lugar de eso, trató de echar tierra sobre el asunto; y al no conseguirlo de ningún modo, maquinó para echarle la culpa de todo a Coyote Loco.

–El compañero de mi hija era el perfecto chivo expiatorio –completó Talisker–. Un indio que vive con una mujer blanca no cae bien ni a los indios ni a los blancos.

–Habría sido el perfecto chivo expiatorio... de no tener un suegro más listo que Benjamin Franklin –comentó Trudinell, jocosamente.

Los tres hombres habían terminado de recoger sus pertenencias. Estaban a punto de dirigirse a la salida cuando Macallan volvió a hablar.

–Esa falsa prueba del aparato rellenador era bastante ingeniosa –dijo.

–Lo era –corroboró Talisker, mientras vaciaba su pipa en un cenicero y rascaba después la cazoleta minuciosamente.

–Sin embargo, usted la desmontó enseguida. Casi sobre la marcha. Y lo que parecía incriminar a Coyote Loco se volvió en un momento contra Daniels.

–En efecto, sí. Tuvimos suerte.

–¿Suerte?

Macallan miró a Talisker como contemplaría el caballo del bueno al caballo del malo. Y no solo él: también Trudinell se sintió de repente incómodo bajo la mirada del antiguo espía del sur. Eso confirmó sus sospechas.

–Ya veo –dijo Macallan–. Ese engaño no fue cosa de Daniels, ¿verdad? Fue cosa de ustedes dos. ¡Estaban de acuerdo todo el tiempo! ¡Desde el primer minuto!

Los dos letrados, de modo instintivo, miraron a su alrededor, para asegurarse de que nadie los escuchaba. Richard Talisker habló en un tono muy bajo, casi un susurro.

–Inventar una falsa prueba y conseguir luego invalidarla de forma espectacular nos pareció la mejor manera de cambiar la opinión del jurado, del público y de los periodistas sobre Coyote Loco.

–¿Y cómo consiguieron que Ben Nevis aceptase mentir ante el tribunal?

–¡Oh, eso no fue cosa nuestra! –exclamó Trudinell–. Nevis, en efecto, mintió en su primera declaración. Pero, como reconoció en su segundo testimonio, mintió porque se lo pidió el gobernador Daniels.

–No entiendo... ¿y ustedes ya sabían eso?

Trudinell sonreía todo el rato, sin poder evitarlo.

–En efecto, haciéndole creer a Daniels que, como fiscal, estaba de su parte, le propuse crear esa falsa prueba del rellenador. Le aseguré que, con ella, nos garantizábamos un veredicto condenatorio. Pero si quería que el engaño funcionase, él tenía que convencer a Ben Nevis para que mintiera ante el juez. Y así lo hizo. El propio Daniels, él solito, se metió en la trampa.

Macallan dibujó con los labios un gesto de admiración.

–Una treta muy ingeniosa, desde luego.

–Gracias –respondieron a un tiempo Trudinell y Talisker.

–Lo que no entiendo, señor Trudinell, es por qué ha aceptado usted participar en este juego, que lo va a llevar a salir derrotado de este juicio. Su prestigio como fiscal se va a resentir, sin duda.

Trudinell miró a Macallan con cierta sorpresa.

–¿Ah, cómo? ¿Todavía no lo adivina, Macallan?

–¿El qué?

–Perder este juicio me importa un bledo si con ello acabo con la carrera política de Daniels.

Macallan abrió ahora la boca, mostrando ya sin reparos su asombro y su admiración.

–Ah, demonios... Ahora lo entiendo: lo que usted busca es ocupar el puesto de Daniels como próximo gobernador de Nebraska. ¡Muy listo por su parte!

–En realidad, el mérito no ha sido mío –admitió el fiscal–. Todo el plan, punto por punto, fue idea del señor Talisker, que se presentó en mi casa hace seis días para proponérmelo. Por supuesto, acepté de inmediato. No es solo que yo pueda sacar un beneficio personal de este asunto acabando con Daniels: además, creo sinceramente que la justicia sale victoriosa con esta argucia. En ocasiones, hay que empujarla un poquito para que dé lo mejor de sí misma. Coyote Loco no es el malo de esta historia. O, por lo menos, no es el más malo. Lo más justo era poner en la picota a Daniels y Macmurray. Aunque fuera a costa de jugar sucio.

Talisker acababa de abrochar la correa de su maletín. Macallan se volvió a mirarlo con admiración. Se tenía a sí mismo por un tipo listo, pero aquel anciano elegante que había sido su suegro se había mostrado no solo inteligente, sino también astuto y decidido. Proponerle semejante apaño al fiscal había sido una decisión de alto riesgo. Si Trudinell se hubiese negado al trapicheo, el padre de Norma se habría visto metido en un buen lío. Pero intuyó correctamente que Trudinell odiaba a Daniels y anhelaba su puesto. La jugada le había salido a pedir de boca. Jasper

Daniels estaba acabado y la acusación contra Coyote Loco quedaba así totalmente desvirtuada por la mayor culpa de Daniels y Macmurray.

Perfecto.

LA HUIDA

Demasiado perfecto.

La sensación de triunfo que envolvía como una toga romana a los tres hombres a su salida del juzgado se rasgó de arriba abajo al segundo siguiente.

Descendían la escalinata que desembocaba en el vestíbulo principal, cuando irrumpió por la puerta una mujer pelirroja a la que Macallan reconoció de inmediato.

–¡Enfermera Paxton! –exclamó–. ¿Qué la trae por aquí?

Lucille Paxton lo buscó con la mirada. Exhibía la cara de las desgracias y lanzó un suspiro al verle.

–¡Señor Macallan, gracias a Dios!

Macallan quedó serio.

–¿Qué ocurre? Parece usted muy alterada.

–El doctor Hendriksen me ha enviado a buscarle y no sabía si aún lo encontraría aquí.

La mujer hablaba con dificultad, por culpa de un sobrealiento feroz. Macallan le rogó que se calmara y la obligó a sentarse en un banco del vestíbulo antes de continuar, cosa que hizo al fin.

–Los dueños del Hotel Bates han llevado a la señorita Norma a la clínica del doctor.

–¿Por qué? –preguntó Talisker, alarmado–. ¿Qué ha sucedido?

–¡La han atacado! Le han dado una paliza terrible, pobrecilla...

Los tres hombres lanzaron una misma exclamación. Macallan y Talisker, perdiendo en parte la compostura, ametrallaron a la enfermera con un aluvión de preguntas superpuestas que ella trató de responder ordenadamente.

–¡Cálmense, cálmense, señores! Aunque llegó inconsciente a la consulta, la señorita Talisker ya está fuera de peligro, a pesar de los golpes recibidos.

–¿Quién ha sido? –gritó su padre–. ¿Quién la ha atacado?

–No lo sabemos. Dos hombres, al parecer. Ella dice que no los conocía.

–¿Por qué? ¿Qué es lo que querían de ella?

Paxton hizo una pausa para dar énfasis a su siguiente información.

–La golpearon... cuando ella se resistió a que se llevasen a su hijo por la fuerza.

Aquello fue como un cubo de agua fría sobre las cabezas de Macallan y Talisker.

–¿Qué está usted diciendo, señora? –clamó el abogado, temblando de indignación y de ira–. ¿Que dos malnacidos han secuestrado a mi nieto?

–¡No hay tiempo que perder! –exclamó Macallan, echando a correr hacia la calle.

Nada más salir, vio un caballo amarrado a las puertas del edificio y decidió tomarlo prestado. Deslió las riendas del amarradero, montó casi de un salto y azuzó al animal de tal modo, que este se encabritó y casi lo arrojó al suelo.

Curiosamente, eso le salvó la vida porque, justo en ese instante, se pudo oír un disparo de rifle, tras el cual Macallan sintió una ráfaga de aire caliente cruzándole por delante de la cara. La bala le había pasado a un palmo escaso de la nariz. De inmediato, se oyeron dos tiros más. Y un grito.

Trudinell y Talisker estaban a punto de subir al coche del fiscal cuando este recibió el impacto de una bala en el costado.

–¡A cubierto! –gritó Macallan–. ¡Pónganse a cubierto!

Pese al comportamiento asustadizo de su caballo, ya había localizado la procedencia de los disparos, gracias al sonido y a los reveladores penachos de humo producidos por la pólvora. Los distinguió con nitidez, a pesar de la distancia: dos hombres situados en la azotea de una de las casas del otro lado de la calle.

Para entonces, ya tenía el Russian en la mano. Con un extraño movimiento, echando hacia atrás la espalda y pasando la pierna izquierda sobre el cuello del animal, descabalgó de un salto, por la derecha. Una vez con ambos pies en tierra, apuntó rápido pero con precisión, protegido por la grupa del caballo, sujetando el revólver con ambas manos.

Apretó el gatillo. Primero, dos veces, muy seguidas. Luego, corrigiendo ligeramente la puntería, otras dos.

Las balas surcaron el aire mientras la muerte sonreía con deleite. Siempre lo hacía cuando era Macallan el que disparaba.

Uno de los hombres intentó incorporarse al sentir el golpe de la bala sobre su pómulo derecho, que hizo girar su cabeza como la de un pelele, pero solo consiguió vencerse sobre el pretil y precipitarse a la calle, donde quedó tendido sobre la tierra, en una postura imposible. El otro quedó en su puesto, inmóvil; pero tan muerto como su compañero.

Para entonces, el caballo que pretendía montar Macallan galopaba espantado calle mayor adelante, así que los tres hombres subieron al coche del fiscal y se dirigieron a toda fusta a la consulta de Hendriksen. Cuarenta yardas antes de llegar, Macallan saltó del vehículo y corrió hacia la puerta de la casa.

–¿Dónde está? –preguntó, alteradísimo, al toparse de frente con el médico.

–Ahí, en la segunda habitación –dijo Aaron Hendriksen, con calma–. No se preocupe: se encuentra bien.

No fue esa la sensación que tuvo Macallan al verla. Por el contrario, el estómago se le encogió como un pulpo. En el rostro de la mujer se marcaba con trazo grueso la firma del odio: varios terribles moratones, el ojo derecho casi cerrado y dos largas marcas sanguinolentas, paralelas, como arañazos salvajes, que le recorrían la mejilla izquierda y se prolongaban hasta el cuello.

Macallan imaginó que el resto del cuerpo de Norma presentaría un aspecto similar y sintió que se lo llevaban los demonios.

–Por Dios, Norma, ¿quién... quién te ha hecho esto? –preguntó Macallan arrodillándose junto al lecho.

–No lo sé –susurró ella, con dificultad–. Eran dos hombres. Se han llevado al niño. Yo traté de impedirlo, pero el tuerto empezó a pegarme. ¡Se han llevado a mi hijo, George! Se lo han llevado...

Macallan la tomó de la mano. Muy suavemente.

Talisker entró en ese momento. Macallan le cedió su lugar junto a la cama de Norma. El abogado acarició la frente y el rostro de su hija.

–No te preocupes, Norma. Rescataremos al chico –fue lo único que dijo–. Pierde cuidado. Ahora, descansa.

Quedó el padre al lado de su hija. Y así habría estado un largo rato de no ser porque, una vez en el pasillo, Macallan repasó en su memoria las palabras de Norma y, al hacerlo, regresó de nuevo a la habitación. Llevaba una negra sospecha en el corazón.

–Norma... Norma, escúchame: ¿has dicho que uno de los dos hombres que te atacaron... era tuerto?

–Sí. Del ojo derecho. Y era el que parecía mandar sobre el otro.

–¿Cómo sabes que era tuerto? ¿Se cubría el ojo con un parche?

–Sí, eso es... pero no era un parche de tela sino... de metal. Como un pájaro de metal.

Pese a intuirlo, la certeza casi noqueó a Macallan.

–Un águila de plata... –mascullό Macallan, haciendo rechinar los dientes.

Tras preguntar al doctor por Trudinell, cuya herida no revestía gravedad, salvo la posibilidad de infección, los dos hombres salieron al porche de la casa.

–¿Quién es el tuerto? –preguntó Talisker.

–Es... mi hermano. –Lo dijo con rabia, casi con asco.– Daniels lo sacó de la cárcel junto conmigo y debería haberse marchado del estado, pero al parecer el gobernador tenía otros planes para él.

–No me cabe duda de que el secuestro de mi nieto ha sido ordenado por Daniels. Lo va a utilizar como rehén para intentar escapar.

–Seguro que cuenta con la ayuda de un buen puñado de hombres fieles, como los que nos dispararon al salir del juzgado. Lo más lógico es que intente llegar a Iowa, hacia el este. Es la frontera más próxima.

–Habrá que ir tras ellos. No nos pueden llevar mucha ventaja. Apenas una hora, en el peor de los casos. Si el sheriff organiza una partida, será fácil darles alcance.

–Sí, muy fácil –confirmó Macallan, rascándose la barbilla–. Demasiado fácil.

En ese momento, les llegó de lo lejos el sonido del silbato de un tren.

Aunque se hallaba oculta por otros edificios, los dos hombres giraron la vista de modo automático en dirección a la estación del ferrocarril. Luego, permanecieron mudos cinco segundos. Hasta que Macallan lanzó un improperio.

–¡Maldita sea! ¡No se han marchado aún!

–No han huido a caballo –confirmó Talisker–. ¡Se van a ir en tren, naturalmente!

Corrieron ambos hacia el coche de caballos de Trudinell, que aún permanecía a la puerta de la clínica. El abogado azuzó a los animales hasta ponerlos al galope. De tal modo corrieron que, de camino a la estación, estuvieron a punto de volcar en dos ocasiones. Por fin, enfilaron a velocidad de gran premio la calle del ferrocarril.

Llegando a las inmediaciones del edificio de la Union Pacific, se toparon con la insólita escena de casi un centenar de personas que huían despavoridas por todas las puertas de la estación.

–¡Estábamos en lo cierto! –exclamó Macallan– ¡Esto tiene que ser cosa de Daniels y sus hombres!

El tren al que habían oído silbar acababa de hacer su entrada en Elkhorn procedente de Davenport. En el momento en que se detuvo en la estación, siete hombres distribuidos a lo largo del andén lo abordaron coordinadamente. Uno de ellos se dirigió a la cabina de la locomotora y encañonó con su revólver a maquinista y fogonero. Los demás se distribuyeron entre los dos coches de viajeros y desalojaron a los pasajeros entre gritos, amenazas y disparos al aire.

Vacíos de personal los dos vagones, hizo su aparición el gobernador Daniels, acompañado por Andrew Macallan y con otros dos pistoleros como escolta. Llevaban con ellos al hijo de Norma Talisker. Subieron al segundo de los coches del convoy y, de inmediato, se dio la orden de partir.

Macallan y Talisker habían podido seguir la escena ocultos tras el tinglado de mercancías, más allá del andén principal.

–Salvo que hagan una maniobra que les llevaría mucho tiempo, para ir en dirección a Iowa tendrán que circular marcha atrás –dedujo Macallan–. No podrán ir muy deprisa pero, aún así, no tardarán ni una hora en llegar al límite del estado.

–¡Tenemos que abordar ese tren como sea, George! ¡Se llevan a mi nieto!

Macallan seguía mirando el tren, mientras pensaba furiosamente.

–Tengo una idea para subir al tren.

–¡Tienes que tener una idea para que los dos subamos a ese tren! ¡Tú solo no podrás con todos esos esbirros de Daniels! ¡Tengo que ir contigo!

Macallan se volvió hacia el viejo abogado.

–Mira, Richard, eres el tipo más listo que he conocido, pero para abordar un tren en marcha lleno de pistoleros, no basta la inteligencia. ¿Me entiendes?

Richard Talisker tragó saliva.

–Te entiendo. Pero quiero ayudarte.

–Entonces, haz lo que yo te diga.

Mientras Macallan se alejaba aún más de la estación, hasta situarse oculto tras unos arbustos cerca del desvío de agujas del lado este, Richard Talisker, siguiendo sus instrucciones, se aseguraba de tener completa la munición de sus dos revólveres.

Muy lentamente, entre nubes de vapor, el convoy iniciaba su marcha, retrocediendo por la misma vía por la que había llegado minutos antes.

En el momento acordado, el padre de Norma comenzó a disparar contra el tren. Lo hizo hasta vaciar sus cargadores y sobre el primero de los dos coches de viajeros, para evitar la posibilidad de herir accidentalmente a su nieto, que viajaba en el segundo.

El ataque de Talisker propició la inmediata respuesta de Daniels y sus hombres, que replicaron con una auténtica lluvia de plomo, de la que el abogado se protegió sin problemas tras el tinglado de mercancías.

El tiroteo no era sino una maniobra de distracción, ideada por Macallan para permitirle abandonar su escondite sin ser visto.

Cuando llegó el momento, tuvo un instante de duda. Se preguntó si no estaba loco. El modo que había ideado para subir a la locomotora era más que arriesgado; casi suicida. Y si lo lograba, cosa harto dudosa, sus posibilidades de rescatar al hijo de Norma enfrentándose en solitario a once pistoleros eran tan remotas que no quería ni pensar en ello.

«Las posibilidades de que mueras son casi absolutas», se dijo a sí mismo. «Así que deja de preocuparte y actúa de una maldita vez.»

Aprovechando el tiroteo desatado por Talisker, Macallan se arrojó a la vía y se tumbó boca arriba sobre las traviesas, entre los dos carriles. Lo hizo justo antes de que el furgón de cola, que ahora abría la marcha del convoy, llegase a su altura.

Con la boca seca por el miedo, fue dejando que el tren pasase sobre él. Tras el furgón de cola, vinieron los dos coches de viajeros; luego, el caboose; tras este, vendrían el ténder y la locomotora. La velocidad del tren aún era escasa, no más que la de un hombre corriendo al trote, pero los chirridos metálicos producidos por el giro de los ejes ponían los pelos de punta.

Llegaba ya el momento decisivo. Macallan sabía que no tendría más que una oportunidad. Todo a una carta. Justo cuando la cabina de la máquina pasase sobre él, rodaría sobre sí mismo para saltar fuera de la vía y, aprovechando la neblina producida por el vapor de los cilindros, trataría de encaramarse a la escalerilla y, sin ser visto, trepar a la locomotora. A partir de ahí, improvisaría.

Lo más peligroso era saltar fuera de la vía entre el paso de los ejes del ténder y los de la máquina. Si no lo hacía bien o no lo acompañaba la suerte, podía perder un brazo, una pierna o, simplemente, la vida.

El fragor del avance del tren tenía una sola ventaja: podía hablar fuerte e incluso gritar sin miedo a ser descubierto.

–¡Ahí viene, George! –se dijo a sí mismo–. ¡Puedes hacerlo! ¡Puedes hacerlo! ¡Vamos, vamos, vamos...! ¡Ahora!

Se dio impulso y rodó sobre sí mismo en el momento preciso. Calculó bien la maniobra y, pese al miedo que lo atenazaba, el cuerpo le respondió. En un momento dado, oyó el rodar de uno de los ejes sobre el carril tan próximo, tan cercano a su oído, que dio por sentado que la llanta metálica le iba a segar el cuello. Pero, por fortuna, no fue así. Lo había conseguido.

Con el corazón galopando en su pecho como un mustang enloquecido, Macallan localizó la escalerilla metálica, alargó la mano, se aferró al peldaño inferior y dejó que la propia marcha del tren lo incorporase. Cuando trepó por ella y apareció en la cabina era la viva imagen de Satanás: negro de carbonilla de los pies a la cabeza. En ese momento, los dos maquinistas y el pistolero que los vigilaba aún miraban en la dirección contraria, hacia el origen de los disparos efectuados por Richard Talisker. Sin permitirse ni una palabra de aviso, Macallan se lanzó a por el hombre de Daniels y lo dejó inconsciente de un culatazo atroz.

–No detengan el tren –les pidió Macallan a los maquinistas–. Eso alertaría a los malos y la vida del niño correría peligro. Sigan adelante pero sin forzar la marcha. Que los malos no sospechen nada. ¿Entendido?

Los maquinistas, con sus uniformes de rayas azules y sus espectaculares gorras, miraron asustados la sangre que brotaba a borbotones de la cabeza del pistolero y asintieron, con cara de circunstancias.

Macallan, sin perder un segundo, trepó sobre el ténder, saltó al caboose, situado tras la locomotora, y lo cruzó por su interior tras reventar de sendas patadas las dos portezuelas de acceso.

Una vez sobre el balconcillo del primer coche de viajeros, ya con la mano sobre el picaporte de la puerta de acceso, se detuvo un instante para preguntarse si merecía la pena preparar algún tipo de estrategia. Decidió que no. La adrenalina le corría a chorros por las venas. Eso y el factor sorpresa serían sus aliados.

Abrió la puerta.

Se encontró con uno de los pistoleros muy cerca. Estaba de perfil. El tipo comenzó a girar la cabeza hacia él pero Macallan le disparó antes de que llegase a mirarlo. El segundo y el tercero cayeron un segundo más tarde. Miraban por la ventanilla cuando los sorprendió la muerte. Mientras apretaba el gatillo, ya vio a otro sentado de espaldas. Recargaba un rifle Winchester. Del respaldo del asiento le sobresalían los hombros y la cabeza. Llevaba un sombrero negro y resultaba un blanco perfecto. Cuando Macallan le disparó, el tipo del Winchester intentaba girarse sobre el hombro izquierdo, así que la bala le entró por la sien de ese lado. Con el último proyectil aún en el aire, Macallan se arrojó entre dos de los asientos, esquivando así los tres disparos que efectuó el quinto hombre. Macallan intuyó cuándo su adversario iba a hacer una pausa y, sin incorporarse, asomando hacia el pasillo solo el brazo izquierdo y la mitad de la cara, disparó una vez más. Y una vez más, hizo blanco.

La muerte aplaudió, encantada por el espectáculo de aquellos cinco cadáveres tan estupendos y tan inesperados. No habían pasado ni diez segundos desde la irrupción de Macallan en el vagón.

A partir de ahora, la cosa se complicaba. No podía tener completa seguridad, pero debía suponer que el sonido de los disparos habría alertado al resto de los hombres de Daniels. Pese a ello, el factor sorpresa no había desaparecido aún por completo. Debía aprovecharlo hasta el último segundo, actuando con la mayor rapidez. Sin pensar demasiado. Confiando en el instinto.

Inspiró profundamente dos veces mientras recargaba el tambor de su revólver a una velocidad endemoniada. Era una operación que ensayaba con frecuencia. En ocasiones, más decisiva que la puntería o la rapidez al desenfundar, era la velocidad con que un pistolero era capaz de recargar su arma. Y Macallan era muy rápido en eso. Le ayudaba el sistema White de su revólver Smith & Wesson, revolucionario y exclusivo en su momento, aunque ahora ya presente también en los últimos modelos de Colt.

Completada la operación, saltó al siguiente coche y, agachado, abrió la portezuela apenas dos palmos, lanzó un vistazo rapidísimo y se arrojó a un lado de la plataforma.

Como suponía, lo estaban esperando. Los primeros disparos le pasaron por encima, pero de inmediato un verdadero vendaval de proyectiles de diversos calibres cruzó el umbral como una ráfaga empapada de muerte. Saltaron por los aires docenas de astillas de madera. Una de las balas le rasguñó el hombro derecho. Sintió que le ardía el brazo entero, hasta la punta de las uñas, pero, sabiendo que no era una herida grave, se dijo que no disponía de tiempo para pensar en el dolor.

Macallan poseía una portentosa capacidad para identificar diferentes armas solo por su sonido y para contar disparos incluso en medio de intensos tiroteos como aquel.

«Tres revólveres», se dijo. «Dos Pacemaker y un Navy. Dieciséis disparos en total. Eso significa que, al menos dos de ellos han vaciado su cargador. Estúpidos. Además, hay un rifle, seguramente Remington, que ha disparado cuatro veces.»

Aún con los ecos de los últimos tiros en el aire, decidió que era un buen momento para replicar.

Macallan cruzó de un salto al otro lado de la plataforma y, al pasar ante el hueco de la portezuela, efectuó dos nuevos disparos, casi sin mirar, rapidísimos, amartillando el percutor de su revólver con la mano derecha mientras apretaba el gatillo con la zurda. Recordaba perfectamente la posición de cada uno de sus adversarios. Alcanzó a uno de los pistoleros en el centro de la cara y a otro en la mano derecha. Luego, sin perder un instante, tomó impulso para descolgarse por el lateral exterior del coche, sujeto a uno de los asideros de bronce, rompió con la culata el cristal de la primera ventanilla y disparó de inmediato cuatro veces más. Otros dos hombres cayeron abatidos. Uno de ellos era el propio Daniels. El hombre herido en la mano le disparó dos veces con la izquierda, la ilesa, pero era diestro y falló por mucho.

Macallan recuperó el equilibrio y regresó a la plataforma. Recargó el arma una vez más y se asomó de nuevo por el hueco de la puerta. De otro disparo acabó con el herido. Para él, todo ocurría como a cámara lenta, pues la adrenalina y el intenso olor a pólvora lo mantenían eufórico y preciso.

Por primera vez, pensó que realmente podía conseguirlo.

Sin embargo, aún no había localizado a su hermano Andrew ni al hijo de Norma.

Lo hizo a continuación, con el siguiente vistazo.

Ahí estaban. Al fondo del pasillo, Andrew sujetaba a Amanecer, apretándolo con fuerza contra sí mismo, rodeando su cuerpo con el brazo izquierdo. Y apoyaba el extremo del cañón de su revólver en la cabeza del niño. Directamente sobre su hueso temporal.

–¡No se te ocurra hacerle el menor daño, Andy! –gritó Macallan–. ¡No se te ocurra!

Se esforzó para que no pareciera una súplica, sino una orden dada con rabia y determinación.

–¡Claro que no! Te garantizo que no le pasará nada malo al chico... si tiras ahora mismo tu revólver –fue la respuesta.

Macallan tardó unos segundos en responder. Pensaba furiosamente.

–¿A qué estás jugando, hermano? Sabes que no voy a hacerlo. No he llegado hasta aquí para dejarme matar por ti.

–¡Muy bien! ¡Entonces, mataré al niño!

–No lo harás –replicó Macallan, tratando de aparentar una calma que no sentía–. No eres estúpido y, si lo matas, sabes de sobra que estarás perdido. Un rehén solo es útil mientras sigue con vida. En el caso contrario, se convierte en un problema.

Andrew Macallan alzó el percutor del arma sin despegar la bocacha de la cabeza del niño.

–¿Sabes, George? –gritó–. Me revienta lo listo que eres; lo listo que has sido siempre, hermanito. Y me revienta también lo mucho que te has preocupado por mí. Estoy harto de que me salves la vida. ¡Y aún estoy más harto de que me la perdones!

–¡Estoy de acuerdo! –gritó Macallan–. ¡Sí! Yo también estoy harto de cuidar de ti, Andy. Que sepas que no lo he hecho porque me caigas bien ni porque seas mi hermano. Lo he hecho porque mamá me pidió que lo hiciera.

–¡Y una mierda, te lo pidió mamá! ¿Me oyes? ¡Una mierda! Lo que pasa es que te encanta ser el hermano mayor, el que cuida de todos, el honesto, el patriota. ¡Me revientas, don perfecto! –gritó Andrew, escupiendo a continuación.

El niño, que lo miraba todo con cara de terror infinito, rompió a llorar en ese instante.

–¡Cállate, niño! –gritó Andrew Macallan, fuera de sí–. ¡Cállate o te vuelo los sesos!

Amanecer lloró aún más fuerte.

«Cállate, chico, cállate, por Dios...», rogó Macallan en silencio.

–¡Te espero arriba, George! ¡Arriba! ¿Me has oído? ¡En el techo del vagón! ¡Nos vemos allí dentro de un minuto! ¡No tardes o me lo cargo!

Sin esperar la contestación de su hermano, Andrew retrocedió hasta salir del coche por la otra plataforma y, acto seguido, trepó al techo del vagón por la escalerilla de servicio, siempre sujetando al niño, que ahora berreaba como un auténtico becerro.

Macallan dudó unos instantes. Llevaba años sin cruzar una palabra con su hermano y, de pronto, acababa de mantener con él aquel diálogo grotesco. Le pareció irreal. Como la pesadilla de un vaquero borracho.

Entonces vio cómo Daniels, sangrando por una herida en el pecho y por la comisura de los labios, alzaba torpemente su revólver.

–¡Oh, no...! ¡Quédate quieto! No me obligues a matarte, Jack –exclamó Macallan.

–Pero... si ya me has matado, George –dijo Daniels, hablando con dificultad–. Me muero. Nada hay que puedas hacer por mí. Aunque... podrías prometerme que acabarás con Macmurray. Hazlo, ¿quieres? Ese imbécil ha tenido la culpa de todo. De no ser por él, tu hermano y tú seguiríais en la cárcel, yo seguiría siendo gobernador de Nebraska... y nada de esto habría ocurrido.

–Eso no es exactamente así, Jack. La Biblia dice que todos tenemos nuestra ración de culpa en los males de este mundo.

Daniels gimió una dolorosa sonrisa.

–¿La... Biblia? No me digas... que has leído la Biblia, George.

–No, no la he leído. Pero sé de qué va: un buen hombre, que no tenía culpa de nada, muere clavado en un madero.

Daniels asintió.

–Ya... La misma historia... de siempre.

–No es la de siempre, Jack. En ocasiones, solo en ocasiones, también mueren los malvados.

Daniels alzó el revólver con mano temblorosa hacia Macallan y disparó. La bala se perdió en el paisaje de Nebraska, tras romper el cristal de una de las ventanillas.

–Huy...! Casi, casi...

El ex coronel federal intentó apretar de nuevo el gatillo pero, antes de conseguirlo, el disparo del ex comandante confederado le atravesó el corazón.

–Maldito seas, Jack... –se lamentó Macallan.

* * *

Cuando Macallan subió al techo del vagón, su hermano había avanzado poco a poco hasta situarse casi en el centro, siempre manteniendo abrazado al niño y apuntándole con su revólver. El extremo del arma le había arañado el cuero cabelludo pero, curiosamente, Amanecer había dejado de llorar.

Macallan estaba perplejo, sin llegar a comprender qué pretendía su hermano con aquella maniobra.

–¡Detente, Andy! –le gritó–. ¡Podríais caer los dos del tren!

–Sería una lástima, ¿verdad?

George Macallan rompió a sudar. No le gustaba el tono ligero, como de lunático, que empleaba su hermano. Andrew siguió acercándose, avanzando despacio por el techo, guardando precariamente el equilibrio. En dos ocasiones, el bamboleo de la marcha estuvo a punto de derribarlo. Pero se mantuvo en pie y siguió adelante, avanzando hacia la posición de Macallan poco a poco.

Cuando estuvo a solo cinco o seis pasos, se arrodilló. Lentamente, depositó con suavidad al niño sobre el techo. Sin dejar de apuntarlo ni por un instante, lo soltó y retrocedió, como un penitente, alejándose de él.

–¿Qué haces? –gritó Macallan, alarmado–. ¡No lo sueltes! ¡Se va a caer!

–¿En serio? –preguntó Andrew, divertido.

Macallan no tuvo tiempo ni de repetir la advertencia. Un instante después, uno de los traqueteos del tren hizo perder al niño el equilibrio.

Macallan comprendió que el hijo de Norma iba a morir. Lo vio claro. Supo cómo ocurriría. El chico rodaría por el techo, de perfil curvo, hasta rebasar el borde marcado por el vierteaguas y entonces caería desde lo alto del coche, se estrellaría contra el suelo rocoso y ese sería su fin. Faltaban apenas tres segundos para que el destino lo alcanzase.

Incluso contando solo con esos tres segundos, Macallan podía haber disparado contra su hermano y, luego, haber tratado de salvar al niño de la muerte lanzándose a por él. Pero dudó. Dudó un instante. Dudó, precisamente, porque se trataba de él, de Andy. Tenía que matar a su hermano menor. Sin duda, lo merecía. Era un tipo despreciable, un criminal sin remedio al que odiaba profundamente, que le había decepcionado en todas y cada una de las ocasiones en que había deseado confiar en él. Pero, aun así, se trataba de su hermano y no estaba seguro de ser capaz de seguir viviendo después de haberle quitado la vida. Así que no lo hizo.

Dejó caer el arma al tiempo que se daba impulso con ambas piernas. Amanecer ya rodaba hacia el abismo. Ya volaba hacia su final. Macallan estiró el brazo más allá de lo posible, con la mano extendida, con los dedos abiertos, con la boca abierta, gritando una negación.

Con el último grano de arena cayendo por el cuello del reloj, cuando el niño se precipitaba ya en brazos de la muerte, logró asirlo por uno de los tobillos. Lo tenía, pero la muerte tiraba de él.

Macallan había quedado tumbado sobre el techo, casi en el borde, con el hijo de Norma colgando de su brazo, balanceándose en el lateral del coche. Sintió que resbalaba y supo que todo había sido en vano. Finalmente, caerían los dos; perecerían los dos. Macallan braceó con la mano libre y, milagrosamente, logró asirse a uno de los aireadores que salpicaban el techo del vehículo, destinados a evacuar los gases producidos por las lámparas de petróleo de la iluminación interior.

Desde aquella postura indigna, tirado como un sapo sobre el techo del coche, cubierto de mugre desde los tobillos hasta la coronilla, sujeto por una mano al aireador y aferrando con la otra a aquel niño que habría podido ser su hijo, Macallan supo que el telón estaba a punto de cerrarse para él.

Logró girar la cara y mirar así a su hermano. Allí estaba, blandiendo su revólver como el ángel exterminador blandía su espada de fuego. Mirándolo con su único ojo. Sonriendo con desgana. Le apuntaba directamente al centro de la frente. Y sonreía. Sin el menor atisbo de compasión.

–No sabes cuántas veces he imaginado este momento, George. Creo que he soñado con él desde el día en que tuve uso de razón.

–Andrew... –Ahora sí había súplica en la voz de Macallan.– Deja que el niño se salve. No tiene nada que ver con nosotros. No tiene la culpa de nada. Haz algo bueno. Nunca es tarde para hacer algo bueno, aunque se trate de ti.

Andrew rio suavemente, como un perturbado.

–Ah, no, George... No, no, no... No voy a permitir que mueras sintiéndote un héroe. Quiero que mueras sintiéndote una rata. ¿Lo oyes? U–na–rra–ta. ¡Ja, ja, ja...!

–Eres un enfermo, hermanito.

Aquello pareció hacer enloquecer a Andrew, que golpeó el suelo con los pies, mientras gritaba.

–¡Callate, George, cállate! ¡No quiero volver a oírte más, rata apestosa! ¡Cierra tu condenada boca! ¡Cállate de una maldita vez! Cállate... y muere.

Macallan cerró los ojos para no ver el fogonazo que acabaría con él. Con él, con Amanecer y, de manera indirecta, también con Norma y con Richard Talisker, que seguramente perecerían más tarde de dolor. Le pareció injusto que los únicos triunfadores de esta historia fueran a ser Andrew Macallan y el fiscal Trudinell. Pero, en realidad, así es la vida. Quizá en otras partes del mundo fuera diferente, pero allí, en el este del oeste americano, era así. La justicia es algo que hemos inventado los hombres y que la vida no acaba de entender. La vida es la vida, y punto: lo que nos ocurre mientras creemos merecer una suerte mejor. Al final de la vida de cada cual está la muerte. No hay más. No hay que darle vueltas.

Sonó el disparo y Macallan sintió un latigazo que le recorrió la espalda y le detuvo el pulso. Durante un instante, se sintió sorprendido al descubrir que era de ese modo como llegaba la muerte: como un escalofrío leve y sin dolor. Como un relámpago sin trueno. Como la risa breve de la chica del saloon. Como el beso de la serpiente.

Como el fogonazo de un revólver.

Se extrañó de seguir respirando tras el disparo; de seguir sintiendo al niño balanceándose al extremo de su brazo. De seguir aferrando su tobillo con los dedos crispados.

La sorpresa y el asombro le llevaron a abrir los ojos.

Al hacerlo, vio a su hermano tendido de bruces a su lado, sobre el techo del vagón, desmadejado, aún con el revólver entre los dedos, pero ya inofensivo. El parche de plata había saltado de su ojo ciego y lanzaba destellos al sol a dos pasos de distancia.

Mirando más allá, tras el cuerpo de Andrew, Macallan descubrió a otro pistolero, con el arma aún humeante.

–Las mercancías de mi jefe no corrían peligro y pensaba quedarme al margen, pero... me ha parecido un buen momento para devolverle el favor que le debía, Macallan –dijo Ted Wild–. Ahora ya estamos en paz.

EPÍLOGO

INCLUSO EN NEBRASKA, A VECES LAS HISTORIAS TERMINAN BIEN

Diez días después del fallido juicio a Coyote Loco y de la matanza del tren, se celebró una comida en el Hotel Bates para despedir a Richard Talisker, que al día siguiente regresaba a Colorado Springs, aunque con la intención de traspasar en breve su bufete de abogado y trasladarse a Nebraska para ver crecer de cerca a su nieto.

Talisker y Macallan se conjuraron para que al chico no le faltase de nada en la vida. Macallan le enseñaría a disparar y su abuelo se ocuparía de pagarle estudios de Derecho que lo convirtiesen en el primer abogado de raza india del país. Richard Talisker estaba convencido de que llegaría a ser un gran defensor de los derechos de su pueblo en el futuro. Incluso, por qué no, el primer presidente de raza india de los Estados Unidos de América.

Llegado el momento de esa cena, Macallan ya se había convencido de que Norma y Coyote estaban profundamente enamorados el uno del otro y que lo más probable era que fueran felices durante el resto de su vida. No tenía tan claro el asunto de la paternidad de Amanecer, que no presentaba el menor rasgo en común con los arapahoes, pero decidió no insistir en el tema y dejarlo correr.

También invitaron a la cena a Bradley Gregson y Dalilah Parker, que ya eran novios oficialmente. La chica pasó la noche lanzando miradas incendiarias a Macallan. Luego, a la hora de los postres, el propio Gregson sacó el tema ante su socio en el *Omaha Tribune.*

–Qué voy a hacerle, señor Macallan. Todas las chicas como Dalilah se sienten atraídas por los hombres como usted. Es algo a lo que me tengo que acostumbrar. Además, eso me recuerda que, si quiero conservarla a mi lado, tengo que hacer lo posible para enamorarla cada día. Y, por cierto, quiero que lo sepa usted antes que nadie: tengo pensado pedirle muy pronto... que se case conmigo.

–¿Qué? ¿Casarme yo contigo?

–No, usted no. Ella: Dalilah.

–¡Ah! ¡Hombre...! Me parece una gran idea. ¡Así es como debes actuar con ella! Justamente eso del matrimonio es algo que los hombres como yo ni siquiera contemplamos. Si tiene dos dedos de frente, te dirá que sí, ya lo verás.

Y, acto seguido, le propinó un abrazo que lo dejó sin respiración.

Al día siguiente partió Richard Talisker y, poco después, lo hicieron Norma, Coyote y Amanecer, de regreso al poblado.

A partir de ese momento, y durante los siguientes días, Macallan vagó como alma en pena por Elkhorn, entre alguna que otra borrachera, partidas de póquer en las que ni perdió ni ganó demasiado y flirteos con todas las cantantes del Saloon Ross y con la mayoría de las viudas que el whisky envenenado había dejado en la ciudad.

Pero muy pronto empezó a sentir que el tedio se apoderaba de él. Y así, al cabo de dos semanas, Macallan decidió que había llegado el momento de marcharse también.

Esa misma tarde sacó un billete de tren de primera clase hasta Chicago y saldó su cuenta con el Hotel Bates.

A la mañana siguiente, a primera hora, metió todas sus cosas en su mochila del ejército y se echó al hombro su silla de montar con herrajes de plata. Como siempre, no le llevó más de quince minutos recoger todas las cosas que había acumulado a lo largo de su vida.

Cuando bajó de la habitación por última vez, encontró el vestíbulo del hotel lleno de maletas y baúles que, claramente, pertenecían a la misma persona. Picado en su curiosidad, decidió remolonear por allí hasta averiguar la identidad del dueño de semejante equipaje.

Lo descubrió enseguida. Y cuando la vio, Macallan tuvo que reconocer que era una de las mujeres más hermosas que había visto en su vida, incluidas su propia madre y Norma Talisker.

La dueña de los baúles no era una muchacha, pues quizá tenía incluso tres o cuatro años más que él, pero su belleza eclipsaba a cualquiera de las chicas jóvenes que Macallan recordaba haber conocido. Tenía unos ojos grandes, negros e hipnóticos; de esos que aseguran emociones sin tregua y prometen desgracias sin cuento. Y que, precisamente por ello, resultan irresistibles para la mayoría de los hombres. Y la elegancia de sus gestos solo podía compararla, a duras penas, con la de aquellas damas sureñas que parecían habitar de continuo en los bailes militares anteriores a la guerra civil, cuando Macallan aún era un simple cadete del ejército de la Confederación.

La visión de aquella mujer lo dejó aturdido.

–Por favor, Elvis: ordenará que suban todo mi equipaje a la suite, ¿verdad?

–Naturalmente, señora. Enseguida se hará así –replicó el viejo recepcionista negro, con una sonrisa que no le cabía en el rostro.

Si la visión de la mujer le había parecido casi sobrenatural, su voz causó en Macallan una conmoción definitiva. Palabras de terciopelo, graves y sedosas a un tiempo. Palabras misteriosas para Macallan, pues el diálogo con Elvis se había producido en español.

Cuando ella salió a la calle, Macallan se acercó al empleado del hotel.

–¿Quién es? –le preguntó, en un susurro, con un gesto de la cabeza.

–Es la nueva dueña del hotel –le contó Elvis–. La viuda de Daniels se marcha de la ciudad y ha puesto en venta todas sus propiedades a muy buen precio. *La señora** viene de Nueva Orleans, aunque su origen está aún más al sur: en Costa Rica. Es guapa, ¿verdad?

* En español en el original.

–Más que guapa, Elvis. Es... fascinante.

–¿Quiere que se la presente?

–Por favor...

La mujer regresaba ya, llevando en las manos un maletín de cuero y una sombrerera.

–¡Señora Camarasa...! –exclamó el recepcionista, de nuevo en español, consiguiendo unas eses suaves como el terciopelo.

Ella se volvió. Cuando la mujer lo miró, Macallan sintió que se atragantaba de la impresión.

–Déjeme presentarle a uno de nuestros mejores clientes: el señor Macallan –dijo Elvis, ahora ya en inglés.

–George Macallan –completó él, con la boca seca–. A sus pies.

Le tendió la mano. Cuando ella se la apretó, fue como recibir un puñetazo entre los ojos.

–Alicia Camarasa. Encantada de conocerlo, señor Macallan –dijo ella, con un acento que traía aroma a jungla y cafetal.

–Lo mismo digo.

Macallan retuvo unos instantes la mano de Alicia. Ella no hizo nada por evitarlo.

–¿Viene usted a alojarse con nosotros, entonces?

–Por desgracia, no vengo sino que me voy. Mi tren hacia Chicago sale dentro de media hora.

La mirada de ella se afiló en el rostro de él, como en una piedra circular.

–Oh... cuánto lo lamento. Habría sido usted mi primer cliente y, por supuesto, le habríamos dispensado por ello un... un trato especial.

–Quizá regrese por aquí algún día.

–Eso espero.

Solo entonces separaron las manos. Pero no la mirada. Macallan buscaba desesperadamente en su cabeza la manera de prolongar aquel diálogo. Creyó dar con ello.

–A lo mejor me tacha usted de impertinente, pero dado que es raro encontrar por aquí mujeres como usted... me preguntaba si existe un... señor Camarasa.

–¡Oh! Desde luego que sí –respondió ella.

Macallan chasqueó la lengua.

–Lástima.

–El señor Camarasa tiene sesenta y nueve años, vive en Nueva Orleans, es viudo y está horrorizado con la circunstancia de que su hija mayor siga soltera y haya venido a Nebraska a regentar un burdel.

Macallan estalló en carcajadas.

–En su lugar, yo también me sentiría inquieto. ¿De veras quiere convertir el Hotel Bates en un burdel?

–¡Claro que no! Pero a mi padre no hay quien le quite esa idea de la cabeza. Era jefe de policía allá en mi país y le cuesta entender ciertas cosas.

Alicia y Macallan se miraron sonrientes durante unos segundos.

–Creo... creo que, lamentablemente, tengo que marcharme ya si no quiero perder ese tren.

–Lamentablemente, George.

–Adiós, entonces, señora Camarasa.

–Puedes llamarme Alicia. Esto es el oeste, ¿no?

–Donde empieza el oeste, al menos.

* * *

Cuando el tren arrancó camino de Chicago, Macallan se preguntó si no estaría cometiendo el mayor error de toda su vida. Esperó hasta que el convoy se hubo alejado de la estación de Elkhorn y entonces se dijo que ya no había vuelta atrás y que hay que asumir las consecuencias de tus decisiones, sean las que sean.

Tomó el billete del tren entre el pulgar y el índice, lo alzó hasta la altura de sus ojos y abrió los dedos. El viento de Nebraska lo arrastró de inmediato, volando sobre el andén, como persiguiendo a aquel convoy al que Macallan tenía que haber subido y que ya no era más que un puntito en la lejanía.

Entonces, giró sobre sí mismo. Como si la ciudad fuera de cristal, pudo ver el Hotel Bates y a su nueva propietaria instalándose en la suite del último piso. Salió de la estación y caminó hacia allí, por la calle del ferrocarril.

Era el comienzo de una historia para ser contada en otro momento.

A lo lejos, se oyeron dos disparos de revólver, pero nadie en Elkhorn se inmutó por ello.

Macallan sonreía acariciando la culata de su revólver, colocado muy bajo sobre el costado izquierdo.

La mañana era azul y alegre.

Índice

Fernando Lalana

Fernando Lalana nació en Zaragoza en 1958. Tras estudiar Derecho, encamina sus pasos hacia la literatura, que se convierte en su primera y única profesión al quedar finalista en 1981 del Premio Barco de Vapor con *El secreto de la arboleda* (1982), y de ganar el Premio Gran Angular 1984 con *El zulo* (1985).

Desde entonces, Fernando Lalana ha publicado más de un centenar de libros de literatura infantil y juvenil.

Ha ganado en otras dos ocasiones el Premio Gran Angular de novela, con *Hubo una vez otra guerra* (en colaboración con Luis A. Puente), en 1988, y con *Scratch*, en 1991. En 1990 recibe la Mención de Honor del Premio Lazarillo por *La bomba* (con José Mª Almárcegui); en 1991, el Premio Barco de Vapor por *Silvia y la máquina Qué* (con José Mª Almárcegui); en 1993, el Premio de la Feria del Libro de Almería, que concede la Junta de Andalucía, por *El ángel caído*. En 2006, el Premio Jaén por *Perpetuum Mobile*; en 2009, el Latin Book Award por *El asunto Galindo*; en 2010, el Premio Cervantes Chico por su trayectoria y el conjunto de su obra, y en 2012 el XX Premio Edebé por *Parque Muerte*.

En 1991, el Ministerio de Cultura le concede el Premio Nacional de Literatura Infantil y Juvenil por *Morirás en Chafarinas*; premio del que ya había sido finalista en 1985 con *El zulo* y del que volvería a serlo en 1997 con *El paso del estrecho*.

Fernando Lalana vive en Zaragoza, sobre las piedras que habitaron los romanos de Cesaraugusta y los musulmanes de Medina Albaida; es decir, en el casco viejo.

Si quieres saber más cosas de él, puedes conectarte a:
www.fernandolalana.com

Bambú Exit

Ana y la Sibila
Antonio Sánchez-Escalonilla

El libro azul
Lluís Prats

La canción de Shao Li
Marisol Ortiz de Zárate

La tuneladora
Fernando Lalana

El asunto Galindo
Fernando Lalana

El último muerto
Fernando Lalana

Amsterdam Solitaire
Fernando Lalana

Tigre, tigre
Lynne Reid Banks

Un día de trigo
Anna Cabeza

Cantan los gallos
Marisol Ortiz de Zárate

Ciudad de huérfanos
Avi

13 perros
Fernando Lalana

Nunca más
Fernando Lalana
José Mª Almárcegui

No es invisible
Marcus Sedgwick

Las aventuras de George Macallan. Una bala perdida
Fernando Lalana

Big Game (Caza mayor)
Dan Smith

Laberinto
Víctor Panicello

La artillería de Mr. Smith
Damián Montes

Las aventuras de George Macallan. Kansas City
Fernando Lalana